诗词管理学

王冬梅 ◎ 主编

THE APPLICATION OF POETRY IN MODERN MANAGEMENT

图书在版编目（CIP）数据

诗词管理学 / 王冬梅主编. -- 北京 ：企业管理出版社, 2024. 11. -- ISBN 978-7-5164-3174-0

Ⅰ．I207.2；C93

中国国家版本馆CIP数据核字第2024961NU0号

书　　名：	诗词管理学
书　　号：	ISBN 978-7-5164-3174-0
作　　者：	王冬梅
责任编辑：	张　羿
出版发行：	企业管理出版社
经　　销：	新华书店
地　　址：	北京市海淀区紫竹院南路17号　　邮　　编：100048
网　　址：	http://www.emph.cn　　电子信箱：504881396@qq.com
电　　话：	编辑部（010）68456991　　发行部（010）68417763
印　　刷：	北京亿友数字印刷有限公司
版　　次：	2024年11月第1版
印　　次：	2024年11月第1次印刷
开　　本：	710mm×1000mm　1/16
印　　张：	20.25
字　　数：	300千字
定　　价：	88.00元

版权所有　翻印必究·印装有误　负责调换

前言

Foreword

2001年夏，编者所在的中国科学院大学（前称中国科学院研究生院）首次举办夏季学期。编者应邀做了一次讲座，主要讲的是"中国传统文化在现代企业管理中的应用"。出乎意料的是，这次讲座很受学生们欢迎。一间大阶梯教室坐得满满的，甚至连过廊和窗台上都坐满了人。编者当时提到一个案例，就是有一款女性衬衫品牌因命名为"红豆"而十分畅销，"诗随衫走，衫随诗传"，盛况空前。这说明了国人对王维那首《红豆》诗的喜爱程度。自那次讲座后，编者得到一个启发：如果深入挖掘古典诗词在现代管理领域的种种应用，并以此开发成一门公选课，定会受到学生们的欢迎，同时这也是一件非常有意义的事情。这样的课既弘扬了中华民族优秀的传统文化，培养了学生的家国情怀，树立了学生们的民族自信心，还对学生们创新精神的培养十分有利，因为课程本身就富有创新性，旨在通过学科交叉让古老的诗词焕发出新的生命力。2013—2014年夏季学期，编者自行开发的一门研究生公选课"从诗词学管理"就正式开讲了，选课人数168人，首战告捷。后经学生们提议，更名为"诗词鉴赏与管理应用"，至今已陆陆续续开设了11年，选课规模大的时候达226人。学生们对课程的评教经常接近满分。最常见的评价为：嫁接诗词来普及管理教育，新颖有意思；案例丰富；观赏性强，引人入胜；课程适用面广，老少咸宜；任课老师诗词创作水平不错；等等。此处需要特别说明的是，该课程的开设早于《中国诗词大会·第一季》（2016年），没有任何赶时髦、蹭热点的意图。

2023年，"诗词鉴赏与管理应用"入选了中国科学院大学经济与管理学院一流课程建设项目。这门课程是编者当时"灵机一动"开发出来的,多年来都没有现成的教材,而经过 11 年的积累,编者觉得可以编写一本教材了,而且正好有一流课程建设经费的支持,所以出版教材的事就提上了日程。企业管理出版社曾经为编者出版过专著《实体企业金融化的动因、后果与治理对策研究》,图书出版质量很高,鉴于此,这本教材仍选择由该社出版,并命名为《诗词管理学》。诗词管理学属于管理文学的一个分支,是专门探讨诗词在现代管理领域的种种应用的。

  本教材共分 10 章。第一章开宗明义,表明该教材与对应的课程是为了倡导诗词与自然科学、经济学和管理学的融合,以培养新时代的杰出人才的。第二、三章主要介绍诗词的鉴赏与创作,包括三行诗、集句诗(词)和格律诗(词)的鉴赏之道和创作时需要遵从的基本要求。第四章介绍诗词的传统功用以及诗词功用的新扩展。自第五章开始就系统地介绍诗词在现代管理中的典型应用,包括诗词旅游、从诗词学创新、诗词与营销(如广告文案的创作)、长诗中蕴含

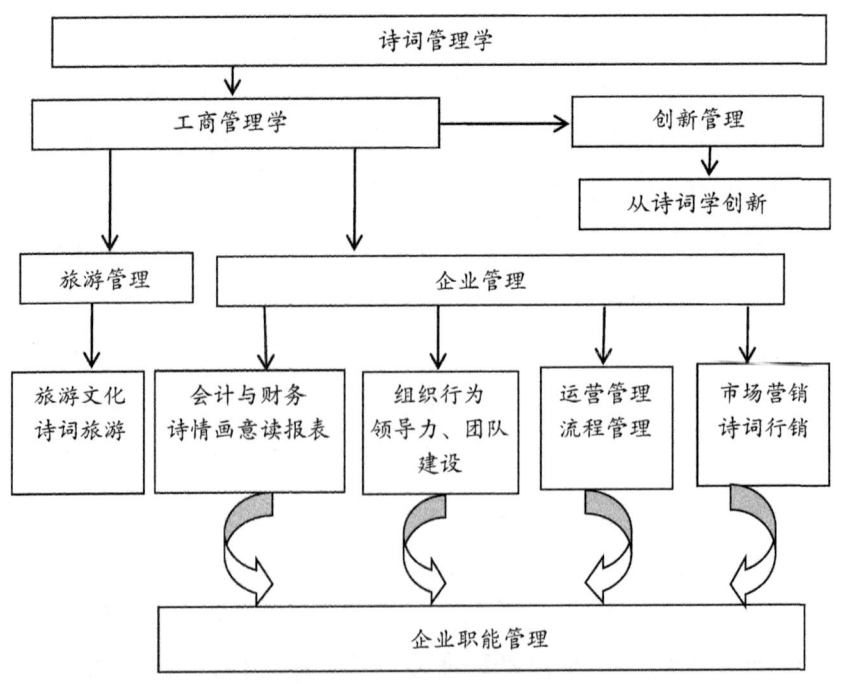

"诗词管理学"教材结构示意图

前 言

的流程管理思想、诗词与领导力和团队建设，以及诗情画意读报表等。总之，本书分专题展开，通过"读诗词学管理和写诗填词论管理"的方式来系统地讲述中国式诗词管理学的主要内容，具体的模块设计见教材结构示意图。除第五章的"洛阳诗词旅游体验"一节为编者的研究生王虹霄所写外，其余章节均由编者撰写，附录则为编者历年所创"改良体"诗词作品辑录。

本书适合作为高等院校本科生和硕士研究生的选修课"从诗词学管理""诗词鉴赏与管理应用"等诸如此类课程的教材，也可作为研究"中国古典诗词在现代社会的应用价值"的相关人员的参考用书。鉴于本书具有案例丰富、新颖有趣、可读性强的特点，也可作为社会公众读物。本书作为第一本诗词管理学教材，探索的意味很浓，在论述的过程中如有不妥之处，还望读者不吝赐教。

编者

2024 年 9 月

目录

Contents

第1章 倡导科学与诗词的融合，培养新时代的杰出人才

1.1 科学家的诗词修养 → 002

1.2 经济学家与管理学教授的诗词修养 → 021

1.3 钱学森之问可以破解吗 → 038

第2章 三行诗、集句联和集句诗（词）的创作与实践

2.1 什么是三行诗 → 042

2.2 创作三行诗的意义、要求和示例 → 043

2.3 集句联和集句诗（词） → 044

第3章 格律诗（词）的格律、鉴赏及创作

3.1 格律诗（词）的格律 → 052

3.2 《红楼梦》中林黛玉对格律诗（词）的创作见解 → 056

3.3 格律诗（词）的鉴赏 → 058

3.4 格律诗（词）创作实践 → 067

3.5 "改良体"的提出 → 074

3.6 AI 写诗 → 077

第 4 章　格律诗（词）的功用和诗词管理学的兴起

　　4.1 格律诗（词）的功用　→　092

　　4.2 格律诗（词）在工商管理领域的应用拓展　→　097

第 5 章　诗词旅游及典型案例

　　5.1 旅游文学及其种类　→　100

　　5.2 旅游诗词及其创作要求与诗词旅游　→　100

　　5.3 西塞山诗词旅游策划案　→　104

　　5.4 赤壁市、嘉鱼县、通山县诗词旅游案例　→　107

　　5.5 洛阳诗词旅游体验　→　129

　　5.6 秦皇岛市山、海、关景区的楹联和诗词　→　136

第 6 章　从诗词学创新

　　6.1 按内容划分诗词创作与创新类比　→　148

　　6.2 按程度划分诗词创作与创新类比　→　154

　　6.3 宋诗为什么转向说理　→　165

第 7 章　诗词与广告文案的创作

　　7.1 格律诗词与广告文案的创作　→　178

　　7.2 格律诗词与自我营销　→　196

　　7.3 三行诗与广告文案的创作　→　201

目 录

第 8 章　长诗中蕴含的流程管理思想

8.1 我国历史上几首著名的长诗　→　214

8.2 流程管理概述　→　215

8.3 背长诗学流程管理　→　215

8.4 按流程管理的思想创作长诗　→　223

第 9 章　诗词与领导力和团队建设

9.1 管理理论的丛林　→　230

9.2 管理者错配　→　236

9.3 授权与分权　→　237

9.4 管理体系　→　238

9.5 诗词与领导力　→　239

9.6 《长恨歌》中的管理幅度　→　244

9.7 从两首咏诸葛亮的诗看授权的艺术　→　245

9.8 团队建设的成功案例　→　248

第 10 章　诗情画意读报表

10.1 黑芝麻简介　→　258

10.2 关于南方黑芝麻糊的经典广告　→　259

10.3 黑芝麻 1991 年后广告传播阶段　→　259

10.4 从黑芝麻 2016—2023 年的会计报表看其财务风险　→　261

10.5 黑芝麻 2017 年并购礼多多的财务协同效应考察　→　275

10.6 黑芝麻并购天臣新能源被叫停　→　279

10.7 黑芝麻案例分析小结　→　280

参考文献

附 录　编者自创"改良体"诗词作品辑录

  1.1 校园组诗　→　292

  1.2 诗配画　→　293

  1.3 旅游诗词　→　294

  1.4 咏史诗　→　297

  1.5 抒怀　→　299

  1.6 忆昔　→　299

  1.7 师生情谊　→　301

  1.8 时令变化　→　302

  1.9 讽喻诗　→　306

  1.10 植物花卉　→　307

  1.11 回故乡　→　312

  1.12 管理应用　→　313

第 1 章

倡导科学与诗词的融合，培养新时代的杰出人才

本章介绍了科学家吴硕贤院士、曾庆存院士、谢家麟院士和经济学家厉以宁、管理学教授郝旭光在各自领域的主要学术贡献或教学业绩，以及他们的诗词修养对专业造诣的促进作用。本章倡导的科学与诗词这种艺术形式的融合，或许会成为破解"钱学森之问"的一条有效途径。

1.1 科学家的诗词修养

1.1.1 建筑环境声学吴硕贤院士的诗词修养

（1）吴硕贤院士简介[①]

吴硕贤生于 1947 年 5 月，为中国科学院院士，华南理工大学建筑技术科学研究所所长、教授、博士生导师，主要从事建筑环境声学的教学与研究，主要著作有《音乐与建筑》《室内声学与环境声学》《建筑声学设计原理》《偶吟集》《恒吟集》《吴硕贤诗词选集》《吴硕贤文集》《吴硕贤行书选》《成语新解与杂谈》《吴硕贤序跋诗文集》等。吴硕贤在 1965 年以福建省理科状元、全国最高分的成绩考入清华大学。1970 年从清华大学土木建筑系建筑学专业毕业。1978 年，全国恢复研究生招生制度后，吴硕贤成功考上清华大学建筑技术科学专业的研究生。1981 年，获清华大学硕士学位，后师从吴良镛院士、马大猷院士，继续攻读博士学位。1984 年获博士学位，是中国建筑界与声学界培养的第一位博士。他创造性地将建筑学与声学结合起来，进行开拓性的研究。2005 年，58

[①] 部分资料来源于华南理工大学建筑学院官网和百度百科。

第1章　倡导科学与诗词的融合，培养新时代的杰出人才

岁的吴硕贤当选为全国建筑技术科学领域首位中国科学院院士。2007年，华南理工大学亚热带建筑科学国家重点实验室获批建设，这是我国建筑领域第一个也是目前唯一的一个国家重点实验室，吴硕贤担任实验室主任和"亚热带建筑物理环境与建筑节能"创新团队的学术带头人。吴硕贤团队曾承担人民大会堂等50多项音质改造工程，还专门研究民族器乐演奏时需要的建筑声学效果，其中承担的广州大剧院声学环境设计，成功确保在每个位置都能听到高保真声效。匠心设计之下，广州大剧院被评为"世界十大歌剧院"。

（2）吴硕贤院士的学术主张

吴硕贤院士对建筑声环境的主张："声学本身是物理学的分支，但我们要研究声环境，本身就是对人听觉的关怀，让人欣赏音乐、戏剧，那么文学艺术与物理科学本身便是交融在一起的。"吴硕贤院士通过引用《道德经》中的"大音希声，大象无形"来表达一种美学观念，即化繁为简、顺其自然。他将这一理念应用于建筑设计和城市规划的阐释中，提出了"城市留白"的概念（吴硕贤，2012）。他认为，"建筑是凝固的音乐，建筑与建筑之间也需要留白，才能构成城乡之美"。吴硕贤创造性地提出了声景、香景和光景"三景融合"的概念，分别诉诸人的听觉、嗅觉和视觉来欣赏风景。这就是吴硕贤对景观科学的主张。他以古人对杭州西湖的描述为例，"柳浪闻莺"和"南屏晚钟"是声景，"三秋桂子"和"十里荷花"便是香景，而"三潭印月"和"平湖秋月"则是光景的丰富变化。自然美景都是"三景融合"的。吴院士的以上见解体现在其所填的《蝶恋花·西湖声香光三景》一词中，列示如下。为了更好地研究"三景"概念，他深入分析《诗经》后发现，其中有28%的内容与声景有关，比如"关关雎鸠"和"呦呦鹿鸣"等，反映了虫鸣鸟唱的美妙声景。他受到古人对光景描写的启发，如"杲杲日出""月出皎兮，佼人僚兮"等，提出了城市光景的构造理念。吴院士的这些理念，不仅响应了国家对绿色环保的号召，更是对宜人环境的建设起着重要作用。深厚的诗词造诣，让吴硕贤有了"异于常人"的研究思路和视角。在理工科领域有不少学科，尤其是建筑学，实际上就是科学和艺术的结合，他身体力行地从中发现了"美"的共通点，向传统借鉴，提升人居环境品质。

《蝶恋花·西湖声香光三景》

人道西湖风景好，三景交融，设计心思巧。

柳浪闻莺钟晚报，风荷曲院芳香绕。

印月三潭光景俏。既顾听闻，又悦双眸眺。

古典园林精建造，声香光景成其妙。

（3）吴硕贤院士的家学渊源与业余爱好

据吴硕贤讲述，他出生于福建诏安的一个书香世家。祖父吴梦丹、叔公吴梦沂均是清代贡生，才识渊博、善于书法。父亲吴秋山是我国现代著名诗人、作家、书法家，精通辞章翰墨，长期在高等学校从事古典文学教学与研究。吴硕贤从初中开始就尝试创作诗词。1960年，13岁的吴硕贤写下了他的第一首五言绝句《鱼趣》，列示如下。著名文学家叶圣陶曾写信评价其作品"诸作大体均佳，读之有余味"。吴硕贤曾任浙江省诗词学会常务理事兼学术部副主任，在清华大学、华南理工大学担任诗社顾问，还是中华诗词学会高校诗词工作委员会顾问。

《鱼趣》

一汪见底清，倒影入湖心。

藻里鱼儿乐，嬉游戏赤云。

吴硕贤身体力行向校园里的年轻一代推广诗词文化。他认为，"术业有专攻，但业余海阔天空"，要重视培养青少年对诗词的兴趣，激发他们传承诗词文化的责任感，"要从娃娃抓起，先学会欣赏、喜欢诗词，再重视引导、培养，慢慢开始创作诗词"。吴硕贤院士对诗词创作的见解为："诗词创作并非固守成规，而是具有继承性和创新性，可融合现代词汇进行创新。"如吴硕贤诗集里的《手机》一诗，就富有现代生活气息，列示如下。

《手机》

收看收听音视频,图文点赞亦劳神。

秀才博识天涯事,揣着星球不出门。

退休之后,吴硕贤院士在学生的帮助下开通微信。75 岁高龄的时候在"朋友圈"依旧更新其原创诗作,比如下面列示的这首《黄叶》诗,立意精妙,富有哲理,深具创新性,道前人所未道。另外一首《秋景》诗中,"忽见小舟行入塝,扑棱惊起一飞鸿"就是用了结构上突然转折的创新手法。据说吴院士自开通微信后,坚持平均"每日一更",至 2022 年时,已有 6 年,共积累作品 2000 余首。

《黄叶》

黄叶半干枯,依依别植株。

虽违枝上秀,却把锦途铺。

《秋景》

夕阳映照满江红,瑟瑟轻摇万树枫。

忽见小舟行入塝,扑棱惊起一飞鸿。

(4)吴硕贤院士是如何看待诗词与科学研究之间关系的

以下见解见"口述声学史"(吴硕贤)和相关链接 1.1、相关链接 1.2。吴硕贤认为"诗词可以作为很好的业余爱好,与专业并不矛盾",文理互通,二者都强调联想和创造性。他曾说:"要善于联想,才能写好诗词,联想能力本身就是创造性非常重要的方面。""文理科思维特点其实是相通的,诗词创作对我的思维很有帮助,古诗特别是绝句,语言高度凝练,从数学上来讲,就是要抓住最本质的东西,这和诗词写作的思维实际上是一样的。""搞科学研究时,我们看到的很多表面的东西是非常丰富、复杂的,但要从中找出规律、发现一个公式或者一个规律,这就是抓住本质。另外还需要有顿悟的能力,科学和文学创作一样，也需要具有由此及彼、在不同事物之间建立联系的联想能力。所以我觉得，从思维本质上来说，文理科并没有特别的不同。"

关于科研与诗歌两个领域如何平衡的问题，吴硕贤表示："自己所从事的建筑学研究领域本身就与艺术密切相关。建筑学研究即是科学与艺术的结合，而声学作为一门物理科学，也与人的主观听音和音乐欣赏有关系。声学有三个基本特性，第一是物理特性，对此人们研究得比较多；第二是信息特性，因为声音能够传播信息；第三就是声音有审美特性，人的听觉艺术是与视觉艺术并列的。"

吴硕贤认为，学好文科也需要逻辑分析等抽象思维能力，做好理科研究同样需要想象力与直觉带来的灵感与顿悟。以理科知识为纬线，以文科修养为经线，方能织就灿烂的学术锦缎。在吴硕贤看来，科学与艺术从来不分家，艺术不但是他相伴一生的爱好，还能为他的科研工作增添灵感。

相关链接 1.1

科学驿站｜院士吴硕贤：古诗词给我很多创新的灵感[①]

"我的很多创新理论，其实受到了古诗词的启发。"由广州市人民政府新闻办公室举办的"诗意花城 听见花开"系列活动之"吴硕贤诗歌主题媒体深度访谈"近日在广州市新闻发布厅举行。在接受羊城晚报记者采访时，吴硕贤院士向外界透露了他独特的创新密码：从诗词中获得灵感。

相关链接 1.2

"诗意"院士吴硕贤：诗词中觅科学灵感，兼通文理成"大家"[②]

出自书香门第，自幼与诗词歌赋、书法相伴，文学的精粹激发了吴硕贤院

[①] 资料来源：羊城晚报·羊城派。
[②] 资料来源：南方都市报（2022-03-18）。

第1章 倡导科学与诗词的融合，培养新时代的杰出人才

士数不尽的科学灵感，秉持文理相通的理念，诗词成了吴硕贤科研路上源源不断的"助燃剂"。吴硕贤院士坚持从诗词中寻觅科学灵感，文理兼通卓然成了"大家"。吴院士的人生经历给我们提供了一个科学与艺术融合培养造就杰出人才的成功范例。

也许有人会说，建筑科学本身就比较特殊，需要多方面才能，才能拥有顶尖级的成就，如建筑学前辈林徽因就擅长小说和诗歌创作。那么，下面就介绍一位从事气象学研究的曾庆存院士，看他是如何架起科学与诗词之间的桥梁的。

1.1.2 大气科学家曾庆存院士的诗词修养

（1）曾庆存院士简介①

曾庆存，1935年5月出生于广东阳江，中国科学院大气物理研究所研究员，国际著名大气科学家。1956年毕业于北京大学物理系，1961年在苏联科学院应用地球物理研究所获副博士学位。回国后先后在中国科学院地球物理研究所和大气物理研究所工作，曾任大气物理研究所所长、中国气象学会理事长、中国工业与应用数学学会理事长。1980年当选中国科学院学部委员（院士），1994年当选俄罗斯科学院外籍院士，1995年当选发展中国家科学院院士，2014年当选美国气象学会荣誉会员（该学会最高荣誉），是全国劳动模范、全国先进工作者、第十三和十四届中共中央候补委员。曾庆存院士是我国气象预报事业的泰斗，桃李满天下，培养的学生中有3位已是中科院院士，分别是穆穆、王会军和戴永久。曾庆存院士科研成果尤为丰硕，先后获得全国科技大会奖两项、国家自然科学二等奖两项、何梁何利基金科学与技术进步奖、中国科学院自然科学一等奖五项和杰出科技成就奖一项，于2016年被联合国世界气象组织授予该组织的最高奖——国际气象组织奖。曾庆存院士是国际著名大气科学家，国际数值天气预报奠基人之一，为现代大气科学和气象事业的两大标志——数值天气预报和气象卫星遥感做出了开创性贡献。他首创"半隐式差分法"并随即用

---

① 部分资料来源于中国科学院大气物理研究所和中国气象局官网。

于天气预报业务，至今仍在沿用。2020年1月10日，获2019年度国家最高科学技术奖。

（2）曾庆存院士科学研究的里程碑[①]

1952年，曾庆存考入北京大学物理系。后响应国家需要，改学气象学。即将毕业的曾庆存到中央气象台实习时，看到气象员们废寝忘食地守候在天气图旁，分析判断，发布天气预报，但由于缺少精确的计算，相当多的分析判断还是凭借经验。如此景象促使他去钻研数值天气预报理论方法，提高天气预报的准确性，增加人们战胜自然灾害的能力。曾庆存大学毕业后，被选派进入苏联科学院应用地球物理研究所学习，师从国际著名气象学家、苏联科学院通讯院士基别尔。1961年，曾庆存在深入分析天气演变过程的理论基础上，首创半隐式差分法，首次成功实现原始方程数值天气预报，这一工作成为数值天气预报发展的里程碑。

1970年，曾庆存再次服从国家需要，被紧急调任作为卫星气象总体组的技术负责人，解决了大气红外遥感的基础理论问题。他用一年时间写出了《大气红外遥测原理》一书，于1974年出版。该书是当时国际上第一本系统讲述卫星大气红外遥感定量理论的专著。他提出了求解遥感方程的有效反演算法，成为世界各主要卫星数据处理和服务中心的主要算法，得到广泛应用。创立气象卫星大气红外遥感系统理论和定量反演方法，首次实现了稳定、高效获取大气温度和水汽的三维分布，极大地提高了对暴雨和台风等灾害性天气的监测、预测和预警能力。研制我国首个气候系统模式和国际首个数值气候预测系统，其中"标准态扣除法""平方守恒格式"等均为国际首创，实现了气候系统的完整自洽耦合。曾庆存认为，预测未来一个月、一年甚至几十年的气候，关系到国民经济建设的方方面面，如夏季洪涝、冬季雾霾、农业规划、能源布局等，在全球气候变暖的背景下，气候预测愈显重要。

曾庆存从20世纪80年代起致力于跨季度气候数值预测以及集卫星遥感、数值预测和超算为一体的气象灾害防控研究。2011年，中国科学院提出以研

[①] 部分资料来源于阳江市政府网。

第1章 倡导科学与诗词的融合，培养新时代的杰出人才

制我国地球系统模式为首要任务并带动地球系统数值模拟研究的大科学装置，2016年获国家批准，曾庆存是该项目的创导者和科学总指导。2018年，曾庆存推动建立研究和预估全球气候和生态环境变化的"地球系统数值模拟装置"，这一"国之重器"在北京怀柔破土动工，并于2023年6月23日落成启用。

由上可见，面向国家需求搞研究，是曾庆存报效国家的最好方式。

（3）气象预报泰斗曾庆存的诗歌创作①

曾庆存出生于广东阳江一个贫困农民家庭。曾庆存的父亲没正式读过书，却深知读书的重要性，他让两个儿子一边务农一边读书。在父亲的教导下，这个家庭培养出两位科学家：一位是曾庆存，另一位是他的哥哥曾庆丰（我国著名地质学家）。曾庆存曾在《和泪而书的敬怀篇》一文中提到："小时候家贫如洗，拍壁无尘。双亲率领他们的孩子们力耕埌亩，只能过着朝望晚米的生活。深夜劳动归来，皓月当空，在门前摆开小桌，一家人喝着月照有影的稀粥——这就是美好的晚餐了。"文中所述家境确实贫寒，而其文笔优美流畅、情真意切，可见曾庆存院士确有良好的文字功底。曾庆存从小喜欢诗歌，每天睡前抄一首古诗，至今仍保持这一习惯。所谓久久为功，诗读多了，自然就会写诗了。

曾庆存是一位热爱诗词创作的科学家，被圈内人誉为"诗人院士"。已出版诗集两本，分别是《华夏钟情》和《风雨晴明》（部分诗作见表1.1）。曾庆存的诗词创作首先与他的学术追求紧密相关。2005年，曾庆存在《气候与环境研究》上发表了一篇题为《帝舜〈南风〉歌考》的小文。这首《南风》歌，可以溯源到世界上最早对季风的文字记载，更将人类对季风的认识和记载提前到公元前23—前22世纪中国古文明的尧舜时代，"这是中华民族对世界科学的巨大贡献，中国人应引以为自豪"，曾庆存在文中这样写道。《南风》歌全文寥寥26个字，却形象地刻画了东亚夏季风的性状及其对社会民生的影响："南风之熏兮，可以解吾民之愠兮；南风之时兮，可以阜吾民之财兮。"曾庆存在这篇短文中以诗作结："季风时兮民康物阜，中华文化兮灿烂婀娜。继往开来兮中华学子，发扬我炎黄德智兮，永据科技之先河！"

---

① 部分资料来源于澎湃新闻·澎湃号·政务。

曾庆存的诗歌不仅涵盖个人情感，也记录国家大事，如《飓风登陆，风雨交加》一诗描绘了一场自然灾害发生时的场景并展示了父子兄弟与灾害斗争的勇气，而《喜闻人工降雨试验成功》一诗则表达了对科技进步的喜悦且充满了幽默感。曾庆存的部分诗作显示其具有深厚的文化底蕴和独特的艺术风格，如《芭蕉赞》写得逼真、生动且富有情趣，清新可爱。总体上，他的诗歌融合了科学知识与文学艺术，形成了独特的表达方式，所以其作品在科学界和文学界皆获得了认可和赞誉。作为"诗人院士"，曾庆存确有多面才华。

表 1.1　曾庆存部分诗歌作品汇集

时间	题目	作品	备注
1946 年	《飓风登陆，风雨交加》	久雨疑天漏，长风似宇空。丹心开日月，风雨不愁穷。	飓风登陆，风雨交加，屋漏如注，父子兄弟联句
1958 年	《喜闻人工降雨试验成功》	诸葛佳谈传千古，东风今日始登坛。飞机撒药沉云滴，土炮轰雷化雨幡。朔漠玉门春风讯，凤阳花鼓绝音谈。神州六亿皆尧舜，大地园林处处笙。	
1961 年	《自励》	温室栽培二十年，雄心初立志驱前。男儿若个真英俊，攀上珠峰踏北边。	是年夏，研究生毕业，在参加工作之前，热血沸腾，感而成句
1988 年	《庆祝我国第一次气象卫星发射成功》	功成有志慰先贤，铁杵磨针二十年。神箭高飞千里外，红星遥测五洲天。东西南北观微细，晴雨风云在目前。寄语中华好儿女，要攻科技更精尖！	诗题是编者加的。当年9月，我国第一次成功发射气象卫星，在发射现场的曾庆存喜不自禁，赋诗一首

续表

时间	题目	作品	备注
2008年	《我的奥运》	力举千斤重，精研微力尘。鸟巢与书室，同振国之魂。	2008年奥运期间，在阵风研究领域取得突破性进展，写下一首诗
—	《芭蕉赞》	数尺芳心漫展空，农家万户尽生风。生来躯干唯高直，羞脸低头不较功。	咏物抒怀诗。未找到写作时间
—	《回乡偶书》	少年离家未老回，故乡风土梦频催。壮志未酬功劳少，愧饮阳江父老杯。	诗题是编者加的。未找到写作时间。该诗有瑕疵：有两个"未"字，两个"老"字，但全诗充满了真情实感

资料来源：①曾庆存诗集《华夏钟情》和《风雨晴明》；②中华诗词学会官网：他是"三院院士"，与诗歌结下不解之缘。

（4）曾庆存为何写诗

在《我只是个诗歌爱好者》（中国青年网，2020-01-11）一文中，当被问及为何写诗时，曾庆存回答说是一种"调剂"，因为"搞科学太累了"，"有时候搞科研累了，就喜欢看看、写写诗歌放松下"。但他认为，自己不是诗人，只是个诗歌爱好者。不过，不管累还是苦，对自己选择研究气象学都无悔。在他的故乡广东阳江，乡亲们都说，曾庆存如果不做气象学家，就会成为一名文学家。

在他看来，不管是科学还是艺术，都是人对于这个客观世界的观察和认识，"科学可能更注重逻辑性，艺术可能更注重形象化。但注重逻辑的科学很多时候也离不开定量的形象化，注重形象化的艺术也离不开对于自然界和人类社会诸多规律的认识"。他的学生中，王会军院士学的是大气科学，穆穆院士、戴永久院士学的是数学，还有来自物理学、力学、控制论和环境科学等领域的。戴永久院士说："不管是什么方向的学生，招进来后曾庆存总能根据他们的特长因材施教。"

人民出版社出版的《弘扬科学家精神——中国著名科学家的实践和思考》曾收录过曾庆存的一篇短文"谈谈教学和科研"。他在文中提出："讲课应讲基本的、成熟的理论，不要把不成熟的东西放在课堂上讲，可以作为问题提请学生考虑。否则有可能使学生形成错误的观点，在日后的科研工作中易犯错误。"这是编者看到的最具颠覆性的观点。时下都强调教学尤其是研究生课程的教学要培养学生的研究能力，要带领学生进入前沿等，要阅读前沿文献，培养学生探究性学习的能力。这就意味着有些前沿的东西还处于争鸣状况，并不是成熟的理论。不过细想之后，还是觉得曾庆存院士的话有道理。

在《最高科学技术奖，为什么是他！》（中国气象报，2020-01-10）一文中这样写道：准确把握流淌的风、翻腾的云、奔涌水汽的动向，谈何容易？但年轻的毕业生曾庆存下定决心，要研究客观定量的数值天气预报，提高天气预报的准确性。44岁当选全国劳动模范，45岁当选中国科学院学部委员（院士），为现代大气科学和气象事业的两大领域——数值天气预报和气象卫星遥感做出了开创性的贡献，1970年，曾庆存和陈景润一样，出现在了同一档国务院政府特殊津贴名单上。仅凭这些，曾庆存院士就"大异于常人"，其见解必有独到和高明之处。

据《曾庆存：成为一株绿竹》（光明日报，2020-12-29）一文介绍，曾庆存院士喜欢诗歌，他希望有一天能出版一部科学和诗词结合的书，用诗歌的方式来介绍大气。对此读者们应充满期待，编者建议将其命名为"曾庆存的气象诗"。

从以上所述可知，曾庆存院士是因材施教、践行学科交叉的典范，他的诗词作品是科学与文学结合的典范。

1.1.3 加速器物理学家谢家麟院士的诗词修养

（1）谢家麟院士简介[①]

谢家麟，1920年8月出生于黑龙江哈尔滨。1943年毕业于燕京大学物理系，1947年赴美留学，1948年获加州理工学院硕士学位，1951年获斯坦福大学博士学位。回国途中被扣，后在芝加哥领导研制成功医用电子直线加速器。

---

① 部分资料来源于中国科学院高能物理研究所官网和百度百科。

第1章 倡导科学与诗词的融合，培养新时代的杰出人才

1955年回国，在中国科学院高能物理研究所工作，历任研究员、副所长、"八七工程"加速器总设计师、北京正负电子对撞机总设计师和工程经理、国家863高技术主题专家组顾问、中国物理学会高能物理分会第一和第二届理事会副理事长、粒子加速器学会理事长等职。1956年，加入九三学社。1980年被选为中国科学院院士。截至2010年6月，谢家麟先后发表科研论文40多篇并出版数部专著，其中《速调管聚束理论》已成为我国加速器研究领域的经典著作；主编《北京正负电子对撞机与北京谱仪》一书。同时，谢家麟还兼任清华大学等多所大学教授，培养了一大批加速器技术专业人才，极大地提升了我国加速器研究水平，为相关技术在我国国防和科学工程中的应用做出了重大贡献。获得众多具有高含金量的奖项：1985年，因《世界大科学数据库》的创建获个人奖；1987年，30兆电子伏电子直线加速器获全国科学大会奖第一名；1989年，获中国科学院荣誉章（个人奖），北京正负电子对撞机获中国科学院科技进步奖特等奖（排名第一）；1990年，北京正负电子对撞机和北京谱仪获国家科技进步奖特等奖（排名第一）；1994年，北京自由电子激光装置获中国科学院科技进步奖特等奖；1995年，北京自由电子激光装置获国家科技进步奖二等奖（排名第一），并获何梁何利基金科学与技术进步奖（物理学奖）和第四届胡刚复物理奖；2005年，《院士科普书系》"加速器与科学创新"获国家科学技术进步奖二等奖；2012年，获2011年度国家最高科学技术奖。谢家麟是中国粒子加速器事业的开拓者和奠基人之一，他以三项世界原创、三项填补中国空白的科研成果，奠基和开拓了我国的高能粒子加速器事业，为中国高能粒子加速器从无到有并跻身世界科技前沿做出了杰出的贡献。这些成果分别是：世界第一台能量最高的医用加速器、中国第一台可向高能发展的电子直线加速器、北京正负电子对撞机、北京自由电子激光、国际合作"前馈控制"、新型辐照应用加速器。其中世界第一台能量最高的医用加速器、国际合作"前馈控制"和新型辐照应用加速器是世界首创，北京正负电子对撞机、北京自由电子激光等则填补了国内空白。2016年1月4日，科学家小行星命名仪式在钓鱼台国宾馆举行，一颗国际编号为32928的小行星由国际天文学联合会正式命名为"谢家麟星"。

（2）谢家麟是建造大科学装置的无畏者

相关链接 1.3 详细地记录了谢家麟在提出立项建议时是如何勇于参与，虽"七下八上"却不轻言放弃的，也记录了谢家麟义无反顾地接受领导我国第一台大科学装置——北京正负电子对撞机的建造任务，大胆创新人才培养模式，通过国际国内协作完成零部件的生产和加工任务，为国家节省了大量外汇支出。1988 年 10 月，北京正负电子对撞机成功实现对撞，这项成绩被评价为我国继原子弹、氢弹爆炸成功和人造卫星上天后，在高科技领域的又一项重大突破性成就。

相关链接 1.3

一项堪称奇迹的实践[①]

1972 年，由著名物理学家、曾为杨振宁老师的张文裕牵头，会同谢家麟等 18 位科学家给周恩来总理写了一封联名信。这封联名信很快被送往中南海，周恩来总理看过报告后非常兴奋，随即写了一封回信，其中有这样一句话："这件事不能再延迟了。""这件事"就是科学家们建议我国建设一台用于高能物理研究的加速器。

搞基础研究的科学家都知道，高能物理是研究物质微观世界最基本的科学，它的实验研究需要建造高能加速器，但当时国家一穷二白，而建造高能加速器需要巨大的投入，其建成后究竟意味着什么又不能被"外行人"所理解。上亿美元的投入，对当时外汇储备还不到 6 亿美元的中国来说，无疑是一个天文数字，中国"建不起，用不起"。那么，是否应继续推进？当时，出现了很多不同的看法，反对的声音说："它无关当前的国计民生，应该缓行。"

在论证的时候，大多数科学家对该如何建造几乎"一无所知"，许多技术在国内都是空白。担忧的人曾打过这样一个比喻："好比站在铁路月台上，想要跳

[①] 肖丹. 谢家麟：走过人生的"三个时代"——记中国粒子加速器事业的开拓者、著名物理学家谢家麟[J]. 科学中国人，2018（1）：30-35.

上一辆飞驰而来的特别快车。如果跳上了就飞驰向前,从此走在世界前列;如果没有抓住,摔下来就粉身碎骨。"

这项提议经历了经济形势的变换,整整酝酿了10多年。亲历者深知,领导层的论证、决策不易。高能物理领域流行一个说法,北京正负电子对撞机是"七下八上"——七次提出建设、立项、上马,却七次夭折,1982年中央最终决定建造。

1984年10月7日,邓小平来到中国科学院高能物理研究所,参加北京正负电子对撞机奠基典礼,他兴致勃勃地挥锹铲下第一锹土为对撞机奠基。他一边铲土,一边对周围的人说:"我相信,这件事不会错。"在高能加速器的发展史上,对撞机的发明是一项伟大的革命。它出现后,由于性能的优越,基本垄断了其后用于高能物理研究加速器的建造。

革命的意义伟大,过程却是劳苦艰辛的。这是一个规模宏大的科研工程,既有工程的规模,又有科研的性质;既要求满足科研需要,又要求投入应用。一般工程是有规范可循的,设计根据手册,科研加速器却无固定模式可循,强调性能灵活,所以设计起来就更加困难。同时,在当时的条件下加工制造、检测、组装、调试,需要克服的困难更是难以想象。面对如此重任,作为国内当时唯一有加速器研制经验的专家,谢家麟义无反顾地接受了这项艰巨的挑战。为了保证这项复杂的科研工程的实施,谢家麟结合自己30年参与加速器研制的经验,不断补充完善方案,指导工程的进展。但不可能仅靠一人的智慧,这项庞大的科研工程需要高素质的技术队伍,谢家麟又联系美国五大国家实验室共同合作,请国外加速器方面的前辈给这些有加速器建造经验的技术队伍突击巩固知识。

尽管对可能出现的诸多困难,谢家麟早已有了心理准备,但一些险情还是让他始料不及。建造正负电子对撞机有一个关键问题:如何获得进行高能物理实验和数据处理的快电子元件、先进的计算机系统和其他方面需要的特殊的尖端测试仪器?如果没有这些实验器材,对撞机制造绝不可能完成。这些器材国内不具备生产能力,需要进口,这就必须解决美国对我国禁运的问题。"当时西方国家和苏联都对我们禁运,我们仅有的参考资料是斯坦福大学发表的一篇科技论文和一张速调管的照片。"谢家麟的学生、曾参与这一工作的顾孟平研究员仍记得当时抱着所里加工的部件从中关村倒5趟公交车,到东郊电子管厂进行工艺处理的情景。

此外,地基下沉率对对撞机运行的影响、马路车辆和地铁引起的震动对粒子轨道的扰动、空调设施的使用范围等细节问题接踵而至。这些都需要全国各部门通力合作,一同协商解决。

"我们的理论和技术队伍,尽管以前缺少直接经验,但能很快成长,创造出世界水平的成果。同样,我们的工厂也能做出世界水平的部件。"谢家麟对这支队伍表示肯定。

1997年,一位美国科学家来华参观时发出惊叹:"他们在这么简陋的条件下,建成这么精尖的装置,简直是个奇迹。"

事实胜于雄辩。从1990年开始运行到2005年改造升级的15年间,北京正负电子对撞机累计稳定高效运行约8万小时,总运行效率高于90%。更难能可贵的是,北京正负电子对撞机实现了"一机两用"的目标,在进行高能物理实验的同时产生同步辐射,成为我国重要的同步辐射技术研究基地和开展凝聚态物理、材料科学、地球科学、化学化工等多学科交叉前沿研究的重要基地。2003年,它首次获得了具有重要生物学意义的SARS冠状病毒蛋白酶大分子结构。

(3)谢家麟也是一位出色的工程管理专家

据《想吃馒头,先种麦子——谢家麟的实验物理学之路》(科学家,2020-03-04)一文描述,谢家麟中学时代对无线电和电器产生了浓厚的兴趣,他平时沉湎于摆弄无线电,从最原始的矿石收音机做起,到后来的电子管收音机,每一种机器不断提高的性能都给他带来了极大的愉悦和满足。1937年北平被日军占领之时,他自制的短波收音机一度成为全家每天了解抗日战争情况的唯一渠道。谢家麟痴迷于无线电,在大学同学中以实验和动手能力强而闻名。

基于这些经历,谢家麟对大科学装置的研制有自己独特的见解。据《谢家麟:不负今生》(光明日报,2012-02-15)一文描述,当时有一部分人认为从国外购买更快更省,一个大科学实验装置常常是分片从国外厂家购买,人家给做出来、安装好、调试完,我们只要去按电钮即可。在北京正负电子对撞机建造前,谢家麟认为:"我们没有经历它研制中遇到的问题和解决问题的过程,也就难以做出原创的、无例可循的或性能优于国际水平的新仪器、新设备来进行新实验了。""因此,除必要的情况外,我们应该尽量自制仪器、设备,培养制造业创新能力,给我国仪器制造业一个通过实践改进提高、突破国际性能水平的机会。"当然,这对实验工作者的动手能力是个很大的考验。北京正负电子对撞机在建设的过程中,除了电子枪所用的三极管由于当时我国的材料和工艺达不到要求需要进口外,其他重要部件采用的都是国产,如速调管、四极磁铁、能量倍增器等,皆由国内对口厂家生产,由此带动了相关产业的发展,助力中国科学仪器制造业水平的提高和升级。

在北京正负电子对撞机建设过程中,谢家麟任工程经理。其间,他确定了工程建设的6项基本原则。其中很重要的一条就是:凡是发展中的技术,不成熟不采用。谢家麟确定的大科学工程建设的基本原则,直到今天仍然在遵循。只有遵循这些原则,大科学工程才能既保持先进性,又不至于因某些环节上的不确定性影响整体工程进度。尽管我国之前从未进行过高能物理科学工程的建设,可仅用了4年时间、2.4亿元人民币,就建设成功国际同类工程,速度快、投资少、质量好、水平高。中国给世界呈现出"粒子"放射的奇迹。此外,谢家麟当年确定的工程建设关键路径和管理方法目前仍在国家大科学工程建设中沿用。高能物理研究所前任所长陈和生曾说:"领导是一门艺术,很有讲究。科学工程的领导,既要懂科学和技术,还要懂国情和人情,更要懂战略。谢家麟就是这样一位对各方面都能掌握和了解透彻的科学家。"①

(4)谢家麟的人文情怀

据《谢家麟:严谨治学,诗意生活》(科学时报,2016-03-30)、《谢家麟:让粒子释放中国能量》(中国科学报,2012-02-20)和《一世尘梦驱粒子,万家栖居见诗心——走近2011年度国家最高科学技术奖得主》(人民日报,2012-02-15)系列文章的报道,谢家麟对文学的热爱大致与其家教有关。谢家麟的父

---

① 王静.谢家麟:让粒子释放中国能量[N].中国科学报,2012-02-20.

亲谢良佐是哈尔滨的一位名律师，除了法律外，在历史、文学、诗词、书法等方面也都有一定的造诣。而谢家麟在童年时对诗词就有强烈的兴趣，并背诵了不少名作。后来去燕京大学读书，虽然读的是理科，但对文学颇为爱好，曾为当时的《北平晨报》复刊写过稿子，还经常用稿费去东安市场西点铺买糕点与同学和弟妹们共同享受。

谢家麟在燕京大学曾选读了一门文学院的课程"苏辛词"，由国学大师郑因伯授课。在期终考试时，谢家麟选了苏轼的《蝶恋花·密州上元》做讲评，因为写得不错，赢得了郑先生在班上的表扬，还说可惜其不是中文系的学生。

1943年，23岁的谢家麟到中央无线电器材厂桂林总厂的研究室，开始了他的科学研究生涯。翌年，谢家麟和同学范绪筠结婚，蜜月中仍不忘为无线电厂烧制以滑石为原料的高压绝缘材料。当时他以研究实验工作为乐，并赋诗一首，列示如下。押的是中华新韵，诗里呈现的是满满的幽默感和风发意气，一如苏东坡。

一心烧炼人笑痴，满箱密件是顽石。
春风蜜月谁为伍？火炭风箱度乱时。

1951年，谢家麟回国受阻时曾怒发冲冠，写下如下一首诗。从中可以看出当时的他十分思念故国，热切希望回国报效，满满的家国情怀。

峭壁夹江一怒流，小舟浮水似奔牛。
黄河横渡混相似，故国山河入梦游。

1988年，北京正负电子对撞机对撞成功，十年辛苦，终成伟业。谢家麟豪情万丈，特赋诗一首。

十年磨一剑，锋利不寻常。
虽非干莫比，足以抑猖狂。

第1章　倡导科学与诗词的融合，培养新时代的杰出人才

1987年，谢家麟在兰州近代物理所参与重离子加速装置研究，闲暇游览敦煌胜迹，面对中华民族悠久灿烂文化，不禁感慨系之。

　　　　老来藉会到凉州，千古烟霞眼底收。
　　　　绿被兰山左氏柳，雄关嘉峪古城头。
　　　　黄沙漠漠丝绸路，白雪凝凝川水流。
　　　　石室宝藏观止矣，跃登天马莫淹留。

（5）诗词爱好对谢家麟创新精神的影响

北京正负电子对撞机的原理就是：通过电子枪发射出正、负电子，然后不断加速到接近光速，在磁铁的诱导下正、负电子向相反的方向偏转，在相互碰撞中发现新的微观粒子或检测已有粒子的结构。如果还是亦步亦趋地跟随的话，可能就会永远落后于国际前沿，这时最需要敢于跨越的勇气。谢家麟在其回忆录《没有终点的旅程》中说："原创是人天生的本性。"在他看来，音乐家使用音符组成美妙音乐，诗人凭借字句的安排咏出千古绝唱，而加速器研究者就是要利用电磁场和粒子运动的规律与安排，组成有新的功能的器件，推动科技进步。具有诗人气质的谢家麟院士当时就大胆地带领中国科技人员进行大胆的一跃，事实证明这次决策是正确的。

谢家麟说，"什么叫科研工作？就是解决困难。路都摆在那了，你顺着走，还叫什么科研工作？科研的根本精神就是创新，就是没有路可走，自己想出条路来走。"1955年，谢家麟回国后带领一批刚出校门的大学生，用8年时间建成了中国第一台30MeV（兆电子伏）的高能量电子直线加速器，为我国第一颗原子弹的研制提供了保障和检测手段。研制这个加速器，当时所面临的情况是"一无所知"和"一无所有"，但谢家麟做的这件远远超前的研究工作，为后来建造北京正负电子对撞机奠定了技术基础，培养了中国加速器的人才。

据《谢家麟：八十高龄谱写创新四部曲》（中国科学技术馆，2019-12-28）一文描述，几十年来，他一直在思考一个问题，即能否简化低能直线电子加速器的结构和使用要求，减少装置的体积和重量，降低造价，进一步扩展它在国

民经济中的应用。通过查阅资料，他发现，虽然从 20 世纪 60 年代起就有不少研究加速器的物理学家在关注这一课题，但此前的研究要么因需要研制新的特殊部件而在当时无法实现，要么只是一个小的环节的改进，没有本质上的简化。经过长期思考，谢家麟终于产生了在整体结构上有所创新的简化电子直线加速器的想法。令人惊叹的是，21 世纪初，已是耄耋之年的谢家麟尝试突破加速器设计原理，将电子直线加速器几十年沿用的三大系统精简为两个系统，大大降低制造成本，并研制出世界上第一台紧凑型新型加速器样机。对谢家麟来说，创新是没有终点的。

谢家麟认为，"我们要建设科技强国，必须强调培养高素质的创新科技人才，能够产生新思想，并能克服困难，把思想变为现实，这样才能攀登世界的顶峰。"他崇尚"从细节中获取新的发现"，"细节问题可能是由于设计、加工、调整的不当，也可能昭示新现象的存在。微波背景辐射是宇宙大爆炸理论的支柱之一，而这却是由于研究射电望远镜噪声时发现的。"

谢家麟还总结出了"创新四部曲"：从基本概念和原理分析，到计算机模拟研究，再到实验验证和研制样机。《物理学家谢家麟的多彩人生》（人民日报海外版，2012-10-26）一文记述了谢家麟对跟踪与创新的关系的认识。他认为，在研究的初始阶段，"跟踪"是必需的，要学习前人的经验，假如不能处于和前人相近的水平，"超过"就无从谈起。然而，还要认清"跟踪模仿"与原创性发明是有很大差别的。谢家麟一直鼓励原创性研究，并认为创新也要由小及大、逐步积累。

爱好诗词，使他敢于创新，勇于创新，也善于创新。他曾提到诗词对他的影响一直是积极的，认为广泛的兴趣爱好不仅净化了心灵，陶冶了情操，增强了对美好生活的热爱和追求，还缓解和释放了工作压力，使疲惫的身心得到了积极有效的休息。正因为他过着一种诗意的简单生活，反而有利于科学创新。谢家麟一生很少运动，却是一个长寿的人，享年 96 岁。他解密自己长寿的秘诀是：一生当中都要有事做，培养广泛的兴趣，坚持做感兴趣的事。而实验动手、研究和写诗，都是他的至爱。在做自己最喜爱的事的时候，创意自然能时时闪现。

1.2 经济学家与管理学教授的诗词修养

1.2.1 经济学家厉以宁的诗词修养

（1）经济学家厉以宁简介[①]

厉以宁，祖籍江苏仪征，1930年11月出生于南京。1955年毕业于北京大学经济系。毕业后留校工作，历任资料员、助教、讲师、副教授、教授、博士生导师，北京大学经济管理系系主任，北京大学光华管理学院院长，北京大学社会科学学部主任，北京大学光华管理学院院长、名誉院长。

厉以宁在经济学理论方面著述颇丰，主要著作包括《体制·目标·人：经济学面临的挑战》《中国经济改革的思路》《非均衡的中国经济》《中国经济改革与股份制》《股份制与现代市场经济》《经济学的伦理问题》《转型发展理论》《超越市场与超越政府——论道德力量在经济中的作用》《资本主义的起源——比较经济史研究》《罗马—拜占庭经济史》《论民营经济》等。厉以宁是我国最早提出股份制改革理论的学者之一，提出了中国经济发展的非均衡理论，并对"转型"进行了理论探讨，这些都对中国经济的改革与发展产生了深远影响。此外，还主持了《证券法》和《证券投资基金法》的起草工作。

厉以宁因为在经济学以及其他学术领域中的杰出贡献而多次获奖，其中包括孙冶方经济学奖、国家中青年突出贡献专家证书、"金三角"奖、国家教委科研成果一等奖、环境与发展国际合作奖（个人最高奖）、第十五届福冈亚洲文化奖——学术研究奖（日本）、第二届中国经济理论创新奖等。曾多次被邀请到国内外多所大学与科研机构演讲。

（2）厉以宁教授的"经世致用"

厉以宁是如何把经济学研究成果应用于中国改革开放的实践并为政府决策服务的，见相关链接1.4的介绍。此即所谓"经世致用"。

[①] 部分资料来源于北京大学官网和百度百科。

> **相关链接 1.4**
>
> ### 厉以宁：不联系中国实际的经济学是没有出路的[①]
>
> 作为我国最早提出股份制改革理论的学者之一，厉以宁持续为国有企业股份制改革疾呼，他认为"股份制是解决就业问题的重要途径""中国需要大量的民营企业""道德是仅次于市场调节和政府调节的第三种力量"；作为活跃在教学一线的大学教授，厉以宁从教几十年，桃李满天下。在2018年庆祝改革开放40周年大会上，党中央、国务院授予厉以宁"改革先锋"称号，称他为"经济体制改革的积极倡导者"。厉以宁以严谨的学术著作、深刻的学术思想，在专业领域内成为翘楚，还以独到精辟的见解为政府决策服务。2013年12月，在第十四届中国经济年度人物评选中，厉以宁获得终身成就奖。评委会认为，从"厉股份"到"厉土地"，再到中国经济发展的"非均衡理论"，厉以宁对中国经济的改革与发展产生了深远影响。
>
> 1980年，厉以宁在全国劳动就业会议上提出，可以用民间集资的方法，组建股份制企业，不用国家投入一分钱，就能为解决就业问题开辟新路。这一建议在当时引发了理论界、学术界的不解和批判。20世纪90年代，股份制在全国全面推开。为此，2009年，在厉以宁虚岁八十大寿这天，他荣获了中国经济理论创新奖。该奖组委会认为，厉以宁的国有企业股份制改革理论是改革开放以来，中国经济改革和发展最具代表性的经济理论之一。在提倡股份制改革的同时，厉以宁大力支持非公经济，认为要发挥非公经济特别是民营经济在国民经济中的重要作用。
>
> 2005年春，中国第一份把个体、私营等非公有制经济作为与国有经济具有平等市场主体地位的文件《关于鼓励支持和引导个体私营等非公有制经济发展的若干意见》（即"非公经济36条"）出台，中国民营经济迎来了发展的春天。厉以宁是这份文件最早的几位倡议者之一。此后，全国掀起了一股以鼓励支持引导民营经济发展为重点的新一轮改革浪潮。

[①] 资料来源于新浪网。

此外，厉以宁一直关注"三农"问题，也是《农村土地承包法》的起草者之一。他力主改革城乡二元结构体制，让农民能够成为市场的主体。厉以宁的思维总是富有创新性和前瞻性。2021年8月17日，在中央财经委员会第十次会议中，"三次分配"成为社会关注的"重磅热词"，而厉以宁就是国内提出"三次分配"理论的第一人。

"不联系中国实际，经济学是没有出路的。"在厉以宁看来，源于实践的理论才是常新的。

（3）厉以宁的诗词爱好与创作实践

据厉以宁在各种场合回忆，他曾在金陵大学附中读书，高中毕业时以品学兼优、总分名列前茅的成绩被保送到金陵大学深造，他选择了化学工程系，以实现其工业救国的抱负。1949年12月，厉以宁到湖南沅陵参加工作，先后担任过县教育用品消费合作社会计、县修建委员会事务员，这些工作使他第一次与其毕生为之奋斗的经济学发生了直接的关系。1951年夏，厉以宁考上了北京大学经济系，由此闯进了经济学殿堂。1955—1977年，厉以宁都在经济系资料室工作。1977年，厉以宁正式登台讲课。几年间，他从资本论、经济史、经济思想史讲到统计学、会计学，前后讲过的课程有20余门。厉以宁讲课从不念讲义，只在几张卡片上列出提纲，或坐或走，将艰深的内容以通俗的语言讲授出来，讲课生涯一直持续到2016年，近40年。

厉以宁首先钟情于化学，后又选择专攻经济学，又是怎样与诗词结缘的呢？厉以宁回忆说，他对诗词的兴趣，是在中学时代培养起来的。厉以宁的诗词功底得益于他的中学语文老师，诗词格律是老师教的，而诗韵词韵是他自己下功夫熟记的，他能默写出几十种词牌的正谱。在老师的诱导和影响下，厉以宁很早就开始学写诗词，后来成为终身爱好。

厉以宁多年来吟诗填词1400余首，表1.2汇总了厉以宁1947—2008年创作的代表性诗词作品。从他的这些作品来看，第一，词要多于诗，这或许是缘于他在中学时代就熟记了几十种词牌的正谱。厉以宁所用的词牌主要是"鹧鸪天""采桑子""浣溪沙""踏莎行""南歌子""蝶恋花"和"虞美人"等，用得最多的应是"鹧鸪天"。他很少填长调，说明他喜欢简练。第二，厉以宁似乎是先学填词后学写诗，所以他的词好于诗。一般要先学写诗，再学填词，才能诗词俱佳。第三，厉以宁的词中，以抒发小我情怀的质量最高。如他写给妻子何玉春和女儿厉放的词，皆情真意切、清新感人。第四，厉以宁的诗词中描述乡土风情、关注民生和抒发乡土情怀的也比较鲜活生动，与时俱进，从中可看出时代的变迁。第五，厉以宁的咏史诗词比较有想法，可读性强。如《七绝·重读吴伟业遗言有感》一诗，厉以宁解读说吴伟业希望后人能以"诗人"的名号记住他，在他看来这是明智的，"祭酒何如诗客名"，说到底，文章才是千古事，相比高官厚禄，思想和文章才源远流长。第六，厉以宁写了大量的"借寓"诗词，所谓"借寓"诗词，就是借此寓彼的意思，即宋诗中的哲理诗。这类诗词有些寓意比较牵强，若不是有人专门解读，一般读者是看不懂的（彭松建、朱善利，2000）。有的说理意味太浓，如《七绝·广西田阳德保途中，见燕群飞过》，专人解读其寓意是论信用在市场经济中的重要性。厉以宁认为，信用是经济生活中对交易者合法权益的尊重和维护。在市场经济中，信用体系的崩溃与瓦解将对经济生活造成巨大的损害，而互信的关系，就是效率的道德基础。信用体系的瓦解，使效率失去了道德基础，互不信任的人们将形成一种内耗，力量相互抵消，不但不可能创造超常规的效率，也会使常规的效率受到影响。

表1.2 厉以宁1947—2008年创作的代表性诗词作品

序号	时间	作品	备注
1	1950年	《南歌子·山溪》 飞沫银花屑，寒光白刃锋。 劈开峻岭几多重，万里云天尽在碧波中。 岁月无穷日，清流自向东。 春来借得一帆风，四海三江何处不相通。	20岁生日时所填
2	1951年	《七绝·小塘》 喜见野花岸上开，塘边碎石满青苔。 稍浑似比纯清好，摆尾鱼儿出水来。	寓意水至清则无鱼，刚性体制和弹性体制并存比较好

续表

序号	时间	作品	备注
3	1951年	《钗头凤·湘西，山行》 林间绕，泥泞道，深山雨后斜阳照。 溪流满，竹桥短，岭横雾隔，岁寒春晚， 返？返？返？ 青青草，樱桃小，渐行渐觉风光好。 云烟散，峰回转，菜花十里，一川平坦， 赶！赶！赶！	厉以宁很喜欢自己早年填的这首词，在《北京大学名人手迹》一书中，他书写了这首词，并写道："录少年时作品，纪念在湘西的生活。"
4	1951年	《如梦令·过沅水清浪滩》 绝壁悬崖千丈，峡谷涛声回荡，逆水偏行舟，奋战急流飞浪。冲上，冲上，滩下纤歌嘹亮。	考上大学北上途中所作
5	1953年	《采桑子·颐和园》 佛香阁上看湖小，只道山高。谁道山高，见否群峰水底飘？ 半池荷叶遮行路，懒把舟摇。待把舟摇，别有风光玉带桥。	著名作曲家王立平很喜欢这首词，特地为它谱了曲
6	1958年	《浣溪沙·除夕》 静院庭深小雪霏，炉边相聚说春归， 窗灯掩映辫儿垂。 笑忆初逢询玉镜，含羞不语指红梅， 劝尝甜酒换银杯。	与何玉春新婚所作
7	1962年	《浣溪沙·无题》 几见西风送晚霞，小园开遍一年花， 篱边人去影留家。 眼底离愁谁似我，银宫寂寞不如她， 飞尘又满绿窗纱。	思念何玉春所作
8	1963年	《鹧鸪天·中秋》 一纸家书两地思，忍看明月照秋池， 邻家夫妇团圆夜，正是门前盼信时。 情脉脉，意丝丝，试将心事付新词， 几回搁笔难成曲，纵使曲成只自知。	描述分居两地的相思之苦
9	1963年	《七绝·重读吴伟业遗言有感》 长叹余生险道行，临终仍有自知明。 僧装谢世求人恕，祭酒何如诗客名。	吴伟业仕清后曾任国子监祭酒

续表

序号	时间	作品	备注
10	1985年	《鹧鸪天·为厉放获得硕士学位作》 数载坎坷志未消，登山且莫问山高。 野无人迹非无路，村有溪流必有桥。 风飒飒，路迢迢，但凭年少与勤劳。 倾听江下涛声急，一代新潮接旧潮。	父爱如山
11	1986年	《七绝·苏州枫桥》 其一 熙熙闹市石桥边，画意诗情已荡然。 空有寒山名寺在，钟声再不似当年。 其二 钟声何必似当年，新事新风闹市前。 若是乡民皆菜色，诗人能不带愁眠？	关注民生
12	1986年	《七绝·重庆夜雨》 嘉陵秋雨漫秋池，岸下蓬舟摆渡时。 隔水传来圆舞曲，几人会唱竹枝词。 《采桑子·四川自贡之夜》 细听台上轻声唱，琴曲悠扬，幕后帮腔， 缭缭余音在两厢。 剧终客散街头去，新店开张，灯火辉煌， 树下小摊酒菜香。	每个时代都有属于自己的新风尚
13	1988年	《七绝·品茶有感，于湖南君山》 茶中极品有银针，三次升浮三次沉。 世上谁人无挫折，任凭起落自宽心。	像宋诗一样好说理
14	1989年	《蝶恋花·偕何玉春骑车游青龙桥观梅》 久在瑶池台上住，散落人间，不怕尘缘误。 一片清香霜后树，为消寂寞应留步。 郊外寻春郊外雾，春尚无踪，塞下风如故。 疑是堆堆残雪处，飞花沾满多情路。	厉以宁词长于抒情、言情
15	1994年	《七律·雨中游南雁荡》 大雨滂沱归意浓，风云变幻赖从容。 来时犹见溪边树，转眼渺茫雾后峰。 人世难寻回首路，机缘一去不重逢。 急流已报飞舟渡，隔岸青青迎客松。	寓意当断则断

第1章　倡导科学与诗词的融合，培养新时代的杰出人才

续表

序号	时间	作品	备注
16	1996年	《七绝·广西田阳德保途中，见燕群飞过》 未退春寒草已生，几行旧燕到边城。 年年往返三千里，处处暂停又一程。 构筑小窝情有寄，飞回老屋悄无声。 世人当学南来燕，从不违时守信诚。	田阳和德保是广西百色地区的两个县，这首诗是厉以宁在德保写的，提倡诚信
17	1998年	《减字木兰花·贺厉放获博士学位》 艰辛历尽，风雨当年凭自信。更上层楼，莫让时光似水流。 扬鞭再赶，创业从来无早晚。处世惟谦，天外须知还有天。	为女儿厉放获得澳大利亚莫纳什大学博士学位而作
19	1998	《虞美人·观电视剧＜商鞅＞有感》 城乡尽诉胸中怨，拒为商鞅辨。 纵然变法可强兵，苛政重刑无处不心惊。 令行从未留余地，只替君王计。 大权转眼化云烟，刻薄寡恩难怪少人怜。	变法，如果只靠重刑而没有给平民百姓带来福利，甚至造成怨声载道，那么即使这种变法有利于富国强兵，也不会得到百姓的支持和理解
20	2002年	《木兰花·连云港花果山》 弯弯曲曲登山道，坡陡谷深烟渺渺。 后人急步赶前人，记取让行君莫笑。 芳洲岁岁春风到，峰顶应知明月小， 海边朝夕浪花飞，目睹几多砖塔倒。	厉以宁表示，如果放在历史长河中考察，自己只是一个经济研究的过渡性人物
21	2004年	《虞美人·山东荣成市成山头》 少年观海天无际，故土绵绵意。 轻舟好去莫回头，破浪直前随处有芳洲。 老来得失应知矣，潮退潮升起。 一番秋雨一番风，换得心宽南北亦西东。	尽显豁达
22	2004年	《减字木兰花·贵州织金洞》 刚柔相较，谁负谁赢难细道。山外奇观， 滴水年年顽石穿。 刚由柔起，不信请来溶洞里。日久天长， 滴水凝成石笋廊。	富有理趣

027

续表

序号	时间	作品	备注
23	2006年	《虞美人·携全家回故乡仪征》 隔窗遥望青砖塔,满院花枝插。 城东日出过霞云,疑似淡妆仙女换红裙。 晨风吹舞枯枝柳,不觉寒衣透。 小船飘逸过江来,愁雾顿消堤上腊梅开。	厉以宁祖籍江苏仪征
24	2006年	《踏莎行·江西婺源农村所见》 草密林深,莺飞蝶舞,野花开遍溪边渡。 山乡无处不桃源,粉墙黛瓦谁家住? 淳朴民风,勤劳农户,排排屋后新茶树。 窗明院净客人来,炖鸡香满村前路。	厉以宁皖赣之行沿途所写
25	2006年	《诉衷情·江西婺源彩虹桥》 沿村小路草塘青,飞絮乱浮萍。 廊桥避雨闲坐,话别道天晴。 迎晓月,送晨星,几曾停?水车旋转, 碾谷人家,笑语盈盈。	关注农村和农民,厉以宁笔下描绘的乡村景色也多情
26	2006年	《七绝·滕王阁》 重来又见柳条垂,古阁千年人事非。 江上难寻孤鹜影,山头依旧落霞飞。	咏史诗
27	2006年	《鹧鸪天·赠黑龙江农垦老战士》 十万官兵为戍边,征衣未解学耕田。 灌渠风雪挑灯夜,换取丰收九月天。 看黑土,话当年,白头伉俪意绵绵。 此生奉献从无悔,叮嘱儿孙永向前。	"征衣未解学耕田",写得质朴感人
28	2008年	《七绝·金婚纪念》 携手同行五十秋,双双白了少年头, 凄风苦雨从容过,无悔今生不自愁。	厉以宁与夫人何玉春的金婚纪念

（4）厉以宁评宋词

据《厉以宁:无悔今生不自愁》（文汇报,2019-09-02）一文介绍,厉以宁70岁（2000年）生日那天,历届弟子数百人在北京大学光华管理学院聚会。上午举行讲座,由厉以宁讲"唐宋诗词欣赏";下午举行"厉以宁诗词研讨会";晚间举行"厉以宁诗词朗诵会"。编者看到后的第一感觉就是:北大汉语言文学

第1章　倡导科学与诗词的融合，培养新时代的杰出人才

专业名家辈出，何用一个业余爱好者讲唐诗宋词呢？其实，厉以宁对唐诗宋词的评点颇见功力，他几十年来品读唐诗宋词不辍，并认真做读书笔记，且厉以宁本人也擅长填词。下面就以他对宋词的品评为例，看看其中是否真有灼见。

厉以宁认为冯延巳、晏殊和牛希济的创新在于词的造句清新，用婉约的情调写情写景，从而摆脱了花间词的浓艳。宋词中的婉约词由此形成一种传统：文字优美，造句清新，音节和谐，词风婉约，感情含蓄。欧阳修、秦观、早期的李清照以及南宋的朱淑贞，都是著名的婉约词人。婉约词人在"文以载道"的传统文学观念之外，开辟了一个描写人的内心真情实感的文学表达形式。

苏轼本人的创新，在于使词不限于恋情、离愁、风花雪月，而是扩大了词的题材范围。苏轼词作上的创新，不仅开创了豪放词风，而且还"以诗为词"，把诗的题材和表现方式引入了词中。厉以宁认为王国维对贺铸的评价有失公允，贺铸在学习苏词方面的成就可能不如秦观，但与晁补之不相上下，且肯定胜于黄庭坚和张耒。对此编者有不同见解。王国维认为贺铸的词缺少真味，没有对其归属豪放和婉约进行区分。如果读了贺铸更多的作品的话，就会认同王国维对其的评价了。

厉以宁指出，朱敦儒《鹧鸪天·西都作》这首词并不如评论家所说的那么好，这是在北宋覆亡前夕写的，只是逃避现实之作而已。厉以宁的批评并不完全公允，因为一个诗人是很难看出北宋覆亡之兆的。而再看朱敦儒《采桑子·彭浪矶》一词，国破之痛，也是很深沉的。对于朱词，厉以宁有"山水田园词"的说法，在晏词婉约、柳词铺叙和苏词豪放磅礴之外自成一家，并开创了一种新的词风、词路。这种词风和词路在此前是少见的。厉以宁说，朱词可以被称为六朝山水田园诗的延续，也可以说是"谢诗入词"或"陶诗入词"。

《鹧鸪天·西都作》

我是清都山水郎，天教分付与疏狂。曾批给雨支风券，累上留云借月章。

诗万首，酒千觞，几曾著眼看侯王。玉楼金阙慵归去，且插梅花醉洛阳。

《采桑子·彭浪矶》

扁舟去作江南客，旅雁孤云。万里烟尘，回首中原泪满巾。

碧山对晚汀洲冷，枫叶芦根。日落波平，愁损辞乡去国人。

厉以宁认为辛词的创新主要表现在以下两点：一是爱国思想和战斗精神贯穿于奔放豪迈的词内，不论是收复失地的一腔抱负，还是用世之心未得施展的抑郁之情，辛弃疾皆言之于词，这就继苏轼之后再次扩大了词的题材；二是词的散文化、议论化倾向，既是不足，也是创新。

1959年，厉以宁和好友马雍谈论宋词时，都认为刘克庄不逊于陆游和辛弃疾。试看刘克庄填的《忆秦娥·暮春》一词，就知厉以宁对其词作的评价十分恰当。全词不见暮春二字，却句句在写暮春，可见词人对暮春光景观察的细致入微。

《忆秦娥·暮春》

游人绝，绿阴满野芳菲歇，芳菲歇。养蚕天气，采茶时节。

枝头杜宇啼成血，陌头杨柳吹成雪，吹成雪。淡烟微雨，江南三月。

厉以宁认为，姜夔词貌似柳永、周邦彦之词，以朱敦儒的清幽飘逸为补充。创新之处在于以下两个方面：首先，格律谨严，用字雅致。和柳永一样，姜夔也精通音律，能自制新腔，词作在音乐方面成就较高。其次，寓意含蓄，隐晦地借词托意。姜夔擅长写咏物词，通过咏物来寄托心志，同时姜词也常常堆砌大量典故，因此意思往往隐晦、含蓄。厉以宁认为，《扬州慢》这首词是姜夔词中最好的作品之一，而不是此前公认的《暗香》和《疏影》两词。编者赞同这个观点。厉以宁还指出，姜夔的绝句也很清新，例如以下两首。

《除夜自石湖归苕溪》

细草穿沙雪半销，吴宫烟冷水迢迢。

梅花竹里无人见，一夜吹香过石桥。

第1章 倡导科学与诗词的融合，培养新时代的杰出人才

《过垂虹》

自作新词韵最娇，小红低唱我吹箫。

曲终过尽松陵路，回首烟波十四桥。

厉以宁还比较认可张炎的词。张炎生活在南宋覆亡之际，晚年贫病交加，厉以宁对其晚景深表同情。张炎有一首词《解连环·孤雁》，属长调，通篇写雁，而没有一个雁字，要不是题目中提到是孤雁，就只能猜谜了。据说在宋代，对这类作品往往评价较高，亦如郑谷的《鹧鸪》诗和林和靖写小草的词《点绛唇》。张炎正因写了《解连环·孤雁》，所以博得了"张孤雁"的美称。而长调能写得这么好，实在不易。

《解连环·孤雁》

楚江空晚，怅离群万里，恍然惊散。自顾影、欲下寒塘，正沙净草枯，水平天远。写不成书，只寄得、相思一点。料因循误了，残毡拥雪，故人心眼。谁怜旅愁荏苒？谩长门夜悄，锦筝弹怨。想伴侣、犹宿芦花，也曾念春前，去程应转。暮雨相呼，怕蓦地、玉关重见。未羞他、双燕归来，画帘半卷。

表1.3精选了厉以宁评宋词的诗词12首。从厉以宁对宋词名家作品的评价来看，他具有相当高的诗词鉴赏水平，且以是否有创新来作为评判作品质量的标准，这是很有意义的。我们现在学习唐诗宋词，就是要从这些"天才"的作品中解读创新密码，并因此学会怎样创新。另外，从表中厉以宁自己创作的"评价诗"来看，其水平要远高于其他类型的诗作。这是因为厉以宁在创作这些"评价诗"时有所参照，可以从被评价作者的词作中借鉴并使用地道的诗词语言。这也就是为什么诗词读得多的人，诗词创作水平就高的原因。至此，读者就会明白为什么诗词业余爱好者厉以宁敢于在北大讲授"唐宋诗词欣赏"了，而且听者如云，得到学生们的广泛好评。

表 1.3　厉以宁评宋词诗词精选

序号	时间	点评诗
1	1954 年	《七绝·重读秦观词》 晨风惊动小桃枝，残月三星肠断时。 纵说春江流似泪，愁情不及少游词。
2	1955 年	《七绝·重读贺铸词》 梅子黄时絮满城，春风不嫁百愁生。 少年侠气今何在？头白空床听雨声。
3	1956 年	《秋波媚·重读李后主词》 玉树琼枝竞奢华，烟火照流霞。 兴亡有道，风摧朽木，大浪淘沙。 人间何处无生路，偏入帝王家。 朝冠易改，娇妻难护，此恨无涯。
4	1956 年	《七绝·重读晏殊词》 花落燕来小径中，采桑少女笑颜红。 休言富贵无佳作，纤巧温馨一代风。
5	1956 年	《七绝·重读牛希济词》 天涯芳草绿罗裙，嘶马摇鞭只为君。 说尽相思仍是梦，楚山无路对愁云。
6	1956	《七绝·重读周邦彦词》 风老莺雏梅子黄，春归无影忆渔郎。 隋堤折柳送行客，词在精工不在狂。
7	1956 年	《七绝·重读苏轼词》 霰霜泪尽江城子，芳草情深蝶恋花。 歌罢大江东去急，乘风追月到天涯。
8	1984 年	《七绝·仪征，拟吊柳永墓未能如愿》 冷落清秋江上洲，半生漂泊一生愁。 柳坟何在谁知晓，天际长江无语流。
9	1991 年	《七绝·洛阳返京途中经过安阳，车上忆及朱敦儒词有感》 敌骑昨夜过临漳，犹盼插花醉洛阳。 评者多夸闲逸好，错将逃避作疏狂。

续表

序号	时间	点评诗
10	1994年	《踏莎行·河南开封怀古》 歌舞青楼，花灯闹市，坊间笔走龙蛇字。 易装巡幸自风流，满朝谁问幽燕事？ 塞草荒沙，恍然隔世，囚车受辱千秋耻。 观天坐井悔无穷，当初何不疆场死？
11	1999	《七绝·重游瘦西湖，忆姜夔<扬州慢>》 重到须惊好赋诗，湖边灯火映梅枝。 年年红药花开落，月色波心胜旧时。
12	2006	《清平乐·赣州郁孤台》 两江会聚，缓缓鄱阳去。 云白峰青遮不住，夹岸野花杂树。 郁孤台下清流，稼轩笔底新愁。 最怕鹧鸪声切，乡思重上高楼。

（5）厉以宁诗词鉴赏和创作成就的社会评价

厉以宁给他的夫人何玉春写诗填词，从青春年少写到满头白发。厉以宁还经常给女儿厉放填词。他1962年写的《浣溪沙·无题》和1963年写的《鹧鸪天·中秋》，都是思念远在东北的妻子的相思词。这两首词都被选入谢冕教授主编的《中国当代文学作品精选（1949—1999）》诗歌卷中。傅旭（2003，2016）对这两首词的评价是：语言清新自然，潇洒自如，灵性充盈。据《厉以宁诗词的主题与情怀》一文（可可诗词网，2020-04-15）描述，厉以宁从17岁的时候开始诗词创作，就题材而言，他以现代生活入诗，大大拓展了古典诗词的题材范围。这是厉以宁诗词创新的一个方面。厉以宁的古典诗词赋予了时代的新内容，这在当代中国诗词中是不可多得的。新闻界前辈范敬宜先生就曾以《诗人厉以宁》为题发表过文章（经济日报，1999-03-25），认为"厉以宁的诗词作品不仅内容新颖，而且语言清新、自然，直追宋词风度，富有时代气息，没有古板僵化的陈腐气味。他的诗词作品反映了他的个人经历和感受，尤其是描写爱情和家庭生活的诗，生动立体，情感真挚。厉以宁的诗词创作实践，是旧体诗词因为内容新颖而焕发生机的一个典型例子"，这种评价已经很高了。

在《经邦济世 诗化人生——记厉以宁教授》（北京大学新闻网，2023-02-27）一文中如此评价厉以宁诗词：含蓄蕴藉，不失骚人之旨。诗的语言清新、典雅，传统笔墨与时代气息结合得那么自然和谐，新而不俗，陈而不迂。"不求浮华求警句""诗是深思词是情，心泉涌出自然清"，则是厉以宁对诗词创作的艺术追求。不过编者认为，厉以宁的诗说理意味较重，不及词清新活泼，尤其是献给妻子和女儿的诗词，情意深长，感人至深。

厉以宁兼具诗词鉴赏和诗词创作两种才能。厉以宁评唐诗宋词，独以相对前人是否有创新作为重要的质量标准，按其隐含的意思，创新包括语言创新和题材的扩展两类。这是在王国维的境界说之外另立的标准，是值得肯定的。

1.2.2 管理学教授郝旭光的诗歌创作尝试

（1）郝旭光教授简介[①]

郝旭光是对外经济贸易大学国际商学院一级教授（相当于国家二级），博士生导师，享受政府特殊津贴专家，北京市优秀教师，北京市高校十佳师德标兵，北京市教学名师，对外经济贸易大学"十大大学生最喜爱教师"。郝旭光教授长期主讲组织行为学、领导力、管理学、社会心理学等课程，主讲的组织行为学于2020年被认定为首批国家级一流本科课程，主讲的领导力被评为校级精品课程。曾获北京市第十五届哲学社会科学优秀成果二等奖；出版专著和教材共21部，其中独著5部；在权威学术期刊发表论文60余篇，共发表学术论文200余篇。

郝旭光教授还在搜狐网、凤凰网开设了"郝论领导力"公众号并亲自运营，包括以下专题：郝好说监管、郝讲组织行为学、郝说心理学、领导力、决策行为、投资心理、旅游诗画、随笔感悟等。他还通过微博等形式与读者互动，分享其知识、经验。此外，郝旭光教授还在其他平台上开设了专栏，如新浪财经的"郝好说监管"、中国企业家网的"郝论领导力"、上海电视台第一财经频道和《上海证券报》的"投资心理学"，并在《人民日报》《光明日报》等媒体上发表专业或杂论类文章200余篇，尽显其教学与学术洞见及活跃度。郝旭光教

[①] 部分资料来源于对外经济贸易大学国际商学院官网、搜狐网、凤凰网及"郝论领导力"公众号。

第1章 倡导科学与诗词的融合，培养新时代的杰出人才

授业余爱好读书、写作、旅游和运动，2017年开始自学律诗。

（2）郝旭光教授的诗歌创作及动机

郝旭光没有在公开场合直接用文字说明其自学律诗的动机，也没有明确表示诗歌创作与其教学和科研工作之间有何联动关系，只在其负责运营的公众号"郝论领导力"上开辟有两个多少与诗歌有点关系的专题"郝好旅游悟管理"和"旅游诗画"，可见其初衷是"读万卷书行万里路"，通过旅途中的见闻，思考管理真谛并通过诗歌作品呈现出来。表1.4汇总了郝旭光2017年以来创作的格律诗。而从2020年起，在其主讲的慕课"组织行为学"中的第七讲"激励"和第十讲"理性谈判"中均尝试用诗歌总结主要知识点和理论，当然这类诗歌非常通俗，还不是真正意义上的格律诗（见表1.5、表1.6）。这说明诗歌的引入对其所授课程教学效果的提升是有积极的促进作用的，不然，郝教授就不会如此做了。从专业的角度来看，郝旭光目光敏锐、观点犀利，教学和科研都做得不错，尤其是其围绕教学做科研的实践对提升教学质量有显著的影响，就其诗歌创作来说，也比较注重格律，但由于自学律诗时间不长，在意境的营造尤其是诗歌语言的把握上尚有很大的提升空间。

表1.4 郝旭光教授2017年以来创作的格律诗汇总

时间	题目	作品
2018年	《七绝·仙境清明雪后篇》（颐和园）	明前寒雨孟阳挥，隔夜玄冬朔雪飞。彩缕银波怡色舞，繁花玉影惜春归。
2018年	《七律·黄果树大瀑布》	狂涛不乐号军挥，峭岫无槌响鼓威。秀水青山随处见，澄幽高峻此间围。银河仰视峰排闼，白练倾瞻壁翰飞。升雾腾云天赐画，崩珠扬玉地生辉。
2019年	《七律·咏密云水库》	檀州胜景大湖边，荡漾轻舟古北前。吞吐潮白沧海起，拥倚云霞峻峰迁。沙鸥戏水银珠落，兰芷生香瑞气连。浩渺清波澄碧处，含灵酝造惠幽燕。
2019年	《七绝·国庆阅兵大典礼赞》	东风利剑卫金瓯，装甲戎弓固九州。展翅雄鹰遨万里，沙场百战铁军谋。

续表

时间	题目	作品
2020 年	《七绝·无题》	清波万寿映红妆，敛锦金狮兆瑞祥。涵玉虹桥人欲醉，新年朝旭谱华章！

资料来源："郝论领导力"公众号。

表 1.5 慕课"组织行为学"第七讲"激励"所配七绝（11 首）

序号	题目	作品
1	动机与激励	动机激励两分流，导入行为内外由。强度东西持续性，相期努力目标收。
2	人的行为模型	需要底部紧张连，随后催生动力全。开始行为消不适，目标达到整齐篇。
3	马斯洛需要层次论	生存满足晃悠悠，常想安全只觉愁。内外社交尊重处，潜能实现欲何求？
4	双因素	保健常思不足因，予知条件探留人。为求满意扬誉至，工作成功化本身。
5	期望理论	行为绩效可相连？评价能同奖赏牵？寄翼报酬人尽足，青灯残茗涌诗篇。
6	公平理论	常来比较可区分？三种公平告视文。结果或需程序伴，追随互动意超群。
7	麦克利兰的三种需要理论	三种需要乃后天，所求归属社交篇。责任影响谋权力，挑战更优进取先。
8	高成就需要者	日臻进步自权衡，冒险均分稳妥平；反馈即时追绩效，桢干谋划待深耕。
9	认知评价理论	内在行为激励谋，动机弱化水平愁。认知评价归因改，乐趣周施控制收。
10	目标设置理论	目标导向聚焦同，具体相关挑战中。承诺完成应反馈，亲身参与获新功。
11	目标设置理论	目标导向聚焦功，具体相关挑战中。承诺完成须反馈，亲身善始必令终。

资料来源：郝旭光《管理等于激励？知不易行更难》（凤凰网，2020-04-01）。

第1章 倡导科学与诗词的融合，培养新时代的杰出人才

表1.6 慕课"组织行为学"第十讲"理性谈判"所配七绝（7首）

序号	题目	作品
1	谈判定义	双方地位古难全，终极均持否决权？ 对手赞同求利益，多赢目的记心田。
2	谈判中最重要的两个词	关键名词含一对，何时多取可求同？ 往来讨价更常见，协议完全贯始终。
3	讨价还价——1	开价要高回合慢，每轮让步馈还收。 内容斤两加承诺，主次分明底线留。
	讨价还价——2	要价高开迟答应，每轮让步馈还争。 锱铢必较连同意，主次该分底线明。
	讨价还价——3	让步调和只见愁，力推数字拟更优。 谁将文字垂青待，重压来临水自流。
	讨价还价——4	学来说不水常流，保证空间让步收。 退一进三文备择，力争托底未言愁。
	讨价还价——5	关键名词谈判选，何时多取可求同？ 各方讨价寻常事，协议签成贯始终。
4	立场与利益	立场利益可明查，前者何如后一家？ 表面所提君易见，深层缘故少萌芽。
5	授权策略	授权策略实难忘，谈判何时效果强？ 运用机灵寻委托，探求防火着新装。
6	价格不单独可议	价格能谈误解愁，简单可议少来求， 前提一组寻交易，条件难同综合谋。
7	谈判顺序	交流顺序可区分？后易先难让步闻？ 由简入繁多处见，只求彼此或浮云。
总结	理性谈判要点	双方都有最终否决权？最重要的词汇需判断。 开价要高，还价要慢。抓大放小，让步交换。 习惯说不，保留空间。善意让步，务求避免。 数字精准，重在书面。授权策略，效果可观。 极限施压，忽略不见。顺序合理，先易后难？

资料来源：郝旭光《理性谈判的智慧：理论与实践》（凤凰网，2020-05-13）。

1.3 钱学森之问可以破解吗

2005年,钱学森在与国家领导人的谈话中,对中国的教育和科技发展提出更高期待:"现在中国没有完全发展起来,一个重要原因是没有一所大学能够按照培养科学技术发明创造人才的模式去办学,没有自己独特的创新的东西,老是冒不出杰出人才。这是很大的问题。"这段话后来被概括为著名的"钱学森之问"。[①]

对于"钱学森之问",不同的人有不同的看法。社会公众普遍认为:我国基础教育阶段最为人诟病的是学生负担过重,严重扼杀了学生发展兴趣、创新探究的天性。杜善义和陈和生院士则认为:"普遍存在于社会的浮躁情绪,是人才培养过程中的最大敌人。"国际宇航科学院院士、原中国航天系统科学与工程研究院院长薛惠锋认为,应"集大成,得智慧"。教育体制中培养的学生缺乏创造性人才的第一个原因是学生的知识结构有问题,学生过多地局限于专业知识,而缺乏跨学科、跨领域的知识,而这些往往是具有创造力的人才的特征。而且"精致的利己主义者"的价值取向也在一定程度上阻碍了学科之间的交叉与融合,导致"大家"难以涌现。

诗词是我国优秀的传统文化。诗词爱好能戒除浮躁和急功近利行为,还能极度激发人的想象力和创造力。除郝旭光教授不能擅称"大家"外,本章介绍的诸位"大家",均有相当的诗词修养。挖掘其成才过程,不难发现诗词的积极促进作用。所以编者认为,提倡诗词这种艺术形式与自然科学、经管等学科的融合,或许是破解"钱学森之问"的一条有效途径。而要真正落到实践上,高考作文允许诗词这种形式最为有效。大学教育中,鼓励多开设一些诗词与各学科交叉融合类课程应是可取之举。因为仅有单方面才能并在自己擅长的领域里深耕,只能成为专家。专家又分小专家和顶级专家。具有多方面才能且能融会贯通者,才能成为"大家"。如果爱好多样,无一样精通,只能算是杂家。古往今来的"大家",多能文理兼通、融会贯通,所以本章的主题为"倡导科学与诗

---

① 部分资料来源于百度百科。

第1章 倡导科学与诗词的融合，培养新时代的杰出人才

词的融合，培养新时代的杰出人才"。

思政课堂

诺贝尔奖得主李政道教授曾力推北京正负电子对撞机的建设，并毕生主张通过"艺术与科学的融合"来培养造就杰出人才。

1. 李政道教授在此方面曾经做过哪些有意义的工作？成效如何？

2. 李政道教授在《科学文化评论》创刊号上曾撰写过一篇短文《让科学在中国大地生根》，他在文中强调"科学与艺术是同一枚硬币的两面。艺术与科学的共同基础是人类的创造力，它们所追求的目标都是真理的普遍性"。请阅读这篇短文，看看李政道教授是如何看待科学与艺术的关系的。

章末问答题

1. 本章提及的几位科学家的诗词修养有的源于家学渊源，有的源于青少年时期的业余爱好，后来又都因为国家的需要学习了自然科学。有的理工科学生本来就没有诗词爱好或家学渊源，提倡其在大学或研究生期间学习与诗词有关的课程，进行科学与诗词的融合，是不是很勉强，也不能因此造就未来的"大家"呢？

2. 李约瑟曾提出这样的难题："曾经高度发达的中国科学为什么没有发展出现代科学，反倒是科学发展并不领先的欧洲取得了突破，发展出了现代科学？""尽管古代中国人发明了指南针、火药、造纸术和印刷术，但为什么近代自然科学和工业革命都起源于欧洲，而不是中国？"对此你有何看法？答案是什么？

第 2 章

三行诗、集句联和集句诗（词）的创作与实践

诗词创作对初学者来说有一定的难度，但有两条捷径可走，先易后难：一是写不出四行，可以先学习创作三行诗；二是写不出格律严整、诗味浓郁的诗词来，可以先创作集句联和集句诗（词）。因此，本章就三行诗、集句联和集句诗（词）的创作与实践展开讨论。

2.1 什么是三行诗

据百度百科定义，三行诗原称"三行情书"，源于日本汉字协会为推广汉字教育而发起的一种诗歌体裁，往往以某事物为主题，要求作者以60字以内、排列成三句的形式表现出来。因为文艺复兴时期意大利诗人但丁的名著《神曲》就是三行韵律诗歌，所以三行诗并不算是日本人首创。三行诗在我国曾一度风靡，很多青年效仿这种体裁，写出类似的表白体。我国高校如复旦大学、武汉大学、北京师范大学、南京大学和中国科学院大学等都曾举行过三行诗赛事。以下是南京大学一次三行诗比赛获得特等奖的作品《咏梅》，可以看出作者具有相当的文学功底。

《咏梅》

命中因怯暖 / 不敢向君开 / 春来抱死赴尘埃

此处需要明确的是：三行诗需要排列成三行，但排列成三行的并不都是三行诗。如汉高祖刘邦的大风歌就只有三行："大风起兮云飞扬，威加海内兮归故乡，安得猛士兮守四方。"但它不是三行诗，而是属于汉乐府。

第2章 三行诗、集句联和集句诗（词）的创作与实践

2.2 创作三行诗的意义、要求和示例

2.2.1 创作三行诗的意义

当下创作三行诗到底有何意义？首先，创作三行诗，可以学一门高雅的技艺。一个人总需要有点业余爱好与才艺，以便于交际与沟通。其次，学写三行诗，也可以自娱自乐，丰富业余生活，算是有一个积极的不良情绪宣泄窗口，防止心理问题的积累。三行诗除了有字数和行数的上限外，几乎没有什么限制，押韵、对仗和平仄等都可以一概不管，所以创作者尽可以发挥其聪明才智。又由于篇幅短小，适合当下人们生活节奏快、时间碎片化的特点，所以人人皆可创作，遍地皆成英雄！三行诗有可能会成为继唐诗、宋词之后的另一类流行的韵律诗歌，因为束缚少，易出精品。

2.2.2 创作三行诗的要求

三行诗的创作虽然很自由，但也不是一点要求都没有。写一首三行诗，首先是要有诗意。三行诗既然属于诗歌的一个品类，就要有诗意，这是最基本的。其次是三行诗还要在感动指数、文采指数和技术指数三个维度上至少有一个十分突出，这样才能达到一定的人气指数。所谓感动指数，就是要以真情实感打动读者。所谓文采指数，就是让读者在读一首作品时能感受到创作者有相当的文学功底。所谓技术指数，就是作者在创作一首三行诗时涉及对自己精通的专门领域的表达，这样的三行诗往往只有同行能读懂且会心一笑。而所谓人气指数，就是认同、点赞或者主动传播和引用一首三行诗的人数的多寡。从这个角度来看，技术指数高的作品，也有可能人气指数低。最后就是三行诗往往最后一句是出人意料的神来之笔。

2.2.3 三行诗的创作实践

以下两首三行诗曾经在网上广为流传（见示例2.1、示例2.2）。示例2.1之所以好，在于语带双关，借咏雪寄托白头到老的美好希翼；示例2.2之所以好，

在于创作者观察爆米花的过程十分细致，且具有引申意义，联想到这也是一个十分艰难的破旧立新的过程。示例2.3的三行诗为编者自创（王冬梅，2016），是对编者主攻的专业领域财务会计学中借贷复式记账法的记账规则的表达。众所周知，初学会计的人，往往觉得复式记账法的记账规则难懂，被认为是财务会计课程教学的一个难点，所以会计学原理或财务会计的教材中往往将其总结成十字诀"有借必有贷，借贷必相等"，这样的口诀有点像是师傅教授徒弟时传授的心法。为了与时俱进，编者把它换成了三行诗的形式。这首三行诗同时还引申至保持内心平衡的不易，正所谓"长恨人心不如水，等闲平地起波澜"，所以学生们觉得好。示例2.1和示例2.3均在最后一句上下功夫，就是所说的"神来之笔"。示例2.1主打感动指数，示例2.3则主打技术指数，懂会计的人往往会"秒懂"。示例2.2的寓意极佳，一般人写不出来，兼顾感动指数和技术指数。这3首三行诗都十分经典，都有很高的人气指数。

示例2.1 《咏雪》

雪一直下 / 我们一直走 / 到白头

示例2.2 《爆米花》

煎熬的顶点是一声怒吼 / 破旧 / 翻新

示例2.3 《借贷复式记账法》

借记在左 / 贷记在右 / 平衡是我心底永恒的追求

2.3 集句联和集句诗（词）

2.3.1 集句联

何为集句联？就是将前人的诗词作品中的句子摘录出来放在一起构成一副新的对联，这副新整合的对联往往别具新意甚至妙趣横生。想要把集句联创作

第2章 三行诗、集句联和集句诗（词）的创作与实践

好，创作者的诗词储备量至关重要。这个过程若是放在当下，完全可以交给写诗软件去做，但极有可能出现对开或合掌的弊病，这是创作对联比较忌讳的。所谓对开，就是上下联意思不关联；所谓合掌，就是上下联意思重复。

关于集句联的创作，有一个十分经典的故事。传说当年王安石读白居易的《琵琶行》，大为赞赏，想要为"江州司马青衫湿"找一句合适的下联以构成工整的集句联，但是想破了头，也没有答案。王安石把这个难题告诉了身边的很多人，大家一时也没有想出合适的下联。后来这件事被诗人蔡肇（即蔡天启）知道了，他哈哈一笑，"为何不对'梨园弟子白发新'呢？"王安石不由得拍案叫绝。"梨园弟子白发新"也是出自白居易的《长恨歌》，属于白居易对白居易（见示例2.4），难怪王安石大为赞赏了。

示例 2.4

江州司马青衫湿

梨园弟子白发新

南朝陈人谢贞，为谢安四弟谢万九世孙，八岁时，曾写《春日闲居》五言诗，有"风定花犹落"诗句。据沈括的《梦溪笔谈》记载，谢贞的"风定花犹落"诗句，没有合适的下联，结果王安石灵机一动，用"鸟鸣山更幽"来对仗，赢得满堂喝彩（见示例2.5）。"鸟鸣山更幽"出自南北朝诗人王籍的《入若耶溪》："蝉噪林逾静，鸟鸣山更幽。"沈括在《梦溪笔谈》中评价说："风定花犹落，乃静中有动；鸟鸣山更幽，乃动中有静。"这样整合之后，集句联比王籍的原联还要厉害。

示例 2.5

风定花犹落

鸟鸣山更幽

以下两副集句联为编者所创，如表2.1、表2.2所示。

表 2.1 陆游对李商隐集句联

集句	原诗
位卑未敢忘忧国	《病起书怀》[陆游] 病骨支离纱帽宽，孤臣万里客江干。 **位卑未敢忘忧国**，事定犹须待阖棺。 天地神灵扶庙社，京华父老望和銮。 出师一表通今古，夜半挑灯更细看。
碧海青天夜夜心	《嫦娥》[李商隐] 云母屏风烛影深，长河渐落晓星沉。 嫦娥应悔偷灵药，**碧海青天夜夜心**。

表 2.2 陆游对陆游集句联

集句	原诗
壮志病来消欲尽	《秋夜将晓出篱门迎凉有感·其一》[陆游] 迢迢天汉西南落，喔喔邻鸡一再鸣。 **壮志病来消欲尽**，出门搔首怆平生。
南望王师又一年	《秋夜将晓出篱门迎凉有感·其二》[陆游] 三万里河东入海，五千仞岳上摩天。 遗民泪尽胡尘里，**南望王师又一年**。

表 2.3 是从水木清华上摘抄下来的部分有趣的集句联，或搞笑、或讽刺、或凑巧，妙趣横生，各位读者不妨欣赏一下。

表 2.3 有趣的集句联

序号	集句联
1	仰天大笑出门去，无人知是荔枝来。
2	男人四十一枝花，我花开后百花杀。
3	劝君更进一杯酒，从此萧郎是路人。
4	劝君更尽一杯酒，从此君王不早朝。
5	但使龙城飞将在，从此君王不早朝。

续表

序号	集句联
6	不识庐山真面目，只识弯弓射大雕。
7	洛阳亲友如相问，梨园弟子白发新。
8	忽忆友人天际去，一日看尽长安花。

2.3.2 集句诗（词）

集句诗（词）就是由集句联组成的诗（词）作品，虽然每一句都不是作者创作的，却赋予了整首作品新的含义。集句与抄袭最大的区别，在于是否有新意的产出（陈婷，2019）。吴师道《陈氏凤髓集后题》称："文文山在羁囚中，始专集杜陵诗以发己意，咸谓创见。"意思就是说：文天祥在被囚禁时用杜甫诗句作成的集句诗，大家都认为很有自己的创见。宋代是集句诗较为发达的时代，而王安石更是集句诗发展过程中的重要人物。人们对王安石的集句诗评价很高，如严羽《沧浪诗话》云："集句惟荆公最长，胡笳十八拍，浑然天成，绝无痕迹，如蔡文姬肝腑间流出。"对王安石的《金陵怀古》集句诗，严羽《沧浪诗话》盛赞其"浑然天成，绝无痕迹"，沈括《梦溪笔谈》称其集句"语意对偶，往往亲切过于本诗"，《苕溪渔隐丛话》引陈正敏《遁斋闲览》云"词意相属，如出诸己"。示例 2.6 就是王安石整合的《梅花》诗，分别来自 4 首唐宋诗（见表 2.4），但读来没有任何违和感，就像是他自己创作的一般。

示例 2.6 《梅花》

白玉堂前一树梅，为谁零落为谁开。

惟有春风最相惜，一年一度一归来。

表 2.4　王安石集句诗《梅花》出处

序号	原诗
1	《春女怨》［蒋维翰］ **白玉堂前一树梅**，今朝忽见数花开。 儿家门户寻常闭，春色因何入得来。
2	《落花》［严恽］ 春光冉冉归何处，更向花前把一杯。 尽日问花花不语，**为谁零落为谁开**。
3	《和练秀才杨柳》［杨巨源］ 水边杨柳麹尘丝，立马烦君折一枝。 **惟有春风最相惜**，殷勤更向手中吹。
4	《寄远》［詹茂光妻］ 锦江江上探春回，销尽寒冰落尽梅。 争得儿夫似春色，**一年一度一归来**。

编者也曾创作过6首集句诗（见表2.5）。以第6首为例，第一句出自晏殊的《诉衷情·海棠珠缀一重重》，全词为："海棠珠缀一重重。清晓近帘栊。胭脂谁与匀淡，偏向脸边浓。看叶嫩，惜花红。意无穷。如花似叶，岁岁年年，共占春风。"第二句和第四句出自宋代诗人陈与义的《春寒》诗："二月巴陵日日风，春寒未了怯园公。海棠不惜胭脂色，独立蒙蒙细雨中。"第三句则来自元好问的《同儿辈赋未开海棠》诗："枝间新绿一重重，小蕾深藏数点红。爱惜芳心莫轻吐，且教桃李闹春风。"

表 2.5　编者自创集句诗汇总

序号	集句诗
1	苏东坡 + 李白 一年好景君须记，竹刺藤梢步步迷。 我寄愁心与明月，随君直到夜郎西。

续表

序号	集句诗
2	崔护 + 晏几道 + 白居易 + 苏东坡 去年今日此门中，歌尽桃花扇底风。 忽忆友人天际去，寂寂东坡一病翁。
3	苏东坡 + 罗隐 梨花淡白柳深青，柳絮飞时花满城。 今朝有酒今朝醉，人生看得几分明？
4	黄庭坚 + 秦观 落木千山天远大，澄江一道月分明。 菰蒲深处疑无地，忽听人家笑语声。
5	汉乐府 + 杜甫 + 王湾 江南可采莲，何日是归年。 今春看又过，归雁洛阳边。
6	晏殊 + 陈与义 + 元好问 叶嫩花红意无穷，二月巴陵日日风。 爱惜芳心莫轻吐，独立蒙蒙细雨中。

思政课堂

表2.6汇总了各国文旅局和我国部分省市文旅厅（局）在新冠疫情期间写给中国（祖国）的三行诗，请思考以下问题。

1. 各国文旅局赠送给中国的三行诗想传达什么？

2. 为什么贵州省、河南省、江西省及西安市文旅厅（局）很用心地创作三行诗献给祖国？

3. 按本章介绍的三个维度评价这些三行诗的创作水准。

表2.6 新冠疫情期间写给中国（祖国）的9首三行诗[①]

序号	创作方	三行诗
1	日本国国家旅游局	同气连枝 / 无畏山海 / 珍重待春风
2	新加坡旅游局	心中有爱 / 希望满载 / 期待与你从"新"出发
3	泰国国家旅游局	冬阴功水果和咖喱 / 都不如 / 你痊愈
4	加拿大旅游局	守望相助 / 枫叶连心 / 我们一直与你同在
5	迪拜旅游局	海水依偎沙漠 / 星河环绕高塔 / 我愿跨过山海拥抱你
6	贵州省文化和旅游厅	人文日新 九洲锦绣 / 惠风浅畅新贵州 / 默默等候
7	河南省文化和旅游厅	待春风如期 / 山河无恙 / 我们开门互道平安
8	西安市文化和旅游局	待到春风送暖 / 万里神州复曙 / 再相约梦回长安
9	江西省文化和旅游厅	冬尽春至 / 三月田野花已开 / 独好风景只等你归来

章末问答题

1. 你认为三行诗在新时代的发展前景如何？有何应用价值？

2. 集句与抄袭的最本质区别是什么？

3. 王国维在《人间词话》中提炼出的描述做学问的三重境界的词属于集句词吗？分别取自哪些作者的词作？词牌分别是什么？

[①] 资料来源于搜狐网。

第 3 章

格律诗（词）的格律、鉴赏及创作

本章首先简述格律诗词的格律要求和基于自身的感悟如何鉴赏格律诗词，包括毛泽东诗词的艺术特色总结，其次就编者的创作实践进行了简要的介绍，同时提出新时代应鼓励创作"改良体"诗词的主张，最后介绍了现在颇为流行的 AI 写诗，包括其定义、常用平台、AI 写诗与人写诗的异同、AI 写诗的优劣势和人类对其应持有的态度等。

3.1 格律诗（词）的格律

3.1.1 格律诗（词）的界定

什么是格律诗（词）？对此在古典文学界已达成共识：汉魏六朝诗，一般被称为古诗，如《木兰辞》；唐诗中的律诗和绝句以及宋词、元曲都算格律诗（词）。这些诗（词）的字数、句数固定，讲究对仗和平仄，节奏性强，韵律和谐。

3.1.2 格律诗（词）的分类和基本格律要求

格律诗中四句的称为绝句，八句的称为律诗。绝句中每句五字的称为五绝，每句七字的称为七绝。律诗中每句五字的称为五律，每句七字的称为七律。也有每句六个字的，但很少，如苏轼的《自题金山寺画像》。编者也曾试作过一首每句六个字的诗《叹冯唐》，如下所示。

第3章 格律诗（词）的格律、鉴赏及创作

一身正气自赏，满头飞雪堪怜。

问汝平生何恨？丹心空对流年。

　　格律诗词的基本要求包括平仄、押韵、对仗、结构和思维方式等，下面就此一一进行简单的说明。首先是平仄和押韵。简单地讲，汉语拼音中的一、二声为平声，三、四声为仄声。毛泽东曾经说过："律诗要讲平仄，不讲平仄，即非律诗"（蔡清富、黄映辉，2012）。看来讲究平仄是一首诗称之为律诗的必要条件。律诗双句末一字都是平声，押同一个韵，单句末一字都是仄声，首句押韵末一字可为平声。押韵指的是韵母的一部或全部相同或相近，即为韵同。一般而言，诗押平韵，词押仄韵。如编者曾写过一组校园诗，其中之一是关于中国科学院大学新建的雁栖湖西校区的，就符合"双末押平韵，单末多仄声"的要求。请注意，在这首诗中因首句即入韵，故首句末字为平声。

《雁栖夕照》

国旗一卷舞西风，满园碧草飘落红。

几处匆忙归雁影，高塔间传报时钟。

　　除此之外，律诗还有些规则不能违背，如七言律诗的第四个字一定要防止出现孤平。所谓"孤平"，就是自己是平声而左邻右舍都是仄声。每句末三个字应防止全平或全仄，即"末防三连同"。如下面的这首《乡愁》诗，至少有两个问题："行"与"音"不算押韵，虽然按现代汉语拼音分别是 ing 和 in，韵母的一部分是相同的，但判断是否是同韵，并不完全按现代汉语的发音为准。另外，"梦呓夜"三字就犯了"三连同"的错误，三个字都是仄声。若改成"梦中语"，就可回避此问题。表 3.1 将这首诗修改前后进行了对比，但编者觉得这样做的意义不大。譬如"新加坡"是一个国家的名字，也是三个平声，如果出现在诗中，又怎么回避呢？难道连国名也要改掉吗？以上这些规定，其实是很束缚人的。在此，编者建议：现代人写作格律诗词，只要不犯明显的错误就可以了。

表 3.1 《乡愁》诗修改前后对比

改前	改后
宅前留个影，从此携乡行。 孰料梦呓夜，不改旧时音。	宅前留个影，从此携乡行。 孰料**梦中语**，不改旧时声。
	宅前留个影，不必总回村。 孰料**梦中语**，犹讲旧时音。

关于格律诗中的对仗，总体要求是：绝句一般不要求对仗，律诗的中间两联要求对仗。原因是绝句本身就比律诗的篇幅短小得多，字数也少很多，此时若还要求对仗，作者就会受到很大的束缚，影响发挥，难出精品。但水平高超的作者，所作的绝句也有对仗的，如杜甫的绝句"两个黄鹂鸣翠柳，一行白鹭上青天。窗含西岭千秋雪，门泊东吴万里船"就由两副对联构成，且对仗十分工整。

3.1.3 对联的分类及其创作要求

何谓对联？对联又称对子，或称楹联，是写在纸上、布上或刻在竹子上、木头上、柱子上的对偶句。对联的要求有四：第一，内容相关。可以正对、反对、串对。第二，字数相等，但一般不用重复的字。第三，语法结构一致，词类相当、结构相应。第四，平仄相对。上联末句是仄声，下联末句是平声，上下联平仄相对。关于这一点，大家可以发现，在过春节贴春联的时候经常有人家犯错误，就是把春联贴反了。对联按对仗的工整性又可分为工对、宽对、借对和流水对。工对和宽对很好理解，借对指的是借一件事说另一件事，借一个道理说另一个道理，流水对则要求在一副对联的上下联之间有承上启下的关系。以下的第一副对联为编者自制，描述的是面临学生毕业与迎新时的感受，应属工对。第二副对联也为编者自制，是对编者教学生涯的描述，就属于宽对。除了工对的创制难度较大外，宽对、借对和流水对还是比较好创作的。学习创作对联是写好格律诗的基础。

第3章 格律诗（词）的格律、鉴赏及创作

几许感伤辞旧后，满心欢喜纳新来。　　　　　　（1）

三尺讲台书剑客，万里他乡赤子心。　　　　　　（2）

3.1.4 格律诗词创作时的结构要求

关于格律诗（词）的结构要求，古人总结为起、承、转、合四个字。试看下面编者创作的一首《赤壁怀古》：首句起"一方赤壁寒生色"，写的是远景，次句承"半阶青苔水自流"，写的是近景，同时表达闻名中外的赤壁古战场如今居然人迹少至，颇有几分荒凉、冷落之感。第三句开始转"拜风台下忽攘壤"，为什么呢？末句合，解释其原来是因为"一干游人正下舟"。赤壁太有名了，到底不能被人遗忘，所以至今还有人到访，作者原来的担忧是多余的。格律诗的结构是很标准化的，写作格律诗，一般都要遵从这个结构标准。有没有例外的情形呢？肯定有。如下面所列的唐代大诗人李白的咏史诗《越中览古》，第一句是起，第二、三句都是承，第四句包括转和合。突然转合作结，反而耐人寻味。因为李白要表达的意思是：从历史的漫漫长河来看，吴越之间拉锯式的争霸、复仇，又有何意义呢？最终不都是化为一堆废墟，消失在历史的尘埃中。

《赤壁怀古》[编者]

一方赤壁寒生色，半阶青苔水自流。

拜风台下忽攘壤，一干游人正下舟。

《越中览古》[李白]

越王勾践破吴归，义士还乡尽锦衣。

宫女如花满春殿，只今惟有鹧鸪飞。

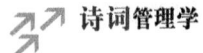

3.1.5 格律诗词创作时的思维方式

凡诗歌都是要用形象思维的。毛泽东在致信陈毅讨论诗歌问题时指出,"宋人多数不懂诗是要用形象思维的,一反唐人规律,所以味同嚼蜡"(阎晶明,2022),而少数能流传下来的说理诗,都是用形象化的手法来说理的。如朱熹的《观书有感二首·其一》就是在说理:湖水之所以总是清澈见底,是因为不断地有新的水源灌注。人也是一样,要想保持思维清晰、思想开阔,就要不断地学习新的知识、积蓄新的力量。而且在说理之前,用了两句充满美感,非常形象化的诗句"半亩方塘一鉴开,天光云影共徘徊"。诗不是不能说理,而是要用形象化的手法来说理,如唐代刘希夷的《代悲白头翁》中的名句"年年岁岁花相似,岁岁年年人不同"就是在用形象化的手法说理,因而能流传千古。

3.1.6 词牌使用时的讲究

编者不怎么填词,但在此还是想讲一讲词牌的使用。每一个流传下来的词牌都是有讲究的,切莫乱用。如汶川地震发生后,网上居然有人用《贺新郎》来填词。在不精通的前提下不要用冷词牌。千古以来,超长调之词能广传于世者未之有也,所以才力不济者不要用长调。譬如《渔父词》就属于短调,易学、易精。再如《少年游》也不属于长调或超长调,易于把控。编者填词不多,经常使用的是《渔父词》《鹧鸪天》和《临江仙》等词牌。

除上述以外,还要注意的是:不会填词而能写出好诗者有之,不懂格律诗而能填出好词者未见。所以,创作格律诗是填好词的基础。总而言之就是:勿用错词牌,勿用冷词牌,勿用长调或超长调,先学习写好格律诗再学填词。

3.2 《红楼梦》中林黛玉对格律诗(词)的创作见解

曹雪芹所著《红楼梦》中有一回《慕雅女雅集苦吟诗》说的是林黛玉如何教香菱写诗,其中的见解颇为透彻,现转述如下。

第3章 格律诗(词)的格律、鉴赏及创作

(1)第一次发表见解

黛玉道:"什么难事,也值得去学!不过是起承转合,当中承转是两副对子,平声对仄声,虚的对实的,实的对虚的,若是果有了奇句,连平仄虚实不对都使得的。"

这段话说的是格律诗的结构和对仗的要求。

(2)第二次发表见解

香菱笑道:"怪道我常弄一本旧诗偷空儿看一两首,又有对得极工的,又有不对的,又听见说'一三五不论,二四六分明'。看古人的诗上亦有顺的,亦有二四六上错了的,所以天天疑惑。如今听你一说,原来这些格调规矩竟是末事,只要词句新奇为上。"

黛玉道:"正是这个道理,词句究竟还是末事,第一立意要紧。若意趣真了,连词句不用修饰,自是好的,这叫作'不以词害意'。"

这段对话说的是创作格律诗,首先要讲究立意,其次才是对词句新奇的追求,即语言上的创新。

(3)第三次发表见解

香菱笑道:"我只爱陆放翁的诗'重帘不卷留香久,古砚微凹聚墨多',说得真有趣!"

黛玉道:"断不可学这样的诗。你们因不知诗,所以见了这浅近的就爱,一入了这个格局,再学不出来的。"

这段对话说的是创作格律诗,格局不能太窄,不能写无聊小事。

(4)第四次发表见解

黛玉道:"你只听我说,你若真心要学,我这里有《王摩诘全集》。你且把他的五言律读一百首,细心揣摩透熟了,然后再读一二百首老杜的七言律,次再李青莲的七言绝句读一二百首。……"

这段话说的是创作格律诗,要先有一定的积累,即诗词储备量。要多读前人的优秀作品,尤其是名家名篇。

总而言之,写好格律诗词的窍门有:多读优秀作品,起点要高,先读后写;五律学王维,七律学杜甫,七绝学李白;格局不能太窄,立意第一,其次才是

清词丽句；规矩其实不重要，知道有那么回事就行了，不要被格律束缚住了，不过就是对仗、平仄、起承转合而已。

此外，《红楼梦》在叙述黛玉教香菱写诗的过程中，其他人如探春等也提出了不错的见解：心态要好，要抱着"玩"的心态写诗，不能过分"苦憋"；忌讳将前人的词藻堆砌起来凑合成篇，全诗没有表达真情实感；忌讳穿凿、跑题；提倡创新，即"原来诗从胡说来"。

从以上叙述来看，每个想把格律诗写好的人都应该把《红楼梦》的这一回好好看看，其中不乏真知灼见。

3.3 格律诗（词）的鉴赏

传统的诗词鉴赏，基本上是逐字逐句解释名家名篇，然后再看其有何艺术特色，很少关注名家名篇背后的具有共同性的语言规律。因此，编者就自己的体验谈谈如何鉴赏格律诗词，亦即怎么判断一首诗词的"好坏"。

3.3.1 对人类心理活动描述十分逼真的作品皆能成为传世之作

人有七情：喜、怒、忧、思、悲、恐、惊。如果一首诗词作品能把这七种基本的情绪中的一种及以上真切地描述出来，就不仅能打动当时人也能打动后人，因为后人与前人的思想感情是相通的。表 3.2 选取了 16 首唐宋诗词作品进行分析，发现每首作品都细致地描写了至少一种心理活动，所以它们都能传世，且写悲苦、愁闷、伤感和担忧的作品远比写喜乐的作品多。如第 11 首刘皂的《旅次朔方》采用递进的手法，把自己悲凉无奈的心情表现得淋漓尽致。诗人原本就远离咸阳，在并州已客居十年了，结果无端又被贬谪到更远、更北的地方，在渡过桑干河后，他居然感觉并州就像是自己的故乡一样，令其不舍了。这时的诗人真的是很可怜，但他反因这首诗留名后世，又可以说是幸运的。

第3章　格律诗（词）的格律、鉴赏及创作

表 3.2　16首唐宋诗词对人类典型心理活动的描写

序号	作品	心理活动
1	《早发白帝城》［李白］ 朝辞白帝彩云间，千里江陵一日还。 两岸猿声啼不住，轻舟已过万重山。	轻松喜悦
2	《春望》［杜甫］ 国破山河在，城春草木深。 感时花溅泪，恨别鸟惊心。 烽火连三月，家书抵万金。 白头搔更短，浑欲不胜簪。	忧心伤感
3	《闻官军收河南河北》［杜甫］ 剑外忽传收蓟北，初闻涕泪满衣裳。 却看妻子愁何在，漫卷诗书喜欲狂。 白日放歌须纵酒，青春作伴好还乡。 即从巴峡穿巫峡，便下襄阳向洛阳。	欣喜若狂
4	《秋思》［张籍］ 洛阳城里见秋风，欲作家书意万重。 复恐匆匆说不尽，行人临发又开封。	忐忑不安
5	《新嫁娘词三首·其三》［王建］ 三日入厨下，洗手作羹汤。 未谙姑食性，先遣小姑尝。	担忧但细心、狡黠
6	《近试上张籍水部》［朱庆余］ 洞房昨夜停红烛，待晓堂前拜舅姑。 妆罢低声问夫婿，画眉深浅入时无？	紧张期待
7	《闺怨》［王昌龄］ 闺中少妇不知愁，春日凝妆上翠楼。 忽见陌头杨柳色，悔教夫婿觅封侯。	后悔失落
8	《春怨》［金昌绪］ 打起黄莺儿，莫教枝上啼。 啼时惊妾梦，不得到辽西。	自欺欺人但可爱
9	《渡汉江》［宋之问］ 岭外音书绝，经冬复历春。 近乡情更怯，不敢问来人。	复杂矛盾

续表

序号	作品	心理活动
10	《登科后》[孟郊] 昔日龌龊不足夸，今朝放荡思无涯。 春风得意马蹄疾，一日看尽长安花。	心花怒放
11	《旅次朔方》[刘皂] 客舍并州已十霜，归心日夜忆咸阳。 无端更渡桑干水，却望并州是故乡。	悲凉无奈
12	《回乡偶书》[贺知章] 少小离家老大回，乡音无改鬓毛衰。 儿童相见不相识，笑问客从何处来。	物是人非 恍惚无奈 调侃自嘲
13	《定风波》[苏轼] 莫听穿林打叶声， 何妨吟啸且徐行。竹杖芒鞋轻胜马， 谁怕？一蓑烟雨任平生。 料峭春风吹酒醒， 微冷，山头斜照却相迎。 回首向来萧瑟处， 归去，也无风雨也无晴。	淡定豁达
14	《忆王孙·春词》[李重元] 萋萋芳草忆王孙， 柳外楼高空断魂。 杜宇声声不忍闻。 欲黄昏，雨打梨花深闭门。	伤春伤感
15	《乡思》[李觏] 人言落日是天涯，望极天涯不见家。 已恨碧山相阻隔，碧山还被暮云遮。	急切愁盼 痛苦无奈
16	《声声慢》[李清照] 寻寻觅觅，冷冷清清，凄凄惨惨戚戚。 乍暖还寒时候，最难将息。 三杯两盏淡酒，怎敌他、晚来风急！ 雁过也，正伤心，却是旧时相识。 满地黄花堆积，憔悴损，如今有谁堪摘？ 守着窗儿，独自怎生得黑！ 梧桐更兼细雨，到黄昏、点点滴滴。 这次第，怎一个愁字了得！	失落愁苦

第3章 格律诗（词）的格律、鉴赏及创作

3.3.2 "问答体"诗都是好作品

表 3.3 列示了三首著名的问答体诗及其答案。第一首是杜牧的《清明》诗，答案非常明确，酒家就在杏花村。第二首诗是张旭的《桃花溪》，答案没有明确给出，但能猜到打鱼人告诉张旭了，只要逆行顺着桃花流水，就能找到桃花溪。第三首是崔颢的《长干曲四首》中的第一首，答案似乎非常明确：妾住在横塘。把这首诗翻译一遍就是：你家住在什么地方？我家住在横塘一带。停下船来打听一下，或许我们还是同乡呢。这首诗妙就妙在后面，到底是男的主问还是女的主问？以下是两种可能的情形：情形一中女的主问，恐因流落异乡太久，想与男方一同归乡，如果男方也是同乡的话；情形二中男的主问，恐因爱慕女方想携手同归，故主动攀老乡。能留下一些猜测和谜团的诗，就是好诗，因为人类的共同天性就是好奇。这三首诗各自读起来都像一部独幕话剧，有人物的活动在诗里出现，自然生动多了。

情形一

　　君家何处住（女问）？妾住在横塘（女答）。

　　停船暂借问（女的要求男的停船），或恐是同乡（女说）。

情形二

　　君家何处住（男问）？妾住在横塘（女答）。

　　停船暂借问（男的主动停船），或恐是同乡（男说）。

表 3.3　三首著名的问答体诗对比

序号	作品	答案
1	《清明》[杜牧] 清明时节雨纷纷，路上行人欲断魂。 借问酒家何处有？牧童遥指杏花村。	酒家就在杏花村

续表

序号	作品	答案
2	《桃花溪》[张旭] 隐隐飞桥隔野烟，石矶西畔问渔船。 桃花尽日随流水，洞在清溪何处边？	打鱼人告诉张旭了，只要逆行顺着桃花流水，就能找到桃花溪
3	《长干曲四首·其一》[崔颢] 君家何处住？妾住在横塘。 停船暂借问，或恐是同乡。	妾住在横塘

3.3.3 毛泽东诗词的语言特色

（1）"红"字的运用

表3.4是编者梳理出来的14首运用"红"字的毛泽东诗词，其中2次提到"红军"，8次提到"红旗"，另外5次单纯指"红"这种颜色。红色，鲜艳、明亮，代表火热。毛泽东同志领导的武装夺取政权的革命斗争以及中华人民共和国成立后的社会主义经济建设，都需要高昂的斗志和不屈的斗争精神。毛泽东诗词反复使用"红"字，自有一股气势，能对广大军民起到极大的激励作用。

表3.4 14首运用"红"字的毛泽东诗词

题目	带"红"字的句子
《沁园春·长沙》	看万山红遍
《渔家傲·反第一次大"围剿"》	万木霜天红烂漫／不周山下红旗乱
《七律·长征》	红军不怕远征难
《清平乐·蒋桂战争》	红旗跃过汀江
《如梦令·元旦》	风展红旗如画
《减字木兰花·广昌路上》	风卷红旗过大关
《清平乐·六盘山》	红旗漫卷西风
《临江仙·给丁玲同志》	壁上红旗飘落照

续表

题目	带"红"字的句子
《沁园春·雪》	看红妆素裹
《七律·到韶山》	红旗卷起农奴戟
《七律·有所思》	满街红绿走旌旗
《七律·答友人》	红霞万朵百重衣
《七绝·为女民兵题照》	不爱红装爱武装
《七律·吊罗荣桓同志》	红军队里总相违

资料来源：蔡清富，黄辉映.毛泽东诗词大观［M］.5版.成都：四川人民出版社，2009.

（2）"山"字的运用

表3.5是编者梳理出来的21首运用"山"字的毛泽东诗词，共使用了28个"山"字。这绝非偶然。出生于韶山冲里的毛泽东，领导中国革命走的是农村包围城市，武装夺取政权的符合中国国情的道路，曾在较长一段时间内是在山里辗转打"游击"的，不可避免地要与"山"打交道。另一方面，红军长征时走的多是山路，克服过重重险关山隘。所以对毛泽东来说，最熟悉的莫过于山了。毛泽东熟悉山，也热爱山，虽是南方人，却有着大山的性格。所以在其笔下，"山"字经常出现在诗词中，关于"山"的诗词，也写得格外好。如下面的《十六字令三首》，就颇像李白的诗，极尽夸张，又十分合理，仅凭这三首小令，他的名字也可以流芳千古。中华人民共和国成立后，毛泽东又游历过庐山并重上井冈山，这些吟咏"山"的作品质量也很高，同样的，因为在山里长大的毛泽东喜欢看山。

《十六字令三首》

山，

快马加鞭未下鞍。

惊回首，

离天三尺三。

山，

倒海翻江卷巨澜。

奔腾急，

万马战犹酣。

山，

刺破青天锷未残。

天欲堕，

赖以拄其间。

表3.5 21首运用"山"字的毛泽东诗词

题目	带"山"字的句子
《改西乡隆盛诗赠父亲》	人生无处不青山
《沁园春·长沙》	看万山红遍
《渔家傲·反第一次大"围剿"》	不周山下红旗乱
《渔家傲·反第二次大"围剿"》	白云山头云欲立，白云山下呼声急／赣水苍茫闽山碧
《七律·长征》	万水千山只等闲
《西江月·井冈山》	山下旌旗在望，山头鼓角相闻
《如梦令·元旦》	直指武夷山下。山下、山下
《减字木兰花·广昌路上》	头上高山
《清平乐·六盘山》	六盘山上高峰
《十六字令》	用了三个"山"字
《菩萨蛮·大柏地》	关山阵阵苍
《清平乐·会昌》	踏遍青山人未老
《忆秦娥·娄山关》	苍山如海，残阳如血

第3章　格律诗（词）的格律、鉴赏及创作

续表

题目	带"山"字的句子
《临江仙·给丁玲同志》	阵图开向陇山东
《沁园春·雪》	山舞银蛇，原驰蜡象
《六言诗·给彭德怀同志》	山高路远坑深
《七律·人民解放军占领南京》	钟山风雨起苍黄
《卜算子·咏梅》	待到山花烂漫时
《七律·答友人》	九嶷山上白云飞
《七律·登庐山》	一山飞峙大江边
《水调歌头·重上井冈山》	重上井冈山

资料来源：蔡清富，黄辉映.毛泽东诗词大观[M].5版.成都：四川人民出版社，2009.

（3）动词的运用

毛泽东诗词中动词用得特别好，经常使用"飞""跃""越""驰"等字，还擅长将形容词变动词用，如"乱"和"漫"。表3.6选取14首用过以上字的毛泽东诗词，统计发现："飞"字被用了6次，"漫"字被用了4次，"越"字用了3次，"跃"字被用了2次，"驰"字被用了2次，"乱"字被用了1次。其中"飞"字用得最多。《毛泽东写诗填词何以好用"飞"字》一文（香港大公报，2003-12-26）指出毛泽东诗词师承"三李"，即李白、李贺、李商隐，而这三位诗人恰恰都好在自己的诗中挥洒一个"飞"字。当然，这算一个合理的解释。其实"飞""跃""越""驰"等动词均表示速度很快，毛泽东一直强烈希望尽快而彻底地打破一个旧世界，"多快好省"地建设社会主义，诗言志，所以这种热望就通过这些表示快速动作的词体现出来了。在革命战争年代，面临敌人的围追堵截，也要求急行军，所以速度不能不快，毛泽东的很多诗词皆是在马背上吟成的。至于"乱"字，是贬义褒用，用得很好。而"漫"字，有"极广"和"自由舒展"的意思。邵建新特别撰文总结毛泽东对诗词语言的大胆变革和创新，包括敢于以俗语入诗、超常搭配、词类活用、褒贬换位、超常分拆、语序变换等[①]，与编者的理解算是不谋而合。

表3.6 14首运用"飞""跃""越""驰"和"乱""漫"等字的毛泽东诗词

题目	典型句子
《沁园春·长沙》	漫江碧透
《渔家傲·反第一次大"围剿"》	万木霜天红烂漫／不周山下红旗乱
《渔家傲·反第二次大"围剿"》	飞将军自重霄入
《清平乐·蒋桂战争》	红旗跃过汀江
《清平乐·六盘山》	红旗漫卷西风
《忆秦娥·娄山关》	雄关漫道真如铁，而今迈步从头越／从头越
《六言诗·给彭德怀同志》	大军纵横驰奔
《浪淘沙·北戴河》	往事越千年
《七律·有所思》	败叶纷随碧水驰
《七律·登庐山》	一山飞峙大江边，跃上葱茏四百旋
《水调歌头·游泳》	一桥飞架南北
《卜算子·咏梅》	飞雪迎春到
《七律·答友人》	九嶷山上白云飞
《七律·吊罗荣桓同志》	记得当年草上飞

资料来源：蔡清富，黄辉映.毛泽东诗词大观[M].5版.成都：四川人民出版社，2009.

（4）"排比词"的运用

宋人填词，喜欢用"排比词"，"排比词"是编者给予的一个称谓。如宋祁所填《浪淘沙近》连用月满、花满、酒满三个"排比词"。至于苏东坡，也曾写

[①] 邵建新.试谈毛泽东诗词的语言变异艺术[Z].中央党史和文献研究院·毛诗论坛，2015-12-16.

过一首六言诗，其中用黄州、惠州、儋州三个地点表示其一生坎坷的贬谪经历。这一手法，也被毛泽东同志采用了，如《如梦令·元旦》一词中就有宁化、清流、归化三个地点的连用，表示红军急行军的路线，全词列示如下。

> 宁化、清流、归化，
> 路隘林深苔滑。
> 今日向何方，
> 直指武夷山下。
> 山下，山下，
> 风展红旗如画。

（5）对李贺"天若有情天亦老"一句的偏爱

毛泽东喜欢李贺的诗，尤其喜欢其"天若有情天亦老"一句，曾在两首作品中直接引用或化用。第一首是《采桑子·重阳》一词，化用为"人生易老天难老"；第二首是《七律·人民解放军占领南京》一诗，直接引用为"天若有情天亦老"，下接"人间正道是沧桑"一句。可见，取法乎上，才能保证诗词创作的水平。毛泽东师承的"三李"，均是我国唐代诗歌创作的顶尖高手。

3.4 格律诗（词）创作实践

3.4.1 格律诗（词）创作的误区

滕伟明（2012）指出现代人创作格律诗词常见的误区有：第一，应制诗过于泛滥，出现了所谓"节日诗人"。第二，旅游诗过于平庸。旅游诗是现代的提法，其实就是前人所谓山水诗、怀古诗、田园诗和边塞诗。第三，赠答诗过于随便。第四，即兴诗过于寥落。滕伟明的见解可谓切中流弊，入木三分。

3.4.2 编者对格律诗（词）创作的见解

编者认为，格律诗词的创作要注意以下五点：多读少写；牢记四个"切忌"；实践出真知；要遵守基本的格律要求，又要敢于打破任何清规戒律；锤炼诗歌语言。以下就针对这五个方面一一进行阐述。

关于多读少写。编者曾经认为，熟读、背诵格律诗词名篇佳作，读和写的比例应为8∶2甚至9∶1。但后来有个别学生向我提出，多读还需要多写，写得多就知道要遵从怎样的规律了。

关于牢记四个"切忌"。编者认为，初学写诗填词者，要切忌无病呻吟，一定要有感而发，不要"为赋新词强说愁"；切忌不分场合地舞文弄墨；切忌文绉绉的，"之乎者也"地掉书袋，表现得像个酸腐文人似的；切忌感情泛滥。

关于实践出真知的问题不用多说，因为大家都相信，切身感受是诗词创作的源泉。

关于遵守基本的格律要求。编者认为，创作格律诗词要遵从最基本的格律，如有思想和境界的话，可以打破任何清规戒律。纵观历代的精品，能成为千古绝唱的，皆因并不完全符合平仄、对仗等要求。关于这一点，有一个典型案例可供讨论。杜甫的《登高》，公认为七律中的典范之作，气势阔大、苍凉、悲苦，中间两联对仗尤其工整。反观崔颢的《黄鹤楼》，前面四句几乎就是散文，不是诗，而且"黄鹤"二字反复出现，此为律诗大忌，然而正是这样的松散和重复，才营造出"白云千载空悠悠"的氛围。若不是中间一联"晴川历历汉阳树，芳草萋萋鹦鹉洲"十分工整的对仗，这首诗就收不住了。传说唐代大诗人李白读了此诗大为佩服，曾题"眼前有景道不得，崔颢题诗在上头"两句于黄鹤楼上，并模拟此诗格调，作诗两次，分别是《鹦鹉洲》和《登金陵凤凰台》。宋代严羽《沧浪诗话》说："唐人七言律诗，当以崔颢《黄鹤楼》为第一。"《黄鹤楼》这首诗其实就是古诗和律诗杂交出的一个新品种，属于入律的古风。可见偶尔打破清规戒律，反能造就精品。

关于如何锤炼诗歌语言，编者的观点是：语言要平易近人、通俗易懂，要让没有多少古文修养的人一眼就能看懂，没有文字和理解上的障碍。这一点是格律诗得以流传的关键,因为"话须通俗方传远,语必关风始动人"。但又不能太直白,要追求音律和谐、朗朗上口,即便是"打油诗",也要稍微有点文采和警句,否则就成为"打水诗"了。唐代诗人中,白居易是最讲求通俗易懂的,然绝不粗鄙。元稹也赞成其主张,而元稹作诗,却造语极工。再如秦观《踏莎行》中"雾失楼台,月迷津渡,桃源望断无寻处"的"失""迷""断"字用得极为贴切、讲究。关于炼字,还有一个著名的例子。齐己是晚唐著名诗僧,据《唐才子传》记载,齐己写了一首《早梅》诗,他曾以此诗求教于诗人郑谷。诗的原二联是"前村深雪里,昨夜数枝开",郑谷读后,说"数枝"非"早"也,未若"一枝"佳。齐己深为佩服,便将"数枝"改为"一枝",并称郑谷为"一字师"。"前村深雪里,昨夜一枝开"也成了传诵千古的名句。

3.4.3 编者的格律诗(词)创作实践

谈到如何创作格律诗词,编者不揣浅陋,在此介绍以下七点经验:先仿作;忆昔能有感而发,因为有生活;若填词可从《渔父词》开始;写作旅游诗,包括山水诗、咏史诗、田园诗、边塞诗,因为有见闻;给画配诗;评价历史人物,因为有素材;立意好,白描即可。

第一是关于仿作,这需要端正心态。不要担心被指为抄袭,闭门造车不能称之为诗,继承出诗人,江西诗派的主张"无一字无来处"也是有一定的道理的。下面两首诗,其一是苏东坡的《纵笔》,其二是编者仿作的一首《迎新》诗。大意是说:每次新生入我门时,我都要染发,系条红丝巾,穿件黑色大衣,显得年轻了许多。因为学生看见自己的老师还年轻就信心大增,觉得跟着这样的老师更有奔头。但高兴之余,坐下靠近一闻,就发现一股染发剂的味道,于是就露馅了——原来老师的头发是染黑的,老师已经不属于"年轻人"了。这时是否有点失望呢?这首诗虽为仿作,然不乏幽默感,生动、俏皮、有趣。

《纵笔三首·其一》

寂寂东坡一病翁,白须萧散满霜风。

小儿误喜朱颜在,一笑那知是酒红。

《迎新》

每逢新人来相逢，乌发红巾黑斗篷。

小徒误喜朱颜在，一嗅方知是染成。

第二，忆昔能有感而发，因为有生活。童年的回忆总是美好的，尽管当时可能生活得非常艰苦、拮据，而通过回忆往昔往往能写出许多充满意趣的诗句来。下面这首诗即是依此规律而创作的。

《端午忆旧》

端午时节家家有，小小村落处处歌。

李子半红心里脆，蒸完粽子又蒸馍。

元宵过后难管饱，青草池塘雨水多。

今日槐荫码头上，洗衣洗菜又洗锅。

第三，若填词可从《渔父词》开始。编者本科阶段曾在南京读书，玄武湖是大学生们最喜欢的去处。尤其是春天，桃红柳绿，紫金山、玄武湖、古城墙遥遥相望，真是一幅精心构造的图画。编者曾于1984年的春天游览玄武湖后创作过一首《渔父词》，现录如下。现在看来，这首《渔父词》虽然意境优美，然格律并不十分严整。但《渔父词》简单、好填，初习填词时适合自此词牌开始。

《渔父词》

紫金山下城墙高，

玄武湖畔春桃妖。

波万里，

柳千条，

画舫轻摇过石桥。

第四是练习写作旅游诗，因为有见闻。编者曾去过海南岛的红树林景区度假。南海的海滩，沙粒很细，海水碧蓝，白云悠悠，蓝天、碧海、白沙，让人心旷神怡，流连忘返。对此美景，编者曾创作过一组旅游诗，列示如下。这四首旅游诗几乎就是一蹴而就，因为有旅途见闻于心中，往往能做到有感而发。

《游亚龙湾》

其一

初结并蒂时，无钱度佳期。

而今得偿愿，相看鬓如丝。

其二

从北至南只半天，亚龙湾里枕浪眠。

碧海白沙无限意，相思都在红树边。

其三

早睡犹恐起床迟，鹤发不减当年痴。

静立沙滩眺东岸，一轮红日看多时。

其四

一轮明月悬碧空，沙滩椅上忆相逢。

三十年前秦皇岛，海鲜楼畔享面羹。

第五是诗配画。给一张画配上诗，是容易做到的。因为画面有人物或景物，观看之后有感受，有自己的解读，就有可写的东西。再说，优美的景色也能激发创作的灵感。以下两首诗是编者根据两幅摄影作品创作的。其中《诗配画·"花河"边的乡愁》来源于这样一张校园风光图片：中国科学院大学雁栖湖西校区内有一条泄洪渠，每到秋天开学季，渠内各种不知名的小花竞相绽放，引得同学们驻足观看。有同学说此间风景似自己的故乡，因之赋予这条泄洪渠一个富有诗意的爱称——花河。

《诗配画·"花河"边的乡愁》

此间风景似吾家,绿草垂杨日西斜。

试问渠花可识我,忽忆吾家在天涯。

《诗配画·2015年雁栖湖的初雪》

一夜青丝尽白头,小桥犹念故国秋。

花河无复桃花色,几点寒灯属少游。

第六是评价历史人物。关于历史人物有很多史料可供查阅,所以就会有很多触动现代人之处。尤其是才华横溢而又遭受诸多磨难的人,更容易引起现代人的同情。清代诗人黄景仁所作《绮怀》组诗共有16首,其中的第15首写得最好,流传最广。"缠绵丝尽抽残茧,宛转芯伤剥后蕉"一联与李商隐的《无题》"春蚕到死丝方尽,蜡炬成灰泪始干"十分相似,皆为双关语。这首《绮怀》是对李商隐《无题》艺术的因袭与改造,属于互文性的文艺批评作品。编者对李商隐的怀才不遇、毕生沉沦下僚颇为同情,对其《无题》诗作又十分喜欢。所以也模仿试作了一首《无题·长忆长江古渡头》。

《无题·长忆长江古渡头》

长忆长江古渡头,柳丝拂水送行舟。

三十年间花辞树,五千里外冀已秋。

且喜且悲皆是梦,无进无退也成仇。

抛丝犹似当年柳,同在燕云第几楼?

第七是关于立意的问题。编者认为,只要立意好,白描也是可以的。如下面这首编者创作的《白头吟》,前面两句无甚可取之处,均为前人习用之成语,后面两句则不同,似为与一知己好友约定:世事一场大梦而已,不必为身名所累。而实际上,当我愁白了头时你也愁白了头,还说不为身名所累呢!其实我辈皆是凡人,皆不能免俗。用这样直白的话入诗,全在立意,全在描摹神态的生动和传神。

《白头吟》

秦时明月汉宫秋，自古王侯即寇仇。

说是不为身名累，你白头时我白头。

最后总结起来就是：易懂且古意盎然的就是好诗。诗词是从心里流淌出来的，不是"苦憋"出来的。陆游曾说过："汝果欲学诗，工夫在诗外。"多读多看可成诗人，无意插柳柳成荫，没有感觉的时候不要去写诗填词。下面所附的是编者写作的一首《写诗填词的要诀》，属于歌谣体，非常通俗，好理解，是献给初学者的。从中可以看出，除了上面所介绍的七条经验外，写诗还可从三行诗起手，也可以通过做游戏，如写作打油诗、嵌名诗、藏头诗甚至用 AI 软件作诗来提高自己写作格律诗词的兴趣。慢慢地你就会发现，写诗填词原来并不如想象中的那样难。但需要说明的是，本书所涉编者所创作的诗词，皆不是 AI 软件创作的。

《写诗填词的要诀·献给初学者》

填词要填渔父词，写诗先写三行诗。

若是思路有滞塞，可以先作旅游诗。

一配画，二咏史，评价人物须有理。

押韵要押平声韵，不会可以做游戏。

嵌名诗，藏头诗，回文宝塔不应知。

软件作诗有真义，就看诸君喜不喜？

打油诗作较粗鄙，可以采用抑扬式。

阳春白雪他家事，下里巴人是我师。

3.5 "改良体"的提出

3.5.1 从毛泽东词《蝶恋花·答李淑一》不完全押韵谈起

毛泽东的《蝶恋花·答李淑一》上下阕并不是一韵到底。在词中可以看出，上阕的"柳""九""有""酒"和下阕的"袖"可以通韵，下阕的"舞""虎""雨"则属另一个韵部，一般不能通押。而《蝶恋花》这个词牌通常是要求一韵到底的。

《蝶恋花·答李淑一》

我失骄杨君失柳，
杨柳轻飏直上重霄九。
问讯吴刚何所有，
吴刚捧出桂花酒。

寂寞嫦娥舒广袖，
万里长空且为忠魂舞。
忽报人间曾伏虎，
泪飞顿作倾盆雨。

对此，毛泽东还专门自注："上下两韵，不可改，只能仍之。"这件事说明他并不一味地死守格律，主张不因格律害意。此后毛泽东多次提出旧体诗词和新诗都要发展、改革，认为诗歌应以新诗为主体，年轻人学诗就学作新诗，原因是旧体诗词太束缚人，写起来太难、太耗时间。至于老年人，写旧体诗词就要像样点。1957 年，毛泽东同臧克家、袁水拍谈诗时说："关于诗，有三条：精炼；有韵；一定的整齐，但不是绝对的整齐。要从民间歌谣中去发展，过去每一个时代的诗歌形式都是从民间吸收来的。要调查研究，要造成一种形式。"1958 年 3 月 22 日，毛泽东在成都中央工作会议上提出了中国诗歌的出路问题，认为"中国诗的出路恐怕是两条：第一条是民歌，第二条是古典，这两方面都提倡学习，结果要产生一个新诗。……将来我看是古典同民歌这两个东西结婚，产生第三个东西。形式是民族的形式，内容应该是现实主义与浪漫主义的对立统一"（逄先知，2012）。这就是说，毛泽东提倡旧体诗、新诗和民歌互相取长补短，形成一种"改良体"。至于他为什么特别推崇民歌，主要是因为民歌接地气，从广大的人民群众中来，语言鲜活生动，能满足诗歌为人民服务的宗旨。我国最早的诗集《诗经》，不就是采诗官摇着木铎采自民间的吗？毛泽东那组著名的《十六字令三首》中的第一首也是源于湖南八面山的民歌。

从以上的例子可以说明，旧体诗词变革的一个重要方向就是重新定义押韵规则。押韵本来的定义就是韵母的一部或全部相同，即为同韵。试看"柳"，汉语拼音韵母为 iu，"舞"的汉语拼音韵母为 u，两个字在韵母上有相同的部分 u。所以，如果有大家认同的新的押韵规则得以施行的话，这首词就算完全押韵了。写诗填词说到底要看立意，要有意味，不能演变成一种完全符合格律要求的文字游戏。

3.5.2 "改良体"的大致构想

自毛泽东倡导无论旧体诗词还是新诗都要改革以来，早过去 50 多年了，但发展的轨迹似乎是新诗兴盛时，旧体诗词便被漠视，而旧体诗词重新受到大众喜爱时，新诗就没落了，是一种非此即彼的选择。至于与民歌的结合，更没有什么成效可言。究其原因，还是诗界没有认真思考这个问题，也没有制定出切实可行的新规则以供实践。

闻一多先生在 1926 年 5 月发表《诗的格律》一文，提出《三美论》作为新格律诗的理论主张，核心是讲究诗的"三美"，即音乐美、绘画美和建筑美。其中音乐美是指音节和韵脚的和谐；绘画美是指诗的辞藻力求美丽、富有色彩、讲究诗的视觉形象和直观性；建筑美是指节与节之间要匀称、行与行之间要均齐，从诗的整体外形上看有整齐之感。但闻一多并未规定这"三美"要遵从到何种程度。依编者看，音乐美通过押韵、平仄即可保证，绘画美可以通过语言的凝练和创新来保证，建筑美对于诗来说可通过固定句数、字数达到整齐划一的外形来保证，对于词来说可通过各种词牌规定的句数、字数以及不同于诗的长短句形式而制造出一种错落感来保证。编者认为，总的改革方向是新诗向旧体诗词靠拢，旧体诗词在格律上宜适度放松，找到二者之间的平衡点，同时要关注现实生活。大致构想为：按现代汉语拼音押韵，押韵的定义仍为韵母的一部或全部相同。因为很多字古今读音已不同了，无论哪一种韵书，对现代人写诗填词都过于严格。撇开《平水韵》和《词林正韵》不说，新韵中《中华新韵》根据不同的声韵学理论就有两个版本：一是1941年的十八韵部版，二是2005年的十四韵部版。此外还有《诗韵新编》（1965）、《汉语新韵》（2017）和《中华通韵》（2019）等。即便是按照最近的《中华通韵》写诗填词，对初学者来说，依旧感觉很受拘束，会导致瞬间闪现的灵光和感动消失得无影无踪，再也提不起创作的兴趣来。旧体诗词要求字数、句数固定，是有道理的，要坚持，以避免新诗散漫的弊病。至于平仄，末尾字的平仄要坚守，每一句诗或词句子前面的字，不必要求每个字的平仄都完全符合要求，只要念起来无明显的违和感即可。至于避免失粘与失对、四字防孤平、末防三连同、拗救、防止八病等，实在是太束缚人了，很少有人不感到心烦的，可以不顾，那是专门研究古典文学或音韵学专业的人士的追求。另外，还需要特别注意两点：其一，诗歌的语言虽然不同于大白话，但没有必要为了格律去改变约定俗成的说法，如"鬼斧神工"非要颠倒成"鬼工神斧"。其二，诗词可以高于现实，但也不能完全不顾实际情况只顾格律。如为了平仄把"碧草"换成"碧梧"，因为草是"仄"声，而"梧"是平声。如果某处风景只有碧草没有梧桐树的话，这样做就是不对的，等同于睁眼说瞎话。

　　旧体诗词可以做到言简意赅、好读易记，通过这种载体，最适合把博大精深的民族文化加以普及。我们要主张形式服务于内容，只要诗的意境好，破点格也无妨。再说现代生活都是快节奏，手机、微信、短视频的普及，更是让年轻人无法集中大把的精力来突破格律难关。当然少数人有这样的追求是值得尊敬的。一种文学形式，如果很难普及的话，就没有什么实用价值，没有实用价值的东西，就没有生命力。编者提倡"改良体"，也许会遭到反对甚至不屑，但

第3章 格律诗（词）的格律、鉴赏及创作

鲁迅先生不是说过嘛，"其实世上本没有路，走的人多了，也便成了路"。既然格律是前人定的，后人就可以修改。在此特别注明：编者自创的诗词大致是按"改良体"的设想写的，可以使用平常语言，但整首作品读起来要有诗意。比如编者就曾经仿写过一首《机场送别》诗，最后一句化用了殊同（本名高松）《西站送客》一诗的"我回头见你回头"。为什么这么喜欢这一句呢？因为这一句完全是白描手法，但韵味悠长。四川大学周啸天教授对《西站送客》的这一联"说好不为儿女态，我回头见你回头"也曾表示激赏。

《机场送别》

航班将起动离忧，莫做儿女泪双流。

卿当去时卿且去，你回头见我回头。

《西站送客》

客中送客更南游，淡月疏云入眼愁。

说好不为儿女态，我回头见你回头。

3.6 AI 写诗

前面提到，编者提倡在现代社会应大胆创作"改良体"诗词，但不免会出现这种情况：一些年轻人，既讨厌旧体诗词严苛的格律要求，又想追求格律严整。这时有两种办法可供选择：其一就是坚持自己创作旧体诗词，把最初那一瞬间的感动和创意记录下来，再到网上去做格律校验，根据提示做一些细微的修改即可。如中华诗词学会官网就有诗词校验入口，以前是免费校验，后来是收费的。其二就是利用 AI 平台写诗。AI 写出来的诗词作品，虽然格律不成问题，有其优势，但也存在一系列弊端，还取决于公众的接受程度。下面编者就此展开讨论，但只涉及旧体诗词，不包括新诗。

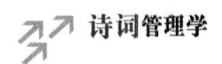

3.6.1 AI 写诗的定义

AI 机器人基于神经网络和自然语言处理技术，学习旧体诗词的语言模式、韵律和词汇组成，根据已有的诗词文本数据库生成符合格律要求的新作的过程，就被定义为 AI 写诗。

3.6.2 常用 AI 写诗工具

2017 年 5 月，人工智能软件"小冰"写作的诗集《阳光失了玻璃窗》由北京联合出版公司出版，训练集是 1920 年以来的 519 位中国现代诗人的上千首新诗。这是一部人工智能灵思诗集，其中既有风景描写也有内心情感的描写。这一事件标志着人工智能对人类的影响已经波及了文学领域。表 3.7 列示了常用的 AI 写诗平台，其中清华九歌专业性最强，也最为成熟；诗三百可以看图写诗，即诗配画的意思。根据百度定义，图灵测试是一种评估机器是否能像人一样思考的方法，它要求机器与人类进行对话，如果足够多的评估者不能区分机器的回答和人类的回答，那么这台机器就被认为通过了测试。GPT-4.0 和西安交通大学开发的华七能通过图灵测试，表明它们在自然语言交互方面已经达到了一个较高的水平（孙亚婷，2024）。

表 3.7 常用 AI 写诗平台对比

AI 工具	开发者	开发时间	优（劣）势
九歌	清华大学	2016 年	诗歌创作专业性较强，最为成熟，但不太理解输入关键词的意思
诗三百	百度公司	—	是一款基于百度领先的多模态技术开发的智能写作工具。专业性比较强，是目前比较好用的一款 AI 写诗工具。可以看图写诗
文心一言	百度公司	2019 年	基于文心大模型技术推出的生成式对话产品。拥有广泛的知识面和强大的语言生成能力，能够与人进行自然、流畅的对话

第3章　格律诗（词）的格律、鉴赏及创作

续表

AI 工具	开发者	开发时间	优（劣）势
华为乐府	华为诺亚方舟实验室	2019 年	基于 GPT 模型。乐府 AI 的实现原理来源于华为诺亚方舟实验室发表的一篇使用 GPT 模型创造中国古诗的论文。华为乐府没有用诗的规矩去训练，而是通过系统自己学习的。乐府作诗机器人创作的作品在意境、用词以及韵律上都达到了令人难以置信的水平
Kimi	北京月之暗面科技有限公司	2023 年	具有语言交互功能。打油诗写得不错。使用关键词写诗，Kimi 表现尚可，可以进一步交互，但在押韵上专业性不强，且比较直白
GPT-4.0	OpenAI	2023 年	为聊天机器人 ChatGPT 发布的语言模型。相比 GPT-3.5，GPT-4.0 访问更加稳定，数据更加准确，且更符合人类的思维方式。能通过图灵测试，但诗词创作的质量一般，还不大符合基本的格律要求
华七	西安交通大学	2024 年	可以进行图灵实验，表明机器写诗的质量较高

资料来源：根据相关平台的介绍和学生使用后的体验总结而成。

3.6.3 AI 写诗与人写诗的异同

对软件了解不是很多的人，既无法深入分析软件写诗和人写诗之间的区别，也不明白为什么我们会感觉 AI 写的诗不像是人写的。AI 写的诗是符合格律的文字，AI 只能模仿人类学习语言的过程，却无法合理地使用语言。AI 写诗的上限是古代诗人诗词字句的最佳组合，是追求给定目标下，通过检索知识库中的所有字句、意象，形成最大概率的组合（余梦帆、刘川鄂，2021），所以也称为"代码诗"。诗言志，这个"志"是 AI 的"志"，而非人类的"志"。如苏东坡"问汝平生功业，黄州惠州儋州"一联，AI 就不明所以，而在人类看来，其中包含着极为深沉的哀痛之情，非"代码诗"所能表达。

下面就讲讲人与 AI 写诗的原理有何异同。人写诗与 AI 写诗的步骤类比：多读诗、读好诗，相当于准备数据。这时，人的大脑就相当于训练之后的计算模型；练习、找老师指导，则相当于迭代与评价。据此，AI 写诗的步骤概括为：

准备好数据（Data），开发一个可以优化的计算模型（Model），建立一组判断模型优劣的评价指标（Evaluation Metric）。人是通过大量阅读古人的优秀诗歌，才能掌握诗歌写作规则和"套路"的。对于机器而言，处理大量的诗歌语料库完全没有问题，尤其是在计算资源极度丰富的今天。人工智能系统能够通过构建计算模型（即建模）来模拟人类学习语言的过程，如图 3.1 所示。AI 写诗的原理基于神经网络和自然语言处理技术，包括数据准备、模型训练和文本生成三个步骤。最理想的测评方式是把机器写的诗和真正的古诗混在一起，让人类去分辨，或在不同维度上打分。这就是上文提到的图灵测试。如果机器写的诗与人写的诗越难区分，则说明机器的"类人思维"训练得越好，如图 3.2 所示。图 3.3 显示，AI 写诗与人写诗的流程都包括 5 个细分步骤，二者之间真正的差别在第二、第三步。怎么找到合适的输出文本呢？AI 靠的是概率。下面所列示的就是 AI 创作的一首代码三行诗，其实写得还是不错的。

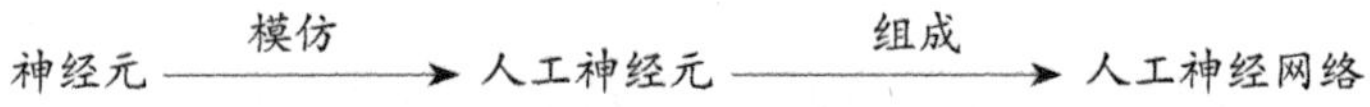

神经元 ——模仿——→ 人工神经元 ——组成——→ 人工神经网络

图 3.1 人工智能模拟人类学习语言的过程

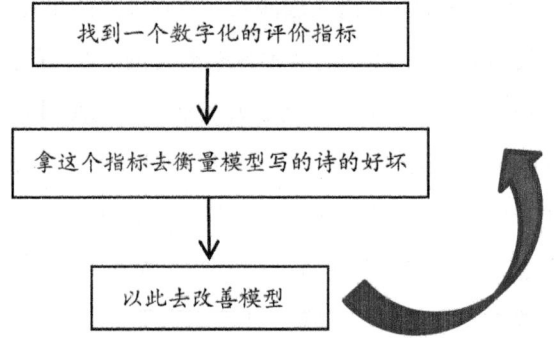

图 3.2 人工智能写诗迭代的过程

第3章　格律诗（词）的格律、鉴赏及创作

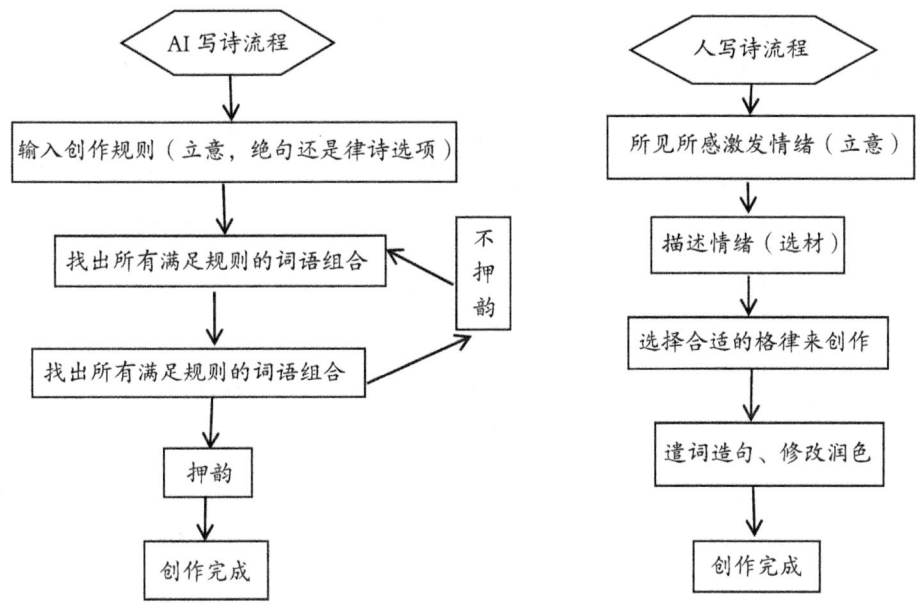

图 3.3　AI 写诗流程与人写诗流程的异同

代码三行诗："你爱或者不爱我，爱就在那里，不增不减。"

If（you.Love（&me）||！you.love（&me））

{me.emotion.love.value ++； me.emotion.love.value --； }

下面再以编者创作的词《鹧鸪天·从八大处至香山》为例来说明人、机写诗的本质差异到底在哪里。整个创作过程分为五步。

第一步，立好意。要用形象化的手法阐明有些目标看起来很近，实现起来却困难重重，很远，即"似近实远"。

第二步，选好材。编者有几次爬八大处到达山顶后看见从八大处至香山的直线距离很近，香炉峰几乎一眼就能看到。有不少团队选择直接从八大处山顶走到香山，这样拉练过后，身体能得到足够的锻炼。所以编者就带着两个研究生进行了一次这样的拉练，事实证明效果很好。途中我们休息了一会儿，看到了北方初春山野的典型景色：天空中云彩飘动，投射下来的暗影随之移动；山桃花开得正艳，冬青这时不免显得色彩单调；山下水库一阵清风吹来，波纹皱起，让人立即想到一句词"风乍起，吹皱一池春水"。休息过后接着赶路，这才发现山路十分曲折，直走到下午三点才到达香山后门，后来实在走不动了，就从后门进了香山公园径直回玉泉路吃晚饭了。这次经历，就可供选材。

第三步，配好格、选好韵。编者选用词牌《鹧鸪天》，这个词牌简单好填。从前人诗词作品可知"更""明""青""行""程"是可以拿来押韵的，至于"平"字是否可以就不管了，因为编者打算采用"改良体"。按"改良体"，"平"的韵母是 ing，与"青"的韵母是一样的。

第四步，练好句。按"改良体"，不必强求词中每一句前面的每个字的平仄合律，只要念起来大致没有违和感即可。

第五步，改好稿。捋顺词意、检查有无重复词语等。其实第四句一开始是"数株桃花笑东风"，后来看"风"字重复，又害怕与"更"字不同韵，就改成了"数株桃花笑冬青"，这样多了些幽默感。

整首词平易近人，立意也不错，胜过直接说理。这首词如果输入"从八大处至香山"，选择词牌"鹧鸪天"，让 AI 来填的话，格律肯定不成问题。如果 AI 平台的语料库中没有描写八大处和香山的有关诗词的话，我估计 AI 可能只能从字面上寻找含有"八""大""处""香"和"山"等字的诗词断章摘句排列组合成一首词，再由用户反复迭代，选取一首比较满意的，但绝对无法真实、生动地反映这次踏青活动及参与者的诗意感悟。对于使用关键词写诗，AI 写诗效果的好坏常常取决于关键词是否为常用意象词汇，对于自定义关键词，AI 就常常缺乏对相关信息的了解，甚至会完全不理解关键词的意思。

《鹧鸪天·从八大处至香山》

师徒三人起五更，庙堂庵舍渐分明。
一片暗影随云动，数株桃花笑冬青。
风已静，水纹平。百折千回绕山行。
香炉遥看近咫尺，更隔香炉几万程。

3.6.4 AI 写诗的利弊

（1）AI 写诗有哪些优势

第一，AI 作诗效率极高，在满足短期赶场的营销需求方面有着不可替代的优势。古人云"两句三年得，一吟双泪流"，而 AI 写诗可谓"秒就"。用诗三百 AI，以"孤月"为题写绝句，输出结果如下。这首七言绝句格律工整、言之有物，整体描绘的意境也能看懂，非常切合"孤月"的主题，要超过许多平庸之作。关键的是，用时只需 405 毫秒，也就是 0.4 秒。

《孤月》

月色清明似水天，一枝孤映小窗前。
夜深不用吹长笛，自有寒声到枕边。

第二，AI 擅长片段式的景物描写和哲思性的散句。简而言之，就是时有好句，却少好诗，虽然经常有句无篇，但对仗极工整，一眼看去，如同出自杜甫之手。原因在于 AI 对于硬性的、教条性的格律规则，做得相当好、相当老练（钟菡、张熠，2019）。对于比较软性、灵活性的规则，做得还可以。经过深度学习之后，律诗的起承转合关系，AI 已经做得不错了。尤其是起句的点题、切入，合句的升华、收束，有时相当漂亮，但是第二、三联之间，有时会显得意思相近，转折不够明显。AI 能写出非常不错的单句和单联，能够将对仗做得非常工整，所以对偶句一旦略有超越于形式的意蕴，就足够令人震撼和惊叹了。比如下面这首由九歌 AI 创作的《七律·江山》，中间两联对仗就很工整。

《七律·江山》

长恨春回百草芽，一生心事付烟霞。
人怜楚客悲新柳，马识周郎赋落沙。
风细雨声归蜀道，月明渔笛梦京槎。
何时相伴闲鸥侣，醉倚阑前听晓鸦。

第三，AI作诗能启发人类的创新思维。人工智能的创作方式可能带来新颖的诗意表达，从而激发诗人的创新思维。这是一种语言实验，使用者可以让AI不断重复作诗来寻找灵感。

第四，AI作诗可以增添阅读诗词的趣味性，特别是以有意思的意象作出来的诗有时还十分有趣。下面这首《七绝·牛肉》，是由诗三百AI创作的一首七言绝句，读起来颇有趣味，用时仅1754毫秒。

《七绝·牛肉》

山中不用买青钱，自有春风在眼前。

牛肉满盘人未醉，一杯聊复荐神仙。

第五，AI可以提供个性化的创作辅助。人工智能可以根据用户的偏好和风格，比如诗人的用词习惯、句式倾向等进行分析，帮助诗人更好地发掘自己的创作特色。

（2）AI写诗有哪些弊端

第一，对创作主体而言，创作的简便性导致作者无法经历由痛苦到愉悦的创作过程，导致审美体验大为削弱。创作效率变高了，难免立意不精确、不完整，导致整首诗缺乏连贯性，出现意脉的断层。下面是由九歌AI创作的一首《看山》。诗其实写得不错，只是前两句景物描写与后面对桃源隐士的联想，看不出有什么关系。前后两句意思明显不连贯，如果改动一下，就说得通了。

《看山》

云生石壁间，泉响涧西湾。

不见桃源路，谁寻隐士闲。

《看山》（编者完善）

云生石壁间，泉响涧西湾。

复觅桃源路，偏学隐士闲。

第二，AI写诗，对仗多工对，少流水对、宽对。但对仗不是越工整越好，过多的工对会使诗歌显得单调、呆板，甚至意思重复，也就是犯"合掌"的毛病。下面这首由诗三百AI创作的《月亮》诗，中间两联对仗很工整，看似不错，但其实这两联都略有"合掌"的嫌疑。优秀诗人的对仗有时不会那么工整，却能保持意思的照应和关联，形式具有灵活性，而AI写诗过于囿于格律。格律要守，不然没有音乐美，但格律最终还要落实到感情上，感情激荡处必然有通常的平仄无法表达的地方，这样就会出现变通，如上句多了一个仄声，下句则多用一个平声来补，这就是所谓"拗""救"。AI写诗不会"拗""救"，故难以形成抑扬顿挫的风格。

《月亮》

万里清光一镜开，中天皎洁绝纤埃。
银河倒泻三千丈，玉兔斜飞十二台。
桂影半窗秋露滴，竹声满院夜风来。
嫦娥不管人间事，自把金模药几占。

第三，AI写诗表达不出强烈的、极具个性的情绪，缺乏情感深度。下面这首由诗三百AI创作的七律《悼念不幸离世的灾民》，既没有灾民，也没有看到悼念的情感，AI其实没有流下一滴眼泪。AI显然很不善于写作强烈表达人类情感的诗歌，越具体的事情，AI就越缺乏针对性。如诗中"辛苦空怀大将星"，指的是诸葛亮吧？但灾民不幸离世，跟诸葛亮有什么关系？既是"东南地"，又何来"白草黄沙满眼腥"呢？"白草黄沙"，在旧体诗词中多指西北边塞。

《悼念不幸离世的灾民》

一片丹心照汗青，天涯何处不飘萍。
艰难未了中原志，辛苦空怀大将星。
百战功勋垂史册，千秋简牍壮山陵。
伤情最是东南地，白草黄沙满眼腥。

第四，AI写诗缺乏文化背景。

第五，AI写诗缺乏创新性，风格雷同（汉卿，2021）。

第六，技术依赖的结果会让人类变得懒惰起来，缺乏独立思考能力。长此以往，会让诗词艺术衰落，对诗人的职业生涯产生负面影响。

第七，AI生成的诗词容易发生版权纠纷。这是一个新兴的法律问题，版权到底归属于平台开发者，还是用户或数据库的素材拥有者？如果用某位作者的作品作为数据集来训练AI，生成的作品几可乱真的话，极有可能引发官司，甚至可能构成侵权行为。

3.6.5 应有的态度与选择

以上总结起来就是：AI作诗的优势为高效性、趣味性、提供灵感、辅助创作与帮助理解诗词含义；AI作诗的局限为无法准确理解人类的情感、有句无篇、有形少神、缺乏原创性以及存在著作权归属争议等。

AI写的诗已经存在了，我们可以批评它，也可以接受它、包容它、欣赏它、理解它。随着深度学习的推进，它已经形成了一种风气、一种冲击文学艺术界的力量。怎么办呢？

首先，要建立一种对AI写诗优势的正确认识。AI写诗被认为高效，无非是因其速度快、产量高。从众多的产出里面海选，有可能会找出一些过及格线的作品甚至佳作，比如合律且感觉不错，超过人类诗作的平均水平等。但佳作占比一定低于人写的诗，可能一万首里面只有一首佳作。人类对诗词艺术的追求是多出精品，并不怎么追求数量。一个优秀的诗人可能一生只写几百首作品，但有几首佳作，就是对人类艺术进步的莫大贡献了。像陆游那样60年间创作万首诗且佳作众多，算是天才级别的诗人了。

其次，要处理好由谁主导的问题。可行的选择是，对创作主体而言，与其完全由AI写诗，创作主体是AI，感情是经过程序计算的结果，表达的是属于AI的情感世界，不如由人主导AI写诗。创作主体是人，此时AI只是一个工具，创作者可以输入几个意象模糊的关键词让软件代替自己初作诗词，作为毛坯。在这一过程中，作者既是创作主体也是初次批评主体，可根据自己的想法对其修改再修改或者命令它重写，让软件再一次体会和表达自己的想法。也可以人机协作，帮助 AI 注入个人经历与情感，规避原创性缺乏的问题。在人工智能的辅助下，个人所能思考的语言、形式与内容将大大拓宽。AI 工具可以帮助诗人拓展创作视野，展示新的表现手法并予以启迪。智能 AI 写诗软件和人工创作走向协同和共生，将是大势所趋，因为这样能更好地服务于广大诗词创作爱好者与市场的不同需求。但是在替代人类创作诗歌的征程上，还有很长的路要走。

思政课堂

1. 常言道"诗如其人"，但历史上总有些诗品与人品极端分裂的著名例子。请举出一些实例来，并谈谈我们应当从中吸取怎样的教训。

2. 海南岛如今已成为海景旅游热门打卡地，而远在唐宋时期以及明朝，那里可是不毛之地，经常有一些高官或知名人士被贬谪到海南岛，其在海南岛的心态和精神风貌各不相同。那么，他们当中哪些人对海南岛的发展有贡献？有何种贡献？我们今天应该向他们学习什么？

3. 请阅读相关资料，谈谈你对格律诗词守正创新的看法。

章末问答题

1. 下面这首诗中，"此日六军同驻马，当时七夕笑牵牛"一联是工对、宽对还是流水对？

《马嵬二首·其二》[李商隐]

海外徒闻更九州，他生未卜此生休。

空闻虎旅传宵柝，无复鸡人报晓筹。

此日六军同驻马，当时七夕笑牵牛。

如何四纪为天子，不及卢家有莫愁。

2. 白居易《长恨歌》里一、二（两）、三、五、六、七、九、百这些数字都被用过，唯独没有四、八这两个数字，为什么？

3. 好的诗词经常是一首诗（词）谜，从贺知章的《咏柳》到郑谷的《鹧鸪》诗再到林逋的《点绛唇》词皆如此。请阐述作者这样做的原因是什么，你能再举出一些这样的例子吗？

4. 请辨别下面哪些诗词是 AI 写的。

其一

白鹭窥鱼立，青山照水开。

夜来风不动，明月见楼台。

其二

满怀风月一枝春，未见梅花亦可人。

不为东风无此客，世间何处是前身。

其三

树林深处野人家，半亩荒畦带浅沙。

行尽溪桥成独步，午鸡声里日西斜。

其四

《七绝·寒蝉》

闻鸣高树日初长，露下秋风叶正黄。

莫道此身无羽翼，也能飞去到潇湘。

其五

《如梦令·忆昔》

忆昔金陵作客，

走马章台游迹。

绣毂暗尘侵，

帘外绿芜深密。

谁识，谁识，

独倚危阑无极。

其六

《春日田园》

春日田园野水滨,归来聊复弄芳辰。

一年好景谁争赏,半世闲愁自苦辛。

其七

春天丽日照晴川,十里桃花映满山。

燕子呢喃寻旧梦,清风拂面柳如烟。

其八

一声塞雁江南去,几处家书海北连。

莫道征鸿无泪落,年年辛苦到燕然。

第 4 章

格律诗（词）的功用和诗词管理学的兴起

本章首先简略地介绍了格律诗词的传统功用。至于格律诗词的现实应用，方文山、李玉卿、高求志、谭小芳和赵枫等都在某些方面进行过一些探索。总体来看，在管理领域的应用探索还停留在浅表层面，不够深入、系统，这成为编者进行更深入、全面和系统探索的理由。

4.1 格律诗（词）的功用

4.1.1 格律诗（词）的传统功用

格律诗（词）的传统功用，大体包括寄情山水、陶冶性情、抒发情怀、干谒求进、应和酬答、馈赠亲友、励志自勉、劝学（劝学诗）、讽喻和玩笑（打油诗），极端情况下甚至还有可能救人性命或者招灾惹祸等。在此试举三例。

（1）一首干谒诗让自己及第

《唐语林校证》卷六《补遗》载：刘虚白就试，投诗知贡举裴坦。

三十年前此夜中，一般灯烛一般风。
不知人世能多许，犹著麻衣待至公。

刘虚白30年前就与裴坦一起参加科举考试，直到现在还在考，他以此诗投谒现已任主考官的昔日考友裴坦。裴坦见此诗后动了恻隐之心，结果这一榜就让他及第了。刘虚白认为他过去屡试不第的原因不是自己水平不行，而是受到了不公正的对待。他的这首干谒诗写得实在凄凉，真正引起了昔日考友的同情

第4章 格律诗（词）的功用和诗词管理学的兴起

甚至伤感。是呀，人生能有几个三十年？在古代，人的平均寿命为 45～55 岁，所以有"人生七十古来稀"的说法。一般很难有两个 30 年。

（2）因一首诗被提拔为中书舍人

据《本事诗》记载：唐德宗建中初年，皇帝的文告、命令缺少起草的人，中书省两次提名，皇帝都没批准。再请示，结果德宗批示：用韩翃。当时还有一个与韩翃同名同姓的人，任江淮刺史。中书省这次就把他们两个人都上报给皇帝，结果皇帝批示说"与此韩翃"，并亲书《寒食》诗。

春城无处不飞花，寒食东风御柳斜。

日暮汉宫传蜡烛，轻烟散入五侯家。

唐代是一个诗歌高度繁荣的朝代，连普通老百姓都非常喜欢优秀的诗作，皇帝们多数也雅好诗文。韩翃的《寒食》诗估计流传很广，早就传入德宗的耳中了，因此逢中书舍人的空缺时，他很自然地就想起了韩翃。

（3）一首桃花诗决定了诗人多桀的人生命运轨迹

唐代诗人刘禹锡被称为"诗豪"，他一生命运的跌宕却与一首桃花诗有关。永贞革新失败后，刘禹锡被贬为朗州司马。一度奉诏还京。后刘禹锡又因诗句"玄都观里桃千树，尽是刘郎去后栽"触怒新贵被贬为连州刺史，再转江州刺史，前后外放共 22 年。然而，在条件很艰苦的情况下，他仍坚持诗歌创作，并从民歌中吸取营养，创作了大量的《竹枝词》。这些《竹枝词》新颖别致，广为传诵。晚年，刘禹锡得以还朝，这时他的好朋友柳宗元等皆已离世。再游玄都观后刘禹锡又写了一首桃花诗，诗中有一句是"前度刘郎今又来"，其性格中顽强的一面由此可见一斑。

由以上三例可见，在古代，诗写得好可以中举、可以被越级提拔，也可能触怒权贵为自己招致灾祸。

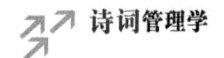

4.1.2 格律诗（词）的现代功用

（1）方文山演绎的传奇

著名词作人方文山将古典诗词融入《青花瓷》《菊花台》《东风破》和《千里之外》等脍炙人口的流行歌曲的创作中，打破了华语歌坛沉闷的局面。他也因此树立了自己独特的"方文山品牌"，由此带来的荣誉和财富也是巨大的。方文山认为"东方味也可以变成流行歌曲，而不是锁在抽屉里的唐诗宋词"，他的成功充分说明了中国古典诗词具有永恒的艺术魅力。

（2）李玉卿的"读古诗，学管理"

业务员李玉卿曾在业务员网上撰文介绍其"读古诗，学管理"的心得体会，现举其中的一例为证。李玉卿曾引用元稹的《离思》来论品牌忠诚度的建立，他解释说：按照整合营销传播的观点，顾客大脑里有自己的品牌印象，哪个产品或服务是第一品牌就可能最终胜出，关键在于这个品牌是否是沧海之水和巫山之云。只有让顾客的终极利益得以保障，顾客才会心无旁顾。营销的任务就是让自己企业的品牌在顾客大脑里成为唯一品牌。

《离思》

曾经沧海难为水，除却巫山不是云。

取次花丛懒回顾，半缘修道半缘君。

李玉卿还引用过唐代诗人王建的《新嫁娘》（全诗见表3.2）来论述其关于消费者行为调查的观点。他解释说：产品在推向市场之前，需要调查消费者的偏好，这是必须要经历的程序。如果事先不进行消费者偏好调查就盲目推向市场，可能会遭受冷遇。然而通过什么样的途径进行市场调查才是有效的，则很有讲究。选择适当的调查对象，会事半功倍。所以，那位新娘子要了解公婆的口味，就要通过小姑之口。因为小姑与公婆在一起生活的时间长，明白公婆的偏好。可见这位新娘子是十分聪慧的。

第4章 格律诗（词）的功用和诗词管理学的兴起

（3）高求志论"古典诗词中的管理智慧"

高求志曾撰文谈论古典诗词中所蕴含的管理智慧，并引用白居易的《放言五首·其三》来论述如何识人和辨人，如下所示。

> 赠君一法决狐疑，不用钻龟与祝蓍。
> 试玉要烧三日满，辨材须待七年期。
> 周公恐惧流言日，王莽谦恭未篡时。
> 向使当初身便死，一生真伪复谁知？

高求志评论道：本诗是富于理趣的好诗，它以极通俗的语言说出了一个道理，即对人、对事要得到一个全面的认识，就要经过长期的考验，不能只根据一时的现象下结论。否则，就会把古代的周公当成篡权者，把王莽当成谦谦君子了。所以，要给人才多些磨练和培养的时间，不要轻易抹杀人才，这是管理者的一种责任。

（4）谭小芳推行的"诗词管理学"

2013年，谭小芳在国内首创"诗词管理学"企业培训课程，她希望能在古往今来的诗词歌赋中寻找关于现代企业管理的答案，据说她的努力得到了许多像柳传志这样的知名人物的认可。谭小芳认为：旧时中国朝代和帝王频换，社会是如何运转的呢？当然是有一套名目不同于"管理学"而实际上却在发挥着"管理"作用的系统在起作用，那就是文化与管理、感性与理性两个维度在中国的有机结合。她所开发出的"诗词管理学"培训课程定位于以下五个方面：其一，结合管理情境进行实际演练；其二，系统学习管理学核心知识体系；其三，树立正确的管理者定位与心态；其四，切实提高企业管理实战水平；其五，通过诗、词、歌、赋、曲演绎管理真谛。尤其是第五点，特别强调了格律诗词在管理领域的应用。她的培训课程内容涵盖团队激励、压力管理、人力资源管理、服务管理、危机管理和领导艺术等。她曾引用"三顾频烦天下计，两朝开济老臣心"来解读刘备的攻心术和领导艺术，引用"红军不怕远征难，万水千山只等闲"来解说激励员工的技巧和原则，如此等等，不一而足。谭小芳甚至还亲自操刀创作了两首"唐诗",分别论述如何做好服务和营销工作。其中第二首诗中提到的"渠道为王是原则,4Ps 要记牢"为市场营销学 1.0 版的核心内容,科特勒那本经典的营销学著作中将市场营销策略总结为"4Ps",即 Product(产品)、Price(价格)、Place(渠道)和 Promotion(促销),这四个词的英文字头都是 P,再加上策略(Strategy),所以简称为 4Ps。谭小芳的课程得到的典型评价是:"谭教授的讲座化繁从简,复元还真,既有品茗之惬意,又有顿悟之快感。课余让人不禁感叹:盗亦有道!"所谓"盗亦有道",估计指的是谭小芳在阐明企业管理相关原则时引用的格律诗词还算恰当。

不过依编者看来,谭小芳所推行的"诗词管理学"课程创意虽好,选诗还算恰当,课程也有一定的覆盖度,但对于比较专门化的领域如流程管理、会计与财务等就无能为力了。另外,她自己所创作的"格律诗"只能算是快板书,决不能称之为"唐诗"的。所以,她的课程只能用于企业培训,而不能登高校的大雅之堂。

(5)赵枫倡导的"唐诗中的管理学"

前面所述均是就诗词在管理学中的应用进行零星或部分尝试的例子,但有一位作者赵枫却做了另外一件事,他写作了一本书来专门论述唐诗在管理领域的应用,书名为《唐诗中的管理学》。编辑对这本书的推荐语为:"读诗兴企,赏诗学道,悟诗得人心。识人之准、品人之深、育人之妙、管人之巧,尽在唐诗佳句之中。本书文字轻松活泼,对诗句的解释独具匠心,把诗句引申到管理学中丝丝入扣,把枯燥的管理学与唐诗的美学结合起来,会给您带来美的享受。"也就是说,这本书从识人、品人、育人和管人 4 个方面将企业识人、用人的各种技巧和方法通过解读唐诗的形式展示给读者。看得出来,这是一本关于唐诗在人力资源管理中的应用的普及性读物。在此不妨摘取其中一例。作者曾对孟郊的《登科后》重新解释为:"诗人经过自己的笔把自身的弱点暴露无遗。他恃才傲物、不受拘束、争名夺利的个性特点也恰恰决定了这位才能过人的诗人毕生经受了很多磨难的事实。"对于像孟郊这样的人,赵枫由此得到的管理感悟为 3 个原则:其一,用其所长。恃才傲物的员工,大多数都会有一技之长,他们的自负绝不是空穴来风。其二,攻其所短。其三,宽容待之。

第4章 格律诗（词）的功用和诗词管理学的兴起

《登科后》

昔日龌龊不足夸，今朝放荡思无涯。

春风得意马蹄疾，一日看尽长安花。

由上可见，这本《唐诗中的管理学》对唐诗的引用和解释有欠准确，如上面对孟郊其人及《登科后》一诗的理解就不怎么准确。实际上，孟郊并非才能过人的诗人，他与贾岛一样，属于苦吟诗人，有"郊寒岛瘦"之称，只是比较坚持和勤奋而已。孟郊曾多次落第，岁至五十才进士及第。下面两首诗均为孟郊落第后写的，可见孟郊当时是何等感受，"情如刀刃伤"和"空将泪见花"可为证。所以当其进士及第后"春风得意"一回就很正常了，不应再持批评态度。

《落第》

晓月难为光，愁人难为肠。

谁言春物荣，独见叶上霜。

雕鹗失势病，鹪鹩假翼翔。

弃置复弃置，情如刀刃伤。

《再下第》

一夕九起嗟，梦短不到家。

两度长安陌，空将泪见花。

除此之外，《唐诗中的管理学》论述的范围也十分有限，只涉及人力资源管理方面。

4.2 格律诗（词）在工商管理领域的应用拓展

从前述可知，如何将格律诗词中所蕴含的哲理转化成现代管理学的思考和感悟早已有人在做各种尝试，只是覆盖面还不够，缺乏在会计、财务、运营管理（包括流程管理）、旅游管理和创新管理等方面系统化的应用。对此，一方面需要拓展其应用领域，另一方面需要就一些专题展开深入和系统化的研究。另外，力倡者的格律诗词鉴赏能力也很重要。至于创作能力尤其需要提高，文采匮乏、形同快板书之类的作品会让这一创意低级化和庸俗化，这是最明显的缺陷。力行者不能创作像样点的诗词，就会限制应用的广度和深度。所以后面编者将尝试挑战这些难题，全面展示格律诗词在旅游管理、创新管理、市场营销、流程管理、领导力和团队建设甚至会计报表分析领域的应用。这些应用将体现在本书的第 5 章至第 10 章中。对于诗词的处理，编者将采取两种做法：引用现成的诗词来论管理；如果没有合适的诗词可供引用，就自己动手创作格律诗词。

章末问答题

1. 为什么说不仅诗词储备量和诗词鉴赏能力对推行格律诗词在现代管理领域的应用至关重要，力推者本人的诗词创作水平也很关键？力倡格律诗词在现代管理领域的应用对推行者的专业修养有何要求？

2. 在推行格律诗词在现代管理领域的应用时，我们应注意什么？

第 5 章

诗词旅游及典型案例

本章首先对旅游诗词与诗词旅游进行了界定，然后分别介绍了西塞山诗词旅游策划案，赤壁市、嘉鱼县、通山县诗词旅游案例，洛阳诗词旅游案例和秦皇岛市山、海、关景区的楹联与诗词。本章的目的是具体展示在现代旅游文案策划中如何应用旧体诗词。

5.1 旅游文学及其种类

旅游文学是旅游文化的一个重要组成部分，是旅游过程中主体旅游者对客体包括自然景观与人文景观的反映所作的文学描绘，即旅游者以文学形式吟咏、记述旅途生活中的所见、所闻、所感，着重描绘壮美河山、名胜古迹、风土人情、社会风貌等方面的内容。旅游文学起到导游和激发游兴的作用，是故文以景传、景以文传。因而它也有"卧游"的绝妙作用（梅鹏，2020）。文学与旅游结合的历史在我国源远流长。早在春秋战国时期就出现了游记文学，至魏晋时期出现了旅游骈文、旅游散文以及最早独立描写山水的诗歌，即山水诗。隋唐五代时期，是中国旅游最兴盛的时期，这个时期也是中国古代文明最辉煌灿烂的时期。而后宋、金、元、明、清各朝继续这种局面。

5.2 旅游诗词及其创作要求与诗词旅游

旅游文学的种类有诗词、曲、散文、赋、楹联、碑帖铭文、神话传说和历史故事等。而其中的旅游诗词是现代的提法，又可分为山水诗、田园诗、边塞诗和怀古诗。

第5章 诗词旅游及典型案例

表 5.1 列出了我国不同时期旅游诗词的代表作，其中不乏各位读者耳熟能详的诗词名篇。先看王维的《汉江临泛》，这首诗描写的是汉江襄阳段，其中一联"江流天地外，山色有无中"十分贴切、细致地描绘了这段江面浩浩荡荡浑无际涯，山色时而明朗、时而空蒙的壮丽景象，历来为诗家所传诵。再看袁枚的《登华山》，这首诗把华山的"险"描绘到了极致。一般认为华山是没有瀑布的，从这首诗里得知袁枚登华山时却看到了很壮观的瀑布："流泉鸣青天，乱走三千条。"当读者看到这样的旅游诗后能不激发登华山的游兴吗？

表 5.1 我国不同时期旅游诗词代表作

时期	作者	代表作	类别
魏晋	曹操	《观沧海》	山水诗
东晋	陶渊明	《归园田居五首》《桃花源诗》《饮酒》	田园诗
南朝	谢灵运	《登池上楼》《石门岩上宿》《登江中孤屿》	山水诗
北朝		《敕勒歌》	乐府民歌
唐	孟浩然	《春晓》《过故人庄》《望洞庭湖赠张丞相》《与诸子登岘山》	山水诗、田园诗、怀古诗
唐	王维	《终南山》《汉江临泛》《使至塞上》《山居秋暝》《韦侍郎山居》《辋川闲居赠裴秀才迪》《积雨辋川庄作》	山水诗、边塞诗
唐	李白	《望庐山瀑布》《秋登宣城谢朓北楼》《独坐敬亭山》《清溪行》《黄鹤楼送孟浩然之广陵》《望天门山》《早发白帝城》	山水诗
唐	崔颢	《黄鹤楼》	山水诗
唐	杜甫	《望岳》《绝句四首·其一》《旅夜抒怀》《江畔独步寻花·其二》《春夜喜雨》《登高》	山水诗
唐	白居易	《大林寺桃花》《钱塘湖春行》《忆江南》	山水诗
唐	刘禹锡	《望洞庭》《乌衣巷》《西塞山怀古》	山水诗、怀古诗

续表

时期	作者	代表作	类别
唐	柳宗元	《江雪》	山水诗
唐	王之涣	《登鹳雀楼》	山水诗
唐	岑参	《白雪歌送武判官归京》	边塞诗
唐	张继	《枫桥夜泊》	山水诗
唐	张志和	渔歌子	山水诗
唐	杜牧	《泊秦淮》《清明》《江南春》《寄扬州韩绰判官》	山水诗
宋	范仲淹	《苏幕遮》《渔家傲》	边塞词
宋	苏轼	《饮湖上初晴后雨》《题西林壁》《念奴娇·赤壁怀古》	山水诗、怀古词
宋	王安石	《泊船瓜洲》	山水诗
宋	李清照	《如梦令》《醉花阴》	山水词
宋	辛弃疾	《水龙吟·登建康赏心亭》《西江月·夜行黄沙道中》《清平乐·村居》《贺新郎·我看青山多妩媚》	山水词、怀古词
宋	陆游	《游山西村》《沈园》《临安春雨初霁》	田园诗、山水诗
宋	杨万里	《晓出净慈寺送林子方》	山水诗
元	张养浩	《中吕·山坡羊·潼关怀古》	怀古散曲
元	马致远	《天净沙·秋思》《双调·落梅风·潇湘八景》	山水小令
清	袁枚	《登华山》	山水诗
清	康有为	《登万里长城》《庐山谣》	山水诗

第5章 诗词旅游及典型案例

《汉江临泛》[王维]

楚塞三湘接,荆门九派通。

江流天地外,山色有无中。

郡邑浮前浦,波澜动远空。

襄阳好风日,留醉与山翁。

《登华山》[袁枚]

太华岿西方,倚天如插刀。闪烁铁花冷,惨淡阴风号。

云雷莽回护,仙掌时动摇。流泉鸣青天,乱走三千条。

我来蹑芒蹻,逸气不敢骄。绝壁纳双踵,白云埋半腰。

忽然身入井,忽然影坠巢。天路望已绝,云栈断复交。

惊魂飘落叶,定志委铁镣。闭目谢人世,伸手探斗杓。

屡见前峰俯,愈知后历高。白日死崖上,黄河生树梢。

自笑亡命贼,不如升木猱。仍复自崖返,不敢向顶招。

归来如再生,两眼青寥寥。

以上是对不同时期著名旅游诗词的介绍。然而,如何创作旅游诗词呢?或者说一首好的旅游诗词应该达到什么样的要求呢?编者认为具备下列之一及以上者就是好的旅游诗词:善于摄取景物、善于营构意境、富有哲理内涵、善于表达人生感悟。编者曾经在课堂上试验过即兴创作旅游诗,要求为:面对张家界最美的空中花园和重庆奉节的天坑图片,按前面总结的规律,创作一首旅游诗。编者一共创作了四首,列示如下。若按两幅画只写一首诗的要求,第二、四首符合。再从艺术水准来看,第四首比第二首更好。

其一

构陷原在一瞬间,坐井如何去观天?

升降沉浮不由我,且漏风光游者看。

其二

此间美景缘天灾，天灾来时动地哀。
而今都作盆景看，一处深坑一高台。

其三

天遗盆栽在张家，远望葱葱如翠华。
世人误作飞升处，欲觅仙踪至海涯。

其四

天庭遗落两盆栽，一处深坑一高台。
而今都作美景看，垂足飞升莫疑猜。

什么是诗词旅游呢？顾名思义，就是恰当地运用旅游诗词策划旅游路线或旅游活动，从而增加客流量以增加旅游收入的文创活动。如果有现成的诗词固然好，没有的话，也可以新作旅游诗词。这样的文创活动有可能成功，也有可能失败，原因是多方面的，可能的原因包括策划者的诗词修养和诗词创作质量，策划者的考虑是否周全，游客的接受程度，以及游客的旅游体验等。下面就通过几个典型案例来阐述什么样的诗词旅游策划案能够成功。

5.3 西塞山诗词旅游策划案

5.3.1 策划案背景

该策划案的背景见相关链接 5.1。

相关链接 5.1[①]

（1）一起争议

张志和代表作《渔歌子·西塞山前白鹭飞》中的西塞山现今到底位于湖北省黄石市西塞山区还是浙江省湖州市西面存在很大的争议。因双方各执一词，使得这起始于 1984 年的争议整整持续了 20 年，到 2004 年才尘埃落定，最后确认是湖北省黄石市的西塞山区，虽然作者张志和是浙江湖州人。这起争议的背后，实际上是双方争夺旅游景点的旅游收入，即利益的一场口水战。因为这首词的名气之大，传播范围之广，足以引起游客"到此一游，亲历张志和词里美景"的兴趣。

（2）"史上最长广告语"引争议

为了吸引广大游客到景区来观光，湖南岳阳籍著名青年作家和文化旅游策划人张——2013 年曾为湖北省黄石市西塞山景区创作了一条长达 32 个字的广告语："屈原的神舟盛会，三国的英雄故事，张志和的词，刘禹锡的诗——湖北西塞山等你来"。这条广告语后来在网上不胫而走，引发了广大网友不小的争议。其中提到的"刘禹锡的诗"指的是那首名作《西塞山怀古》，转录如下。

王濬楼船下益州，金陵王气黯然收。
千寻铁锁沉江底，一片降幡出石头。
人世几回伤往事，山形依旧枕寒流。
今逢四海为家日，故垒萧萧芦荻秋。

网友们主要的意见是批评广告语太长，不利于记忆和传播，违背了市场营销学的基本法则。但编者认为，这正是张——创意的初衷，通过"反其道而行之"来吸引公众的目光，哪怕是负面的评论也是好的。由此可见，旅游行业的竞争是何等的激烈。

[①] 资料来源于黄石都市网。

（3）清明游客背诗可免门票

为弘扬中华民族传统诗词文化，缅怀和感恩唐代著名词人张志和为西塞山风景区旅游做出的杰出贡献，湖北省黄石市西塞山景区在2013年清明节前后（4月2日—6日）推出了系列主题文化活动，内容如下。

第一，凡是姓张的游客半票。

第二，抽样背诵张志和《渔歌子》、刘禹锡《西塞山怀古》、杜牧《清明》能过关者皆免票。

第三，能应和张志和《渔歌子》一词，平仄、韵脚、对偶等诗词格律基本相符且具一定意境者，全家人终身免费游览西塞山。

然而截至4月3日晚，西塞山风景区该项主题文化活动首日背诗词免门票的游客竟不足10人，另外更无一名游客作词应和张志和的《渔歌子》。此次清明节主题活动的策划人张——对此解释为游客可能还"不太适应"和国人相对拘谨和保守的习惯性思维所致。他坚持认为：西塞山景区以后应加大宣传力度，鼓励游客背诗、作词，"要让凡是去西塞山旅游的游客都以背不出《渔歌子》和《西塞山怀古》等诗词名作为耻，作为文化景区要引导一种积极、健康的社会风气，要让文学素养成为今后的一种主流时尚"。随后，张——即兴唱和张志和《渔歌子》。

《渔歌子·和张志和》

西塞山前逸兴飞，
周瑜曹操每相违。
寻钓叟，送神舟，
何妨纵酒醉一回。

5.3.2 编者的观点和解决方案

编者以为：张——上述策划活动有其积极的意义，不失为一种倡导广大游客提高文学素养的文明方式，且富有情趣，但创作过长的广告语难以避免炒作

第5章 诗词旅游及典型案例

的嫌疑。编者的主张有所不同,理由为:西塞山景区有着厚重的文化底蕴,可称得上是"千年诗坛百战场",所以无须把时间和精力花在辨别地名的真伪上。刘禹锡和张志和都有名作涉及西塞山,不必厚此薄彼,而且刘禹锡金陵五题之《西塞山怀古》中所提西塞山确指黄石的西塞山,因为黄石在南京的西面无疑。所以西塞山景区和当地政府只要做好环境保护工作,让西塞山保持昔日美景,有桃花流水,水质良好且能保证鳜鱼的生存和繁衍,有白鹭翻飞,就算不是真正的西塞山,游客们在游览此等美景时也会不由自主地想起张志和的《渔歌子》的。再者,如果策划一次游客垂钓鳜鱼即可免费烹饪、享用的活动岂不更为实惠?或许还真能招揽到大量的游客呢。基于此,编者将自己的解决方案分别用一首和词和一首和诗的形式表达出来,列示于下。

《渔歌子》(应和之作)

西塞山名惹是非,
桃花流水去不回。
鱼不死,鹭常飞,
宾至如归不须吹!

芦花怎故桃花飞?
诗豪隐士两相违。
刘姓宾客倘把钓,
免费鳜鱼肥不肥?

5.4 赤壁市、嘉鱼县、通山县诗词旅游案例

东吴时建制的蒲圻县包括现在的赤壁市、嘉鱼县和通山县,故编者将这三地的诗词旅游放在一起叙述。有的地方诗词用得多一些,有的地方用得少一些,缺失者,编者试图补上。除了诗词辅助旅游之外,这三地一些人工景区的建设还包含有丰富的思政元素。如赤壁陆水湖8号副坝的建设,彰显了广大人民群

众愚公移山、不畏牺牲的精神和战天斗地的英雄气概。嘉鱼县的官桥村八组，是乡村振兴的楷模。通山县富水水库的建设体现的是中国人民的牺牲精神和大局观。另外，通山县大力发展绿色能源产业，体现了对可持续发展理念的追求。最后，这三地都坚持用"绿水青山就是金山银山"的发展理念发展县域经济，为中部地区经济的崛起树立了榜样。

5.4.1 赤壁市诗词旅游案例

（1）赤壁概况

关于赤壁市的历史沿革和概况，可见相关链接5.2。赤壁广为人知，一因其确系赤壁之战的发生地。关于这一点，根据赤壁市人民政府官网的介绍，除了历史学家的考证和谢迭山、王奉、曹君亭及《红楼梦》的佐证外，更有杜牧《赤壁》诗中"折戟沉沙铁未销，自将磨洗认前朝"的考证以及苏轼《念奴娇·赤壁怀古》词中"故垒西边，人道是、三国周郎赤壁"一句对黄州（现称黄冈）赤壁是否真是三国赤壁的怀疑可以佐证。事实上，现在黄冈市把东坡赤壁认定为文赤壁，把赤壁市的赤壁古战场发生地认定为武赤壁。赤壁市广为人知的第二个原因就是电影《赤壁》的上映，以及电视连续剧《水浒传》的外景地取自赤壁市的陆水湖。赤壁市的传统产业主要有机械、纺织、造纸和能源电力，主要资源包括楠竹、苎麻、鱼、杨梅和茶叶等。

相关链接 5.2[①]

赤壁市所属国土面积1273平方千米，人口约53万。三国东吴黄武二年（223年）建立蒲圻县，1949年5月25日蒲圻解放，先后属沔阳、大冶、孝感和咸宁专区（地区）管辖。1986年5月，国务院批准蒲圻县撤县设市，名蒲圻市，所辖区域范围不变，隶属湖北省咸宁地区，8月1日，举行挂牌仪式。1998年6月，经国务院批准，民政部批复同意蒲圻市更名为赤壁市，所辖区域范围不变，

[①] 资料来源于赤壁市人民政府官网。

第5章 诗词旅游及典型案例

仍隶属湖北省咸宁地区，10月18日正式挂牌。1998年12月，咸宁地区更名为咸宁市，为省辖地级市。赤壁市由湖北省咸宁市代管。

北宋文人谢迭山曾路过此地，在他的"赤壁诗"序中说："予从江夏溯洞庭，舟过蒲圻，见石上有'赤壁'二字，其北岸曰乌林，至今土人耕地，得箭镞长余尺，或得断枪折戟，其为周瑜破曹操兵处无疑。"明朝王奉偶过赤壁，曾题绝句两首于石上。洪武己丑年（1385年），曹君亭坐船到赤壁，发现宋明石刻，也留下了墨迹："此乃周瑜破孟德之赤壁也，子瞻与后人但知黄州赤壁……""赤壁"二字上有一个"鸾"字，为道教符号。据明方汝浩著《东游记》载，凡得道之人均乘青鸾游于四海。书"鸾"字于此，为镇妖之用。赤壁之战，曹操十几万人马葬入江中，阴魂不散，夜晚在江中苦泣，此符号一刻，可驱散其阴魂。《红楼梦》51回中，薛小妹的赤壁怀古诗可旁证此意。

（2）赤壁主要旅游景点及诗词

赤壁市不仅具有悠久的历史和广泛的知名度，还拥有丰富的旅游资源，包括国家级风景区陆水湖、三峡试验坝主题公园、8号副坝观光堤、雪峰山和葛仙山等。实际上，赤壁市近年来一直在谋求产业转型升级，除了高新技术产业外，还在谋求绿色崛起，即通过生态旅游业的发展晋升为经济强市（县）。赤壁市具有良好的资源禀赋，山清水秀，坚持走绿色可持续发展之路是适宜的。据赤壁市人民政府官网显示：赤壁市在2015年被评为国家园林城市；2018年11月，荣登"2018中国幸福百县榜"；2019年5月18日，入选"2019中国最美县域榜单"；2019年11月14日，被生态环境部正式命名为"第三批国家生态文明建设示范市县"；2020年5月29日，入选"县城新型城镇化建设示范名单"。

赤壁作为以少胜多的经典战例的发生地，名扬海内外，自然与诗词结缘得早，也被称为"诗词之乡"。赤壁是湖北的南大门，地理位置优越。南接岳阳，北联武汉，在京广线上。东连咸安区，南与崇阳县交界，东北与嘉鱼县相连，西北隔长江与洪湖市对望。加之生态环境保护得又好，开展生态旅游得天独厚。如果再嫁接上诗词，打造"诗词+生态"旅游路线，对游客就更具有吸引力了。事实上，赤壁在旅游文创方面已经做过不少有益的尝试。如赤壁市人民政府官网主页上对赤壁进行介绍的视频,做得就很好,图文并茂,特色鲜明。另外,在通往葛仙山的芳世湾大桥两侧的栏杆上,间隔排列着介绍赤壁市主要旅游景点的扇形石刻,依次是三国赤壁古战场、葛仙山、陆水湖、雪峰山和羊楼洞。下面就依次予以详细的介绍。介绍时,已有诗词的将直接列出,没有的则自行创作补上。

①赤壁古战场。

赤壁古战场公园,曾是赤壁市花巨资倾力打造的一个著名旅游景点。但据游客们的反馈,无甚好评,甚至认为那是一个不毛之地,言外之意就是没有什么好看的。赤壁市人民政府官网介绍说:赤壁矶头临江悬崖上,有石刻"赤壁"二字各长150厘米、宽104厘米,相传是周瑜破曹后,一时兴起,挥剑在石上刻下,但据字体考证,当是唐人所书。游客有此反应的原因,估计是他们不是来访求赤壁之战的真正发生地的,也不是因为对三国那段历史感兴趣。其实三国古战场这个景点,每年还是有一定数量的研究三国历史的游客包括外国人来探访的。

如此有名气的古迹,历代文人墨客一定留下了不少的诗词名篇(具体见表5.2)。赤壁市当初在修建此园时曾十分细心地将其搜集起来,并刻在竹板上排列在一起,让游客一眼望去就足够震撼。在这些吟咏赤壁的诗作中,当以李白、杜牧和王奉的更为知名。此处需要说明的是:康震的导师霍松林的那首《赤壁留题》没有刻在竹板上。既然有众多的诗作是关于三国古战场的,游客在游览该公园时自然就多了一层体验。对于爱好历史和诗词的游客,就更具有吸引力了,他(她)们不会只看眼前景,觉得这是一块不毛之地的。

表5.2 历代吟咏赤壁古战场诗作

年代	作者	作品
唐	李白	《赤壁歌送别》 二龙争战决雌雄,赤壁楼船扫地空。 烈火张天照云海,周瑜于此破曹公。

续表

年代	作者	作品
唐	杜牧	《赤壁》 折戟沉沙铁未销，自将磨洗认前朝。 东风不与周郎便，铜雀春深锁二乔。
元	龙仁夫	《赤壁》 踏吕摧袁虎视耽，阿瞒气势卷江南。 矶头一霎东风转，天下江山自此三。
明	魏裳	《登赤壁山》 江南江北昼阴阴，指点前朝感慨深。 夹岸寒涛喧赤壁，空原野烧隔乌林。 山种已没三分迹，天地仍含百战心。 击楫中流回首处，荒烟满树夕阳沉。
明	任乔年	《拜风台》 先生羽扇独从容，百万魔消一剑风。 欲识英雄真手段，杯中白水望溶溶。
明	王奉	《过赤壁偶成绝句》 （一） 赤壁横岸瞰大江，周瑜于此破曹郎。 天公已定三分势，可叹奸雄不自量。 （二） 孟德雄心瞰啖吴，皇天未肯遂共图。 水军八十万东下，赤壁山前一火无。
清	曹雪芹	《赤壁怀古》 赤壁沉埋水不流，徒留名姓载空舟。 喧阗一炬悲风冷，无限英魂在内游。
现代	霍松林	《赤壁留题》 髫年早读坡仙赋，垂老欣为赤壁游。 东去大江风浪静，只流欢笑不流愁。

②葛仙山、陆水湖与雪峰山。

赤壁市人民政府官网介绍说：一听葛仙的名字，就可以得知这是一座道教名山。它就是以道教名家葛洪命名的。当地传说，这是因晋代著名化学家和医学家葛洪曾于此修道羽化而得名。该山西与国家级风景区陆水湖成为一体，北与莼蒲仙源万亩竹海、万亩野樱花的随阳群山相望。每当漫山遍野的野樱盛开时，都会令人震撼。

关于葛仙山，倒没有现成的诗词可作导游之用。编者亲历葛仙山及山下的芳世湾大桥时，正值梅雨季节，烟雨朦胧中的葛仙山别具一番风味。所以编者试着创作了两首诗，如下所示。

《游葛仙山》

求寿何须葛仙丹，绿水青山最养颜。

烟雨江南如画里，相思都在芳世湾。

《游芳世湾大桥》

山间雾霭任从容，未就丹砂愧葛洪。

不惜浮生大半日，蒙蒙细雨剪剪风。

关于陆水湖、三峡试验坝主题公园、8号副坝及雪峰山的来历，见相关链接5.3。赤壁多雨，编者最近一次亲历时正碰上阴雨天。不过编者也曾多次在晴天游览过这些景点。陆水湖因三国东吴名将陆逊在此驻军而得名，湖中800多个岛屿星罗棋布，大者有100多公顷，小者如一叶扁舟，湖水碧透。湖南岸的雪峰山上植被茂密，修竹尤美。陆水湖风景区以山幽、林绿、水清、岛秀闻名遐迩，无论阴晴，其景致比起杭州西湖和浙江千岛湖毫不逊色，且更多了一份寂静的美。面对如此美景，编者禁不住创作了一些诗，也是以诗配画的形式，列示如下。

《8号副坝》

其一

而今已成观光堤，烟波浩淼与天齐。

遥想当初筑此坝，嘿嗬声中把山移。

其二

天欲晚时云带雨，山色空蒙逊几许？
半湖黄浊半湖清，一条界破鱼郎浦。

第一首诗中，"嘿嗨"二字，是当时夯筑粘土坝时喊的劳动号子。副坝位于陆水湖西岸，长 1543 米，高 25.5 米，是亚洲最长的粘土坝。当时 4 万军民奋战 3 个月，人工夯筑成这道特大挡水坝。据赤壁市人民政府官网介绍，全部土方有 361 万立方米，如果用这些土方筑成一米宽一米高的一道城墙，可以从赤壁到北京来回绕两趟，比万里长城还长。1987 年，日本友人三好彻先生参观此坝时激动地说："我站在亚洲第一土坝上，这不仅是中国人民的骄傲，也是整个亚洲的骄傲。"第二首诗中之所以有"半湖黄浊半湖清，一条界破鱼郎浦"一联，是因为编者最近一次站在堤坝上观看时，发现经过几个雨天之后，山上的山洪流入湖中逐渐形成了一条泾渭分明的界线，远望十分壮观。

相关链接 5.3[①]

1958 年，为验证和解决三峡工程科研、设计与施工重大技术问题，开始兴建三峡试验坝——陆水水利枢纽工程，伟大的三峡工程建设就从这个小小的试验坝起步。三峡试验坝开水工技术革命之先河，在此进行的一系列多学科前沿科学试验成为世界首创，被载入中国水利水电建设的光荣史册，是我国水利水电建设史上的一座丰碑。

陆水大坝实体是三峡试验坝主题公园主要景点之一。主坝和副坝绵延 6.3 千米，混凝土坝、砌石坝、各种不同类型的土坝、水电站、升船机、泄洪闸、灌溉渠道等建筑物构成一座硕大的水利工程博物馆。8 号副坝为亚洲最长的黏土均质坝，全长 1543 米，外形优美的钢筋混凝土防浪墙如长龙卧波，形成一道靓丽的风景线。陆水湖因三峡试验坝而形成，放眼远眺，碧波荡漾的湖水与三峡试

[①] 资料来源于赤壁市人民政府官网。

验坝浑然一体，人与自然和谐相处，充满了深厚的水文化底蕴。人们在享受三峡试验坝优美环境的同时，可以进一步了解我国悠久的治水历史和水利科学知识，感受当代水利事业的巨大成就和水文化的丰富内涵。

在陆水湖南岸，汽车沿盘山公路而上，约20分钟便登临避暑胜地雪峰山，此山因唐朝咸通二年雪峰和尚建雪峰寺于此而得名。雪峰山总面积18平方千米，主峰临陆水湖拔地而起。

陆水湖碧波浩淼，在阴雨天，其南岸的雪峰山若隐若现，自有一种朦胧美。若遇晴天，湖面波光粼粼的，远远望去，雪峰山上白云飘荡，有如千年积雪一般。赤壁几乎没有重工业污染，其特产为竹制品和松峰茶。编者于2015年夏曾坐游艇游览过陆水湖并攀登过南岸的雪峰山直至山顶，后赋诗一组以资纪念，列示如下。第一首诗连用了五个"一"，第二首诗重复使用两次"山"和"湾"，有意通过语言的重复来展示陆水湖悠长、山环水绕和美不胜收的一面。

《"五一"之乡》

一杯清茶一叶舟，一湖碧水荡悠悠。

一把烈火燃赤壁，一山翠竹最风流。

（注：赤壁特产为陆水湖盛产的红尾鱼和桂花鱼、青砖茶和楠竹。）

《2015年夏游陆水湖》

过尽重湾又见山，见山又过一重湾。

从来听说千岛美，到此方知陆水寒。

麋鹿迎人不相拒，小鸟欢飞去复还。

人生只合是湖老，一叶扁舟一钓竿。

《陆水湖的传说》

其一

周郎遗恨水犹寒，陆逊练军洗不堪。

凌空漫泼江南雨，八百岛屿是泪斑。

其二

小乔立志出乡关，为解相思转回还。

凌空漫撒相思豆，种出相思作岛看。

《梦里水乡》

老大归来叙天伦，条条大道达新村。

三十年间唯一梦，山幽岛秀古风存。

《登雪峰山途中》

其一

独行幽篁里，忽闻人语喧。

三女遥相问，可否同上巅？

其二

树密林中暗，道长路人稀。

寂寂空山里，惟有秋蝉啼。

《登雪峰山顶自题小像》

陆水南岸葱且幽，恰有闲暇向此游，

好水好风君莫羡，青山依旧我白头。

③羊楼洞。

羊楼洞是万里茶道的源头。走在羊楼洞明清石板街上，可见当时的邮局和茶馆等建筑。关于羊楼洞的概况及松峰砖茶的历史，见相关链接5.4。明代大学士廖道南曾用如下这首诗对羊楼洞进行了形象的描绘。

诗词管理学

> 万嶂入羊楼，双溪绕凤丘。
> 天开珠洞晓，月旁石潭秋。
> 翠入梧桐秀，香来蕙草幽。
> 登临一长啸，日夕紫烟浮。

相关链接 5.4[①]

羊楼洞位于赤壁市区西南 26 千米的羊楼洞镇，为湘鄂交界之要冲，明清之际系赤壁六大古镇之一，为松峰茶原产地，素有"砖茶之乡"的美称。2010 年，被授予第五批"中国历史文化名村"荣誉称号。

相传元朝末年，朱元璋率领农民起义，羊楼洞茶农有从军者，他们在军中见有人饭后腹痛，便将带去的绿茶给病者服用。服后，患者相继病愈。这件事被朱元璋得知，记在了心里。当了皇帝后，朱元璋和宰相刘基到赤壁找寻隐士刘天德，恰遇在此种茶的刘天德长子刘玄一。刘玄一请朱元璋赐名。朱元璋见茶叶翠绿，形似松峰，香味俱佳，遂赐名"松峰茶"，又将长有茶叶的高山，命名为松峰山。明洪武二十四年（1391 年），朱元璋因常饮羊楼松峰茶成习惯，遂诏告天下："罢造龙团，唯采茶芽以进。"因此，刘玄一成为天下第一个做绿茶的人，朱元璋成为天下第一个推广绿茶的人，羊楼洞成为天下最早做绿茶的地方。作为茶马古道的源头，明嘉靖初，羊楼洞的制茶业已相当发达。村镇随之而兴，极盛时茶庄 200 余家，人口近 4 万，有 5 条主要街道，百余家商旅店铺，为"中国大茶市"，誉称"小汉口"。

这样历史悠久的地方，又有历史悠久的砖茶，自然少不了诗词作品对其的描绘。从下面第一首诗可以看出，羊楼洞以古街、木楼、青砖茶和观音泉闻名。第二首诗则是描写了采茶的情景。羊楼洞既然是松峰茶的起运地，定然商贾云集，其中因此而暴富者不在少数。最著名的当属雷家，雷家大院的马头墙鳞次

[①] 资料来源于赤壁市人民政府官网。

栉比，井然有序，气势非凡，一望便知当初的富足。

《洞庄颂》[未署名]

羊楼古巷青石幽，洞庄百年木楼秋。

千载修得茶香绕，观音泉韵洗风流。

《采茶》[未署名]

绿遍松峰誉更芳，春山如海采茶忙。

千行歌绕千重翠，万亩花开万仞香。

鉴于羊楼洞的松峰茶（亦称青砖茶）尚没有广告诗，故编者自创了一首《青砖茶广告诗》。这首广告诗对松峰茶的悠久历史、最适宜的喝法和功效均进行了介绍，符合广告诗的创作要求。同时，该诗用语通俗，便于广大消费者理解和接受。可印制在青砖茶的外包装上，说不定会有不错的广告效果。

《青砖茶》

松峰山上松峰茶，曾随古道走天涯。

今与荷叶搭配后，止泻降糖味更佳。

赤壁市在城镇化和乡村振兴的过程中，大刀阔斧地改变农村的落后面貌，努力营造良好的生态环境，水清树绿，村庄里遍布小别墅。正如编者所赋的诗所言：赤壁已非昔时颜。赤壁市政府现行的发展策略无疑是正确的，坚持下去，明天会更好。

《为赤壁新村留影》

绿水青山两相欢，赤壁已非昔时颜。

复恐匆匆阅不尽，摄入手机细细看。

5.4.2 嘉鱼县诗词旅游案例

（1）嘉鱼概况

关于嘉鱼县的县名起源、地理位置、人口和旅游资源等情况的介绍，见相关链接5.5。

相关链接 5.5[①]

嘉鱼县于南唐保大十一年（953年）取《诗经·小雅·南有嘉鱼》之义得名，立县建制有1730多年的历史。这里是三国"赤壁之战"吴军的大本营、二乔的故里、南宋岳飞抗金屯兵要地。"南有嘉鱼，烝然罩罩，君子有酒，嘉宾式燕以乐"，古老的《诗经》，赋予嘉鱼不老的美名。嘉鱼盛产鲜鱼，因而也繁衍出鲜活的鱼文化。嘉鱼人民世世代代以水为伴、以鱼为亲，鱼成为嘉鱼精神的图腾，鱼文化成为嘉鱼特色文化中一道靓丽的风景。

嘉鱼全县国土面积1019平方千米，总人口37万。嘉鱼处于幕阜山区与江汉平原结合部，北与武汉接壤、南同赤壁毗邻、东至咸宁市区、西与洪湖相望，武深高速纵贯南北。嘉鱼大体呈现"一山三水四分田、两分道路与庄园"的地貌格局，山清水秀，自然景观荟萃，独具江南水乡神韵。这里有"一江春水向东流，独此西流三十里"的长江第一湾簰洲湾，有"落霞与孤鹜齐飞，秋水共长天一色"的三湖连江风景区。三湖连江风景区是由人工将原来的白湖、梅懒湖、金虾湖（又名小湖）疏通，并与长江相连而得名的。三湖连江水面辽阔，水质清澈，临湖远望，蓝天白云，水天一色。三湖连江风景区又通过涵闸引蓄江水，因名"三湖连江"。金虾湖—马鞍山、梅懒湖—牛头山、白湖—白云山组成了"三湖三山"的独特景观，成就了嘉鱼"江水抱县城，三湖连长江，水绕青山转，城在水一方"山水园林城的美誉。景区内层峦叠翠、丘岗起伏，湖水清澈可鉴，湖岸曲线参差，桥、台、亭、阁、寺、岛等点缀其间，荟萃了江南水乡神韵。

[①] 资料来源于嘉鱼县人民政府官网。

第5章　诗词旅游及典型案例

（2）三湖连江景区

编者曾自二乔公园进入三湖连江风景区游览过，只见湖面宽阔，碧波荡漾，蓝天、白云、青山、高楼倒映其间，真是一个避暑的好地方。关键是游人不多，还免门票，传说此处曾是二乔静修之处。孙权对二乔尤其是大乔安于此处静修十分满意，倍加赞赏。小乔自周瑜去世后，经常在湖边用鲜花祭奠他。编者为此创作的词是一首"渔歌子"，如下所示。

《渔歌子·鲜花祭公瑾》

三湖连江浪滔滔，
铜雀春深无二乔。
静修好，周郎遥，
鲜花瓣瓣随水飘。

（3）官桥村八组

嘉鱼县属于经济发展较好且比较富裕的县。据百度介绍，其下辖的官桥村八组现已发展成一个集工业、生态农业和乡村旅游为一体的集团型公司，共有12家工厂，包括高新技术企业、板材厂和开心农场等。截至2023年年底，集体资产达60亿元，创利税3.5亿元。村民住地属于国家级乡村公园，4A级风景区。若称华西村是改革开放第一村的话，则官桥村可被誉为乡村振兴第一村，下辖第八组可被誉为神州第一组。全组68户，每户一栋别墅，每户年资产100万元左右，人均年纯收入10万元。适龄人口皆可选择在集团的相应工厂上班。八组能够共同致富，前期主要得益于其创业人周宝生，见相关链接5.6。

诗词管理学

相关链接 5.6[①]

八组创业人是周宝生。他原有城镇户口，改革开放后，从县城的化工厂辞职，带领村民走共同致富之路。先是实行联产承包制，解决村民的温饱问题。然后带领村民开小卖部，出售熟食制品赚取第一桶金。后又利用当地资源建起了木材加工厂、煤矿和家具厂等。周宝生是一个勤于思考的人，他逐步意识到这种消耗资源赚钱的模式不能持久，转而在遭受破坏的山上广植杉树和翠竹，修复生态环境并投资经营高新技术企业。当时武汉冶金研究所高级工程师刘业胜来到官桥村八组，拟将自己的技术"永磁合金"产业化，周宝生毫不犹豫地与其一起投资建厂。三个半月后，"永磁合金"投放市场，每年向国家上缴利税1000万元。如今，"永磁合金"被授予"国家科技成果一等奖"、被认定为"国家高技术产业化推进项目"，产品广泛应用于军工民用领域，而且还远销德国、瑞士等国家和地区。用该产品制作的精密仪器，还用到了"神舟二号"飞船上。此后八组又建起了缆索厂，所生产的"田野"牌桥用缆索被列为"国家重点技术创新项目""国家重点新产品"，已被用于武汉白沙洲长江大桥、荆州长江大桥、军山长江大桥和缅甸玛哈邦多拉大桥等多座国内外大桥。周宝生曾是第七、第八、第九、第十、第十一、第十六和第十七届全国人大代表，获全国优秀共产党员、全国劳动模范、全国优秀企业家等称号，也是享受国务院特殊津贴专家。

如今，官桥村八组的老人皆享有退休金，60岁以上每月3000元，70岁以上3100元，80岁以上3200元，呈递增趋势。官桥村八组是各级政府倾力打造的一个乡村振兴示范点，也是一个对外宣传我国乡村振兴成效的基地。

田野集团下辖有恒丰旅游公司，主要经营生态旅游和乡村旅游。八组环境优美，如诗如画。建有南北两湖、文昌塔、乾坤阁、村民别墅和外租外售别墅群。北湖岸边还广植绿樱。面对如此美景，编者自创了如下两首诗以做推介。

[①] 资料来源于百度百科。

《官桥村八组》

其一

南湖塔影北湖春，常事农耕亦开心。
别墅飘红非装扮，是为八组感党恩。

其二

北湖樱花照水开，游春人从画中来。
不是欧风能辨认，以为东瀛向此栽。

5.4.3 通山县诗词旅游案例

（1）通山概况

关于通山县的建制沿革、资源禀赋和强势产业的详细介绍见相关链接5.7。通山县的传统资源有楠竹、茶叶和水果等，例如九宫山出产的闯王沙梨，个大、脆甜、水分充足，炎炎夏日吃起来十分解渴。通山是山水旅游强县，境内有4A级国家风景区九宫山和隐水洞以及富水水库、九龙山和石龙峡等。还有全国乡村旅游重点村石门村等一批国字号旅游品牌。通山还有另外一个强势产业，即绿色能源产业，包括陆上核电、风力发电、光伏发电、抽水蓄能电和小水电等绿色能源产业集群，如闻名遐迩的九宫山风电场。通山县财政收入的主要来源为旅游收入和绿色能源收入。

 相关链接5.7[①]

通山县地处湖北省东南边陲、幕阜山脉中段，毗邻江西修水县，是吴楚咽喉。宋太祖乾德二年（964年）置县，以通羊、青山两镇各取一字命名，是千年古县。国土面积2680平方千米，辖12个乡镇、1个国家级自然保护区，总人口

[①] 资料来源于通山县人民政府官网。

49万。是国家重点生态功能区、国家全域旅游示范区，全国第一个县级红色政权诞生地、全国第一个启动内陆核电县、全国首个碳交易试点县。

中华人民共和国成立初期，有5.6万人为建设全省第三大水库富水水库而移民搬迁，有力支持了国家重大水利工程建设。积极向上、不甘落后的时代精神在这片红色故土广为发扬传承。山水旅游强县，是通山闪亮出彩的名片。九宫山老崖尖海拔1656米，是连贯湘鄂赣三省的幕阜山脉的最高峰，为鄂南第一高峰。云中湖是排名全国第三的高山湖泊。山的精神、水的灵动，从晋朝开始就吸引王公贵胄（晋安王九兄弟）、得道真人（张道清）到九宫山传经布道，一山藏三教（道教、释教、儒教），在全国罕见。九宫山是国家级风景名胜区、国家级自然保护区、国家4A景区，富水湖是国家级水利风景名胜区、国家级湿地公园。还拥有国家级地质公园、国家4A景区隐水洞，国家级文物保护单位闯王陵、王明璠府第，全国乡村旅游重点村石门村等一批国字号旅游品牌。

绿色能源之都，是通山全力创建的目标。通山是长江中下游重要的生态屏障，全国著名的楠竹之乡、茶叶之乡，全省知名的水果大县、油料大县。得天独厚的资源禀赋，契合国家战略的产业布局，助推了新能源产业发展，通山已建成九宫山风电场、大幕山风电场、大畈光伏电站、中电通山光伏电站和54座小水电站，新能源产业总装机规模达400兆瓦；还有投资1000亿元的大畈核电站已具备正式开工建设的前置条件，投资100亿元的通山（大幕山）抽水蓄能电站已完成平硐开挖和4个专题报告评审，即将通过核准并启动建设，初步形成集核电、风电、抽水蓄能电、光伏发电、小水电于一体的绿色能源产业集群。通山区位优越、交通便捷，处于武汉、长沙、南昌"中三角"的中心节点，距离这三个省会城市都只有百余千米，境内有106、316两条国道和杭瑞、大广、咸通三条高速及正在建设的咸九高速穿境而过，还有正在规划建设并在通山设站的武汉至南昌高速铁路。近年来，全县上下高举高质量发展大旗，牢固树立"抓环境就是抓发展"的理念，以思想破冰引领发展突围，坚持一张蓝图绘到底、一级带着一级干，通山"山水旅游强县、绿色能源之都"品牌越擦越亮，正在朝着加快建设现代化秀美新通山的目标砥砺前行。

通山资源禀赋得天独厚,自然与诗词渊源深厚。第一个写活了通山山水的人,是北宋时的通山县令蒋之奇。他在《我爱通羊好》组诗中流露出对通山山水的无比热爱并极尽赞美之辞,见相关链接5.8。在五首五言绝句中,每一首都嵌入了"通山"二字,以第二首写得最好,也流传最广。这首诗是对通山山水最好的推介,堪为一县的广告诗。

相关链接5.8

通山县令蒋之奇及《我爱通羊好》组诗[①]

蒋之奇,常州宜兴人,北宋熙宁间进士。曾任通山县令,任期著有《我爱通羊好》五言绝句十首。该组诗诗风清新自然、语言质朴,写活了通山的山水,表达了作者丰富的思想及对通山深厚的感情,引起通山人民强烈的共鸣,一直深受人们喜爱。明作家陆长庚在一篇文章中说:"人物、山川相待而显。"意思是一个地方的山川可因人物而知名,而人物也可因山川而知名。通山的山水因蒋之奇的出色描绘而更加引人入胜,而蒋之奇也因对通山山水的赞叹而流芳千古。现选录《我爱通羊好》诗三首,以飨读者。其一:"我爱通羊好,民居山作城,眼前无俗事,枕畔有滩声。"其二:"我爱通羊好,青山便是城,白云深处宿,一枕玉泉声。"其三:"我爱通羊好,楼高如锦城,青山常在眼,涧水不闻声。"

（2）隐水洞

通山隐水洞颇为出名,因为其洞口曾是电视连续剧《西游记》中水帘洞的取景地。该洞由一条地下河冲刷而成,穿山而过,是避暑的好地方。入内可步行游览,也可乘坐一段小火车或划船游览。举头千峰竞秀,俯瞰万壑幽深,惊险而刺激。所以每到夏季,游客络绎不绝。洞中钟雨石和石笋形态各异,气象万千。还有梯田状的碳酸钙沉积物,被命名为"仙人田"。隐水洞中相向生长的

[①] 资料来源于通山县人民政府官网。

石笋，无限接近之后终于相咬在一起，所以被景区赋予了一个充满诗意的名字"千年之吻"。编者曾为隐水洞赋诗二首，如下所示。

《隐水洞》

通山有一景，成就一城名。

车从水上过，舟在地下行。

举头千峰秀，俯瞰万壑惊。

寻常看不见，入内见真容。

《千年之吻》

地上草木自枯荣，地下河流流古今。

谁说通山无好景？仙人田畔两情深。

（3）九宫山

通山县境内的道教名山九宫山如此出名，除了因其海拔高度为鄂南最高峰之外，还因为闯王李自成最后魂归其脚下的小月岭，他在此处被乡勇程九百等杀害，时年39岁，令后人唏嘘不已。九宫山上建有一座风力发电厂，该厂的建立不但没有破坏九宫山的景致，反而平添了一份诗情画意，堪为旅游与产业和谐发展的典范之作。

（4）乡村旅游

除了隐水洞和九宫山等知名旅游景点外，通山县还充分利用当地生态资源优势，培育特色农业产业，通过流转土地集中连片种植油菜、桃、闯王沙梨、太空莲、金丝皇菊等具有观赏性和经济价值的农作物和果树，发展乡村旅游，推进"农业＋旅游"深度融合，吸引大批游客前来观景赏花、体验农事，带动当地优质特色农产品销售。通山县人民政府官网曾在"魅力通山"一栏专辟"盛世繁花"一一予以介绍。南林桥镇石门村的荷塘成为周边游客的热门打卡地，用作广告的是一首隋代杜公瞻《咏同心芙蓉》诗的前四句。全诗如下。

第5章 诗词旅游及典型案例

> 灼灼荷花瑞，亭亭出水中。
> 一茎孤引绿，双影共分红。
> 色夺歌人脸，香乱舞衣风。
> 名莲自可念，况复两心同。

除了连片种植兼具观赏性和经济价值的花卉和果树外，通山县还充分利用天然野樱和杜鹃花的观赏性策划时令性强的游客赏花活动。通山县洪港镇西坑村境内四面山上的高山野樱和大幕山杜鹃花盛开时，漫山遍野，蔚为壮观。推介时所配诗词是著名悯农诗人李绅《新楼诗二十首·杜鹃楼》中的名联"惟有此花随越鸟，一声啼处满山红"，李绅这联诗妙就妙在好像花鸟互有感应似的，子规一啼，满山的杜鹃就开放了。全诗如下。

> 杜鹃如火千房折，丹槛低看晚景中。
> 繁艳向人啼宿露，落英飘砌怨春风。
> 早梅昔待佳人折，好月谁将老子同。
> **惟有此花随越鸟，一声啼处满山红。**

表5.3统计的是通山县全域旅游开展的情况。从中可以看出，通山县真正做到了在全县范围内广泛策划旅游活动，一花一木，皆被充分利用。春有油菜花、桃花、樱花、杜鹃和梨花，夏有荷花，秋有菊花。且都是成片种植，追求规模经济。以通山县大幕山林场五一假期观赏杜鹃花活动为例，共接待游客26.65万人次，创旅游收入8 750万元。隐水洞、九宫山和龙隐山景区十一、国庆双节期间共接待游客50.64万人次，创旅游收入2.98亿元。以一县而论，旅游业应是其经济发展的支柱型产业。难怪县政府一直坚持"绿水青山就是金山银山"的可持续发展理念了。

表 5.3　通山县全域旅游开展情况统计

旅游景点	观赏物	措施和游览情景	发生期	游客（万人次）	旅游收入（亿元）	资料来源	发布日期
通山县洪港镇西坑村	高山野樱	四面山上，生长在海拔700~1200米的野樱正迎春怒放，十里长廊粉红交织，蔚为壮观，置身其中仿佛进入梦幻世界	春分	—	—	通山县融媒体中心	2023-03-20
通山县厦铺镇冷水坪村	万亩野樱	野樱花谷，地处鄂赣交界，每到阳春三月，崇山峻岭中粉白一片，灿若霞光，宛如仙境	春分	—	—	通山县融媒体中心	2023-03-20
闯王镇汪家畈村	千亩梨园	一树树梨花竞相绽放。一簇簇、一枝枝，满园的梨花欺霜赛雪，白清如玉，有的开得热烈，有的开得娴静，为春天带来了无限生机和希望	春分	—	—	通山县融媒体中心	2023-03-21
大畈镇长滩村	百亩桃园（大殿桃园总占地面积200余亩）	桃园采取"村社联营、资源共享"模式，致力于打造成集水果采摘、休闲观光于一体的村级综合扶贫绿色产业基地，实现带动村民共同致富和村集体经济可持续增收的双赢目标 阳春三月，那里的桃花盛开于枝头，芳菲烂漫、妩媚鲜丽，如一片片红霞，成为富水湖畔美丽的风景	春分	—	—	通山县融媒体中心	2023-03-21

第5章 诗词旅游及典型案例

续表

旅游景点	观赏物	措施和游览情景	发生期	游客（万人次）	旅游收入（亿元）	资料来源	发布日期
南林桥镇石门村	荷花	荷花不仅有观赏价值，更有经济价值。2017年，在咸宁市委办驻村工作队的帮扶下，石门村将太空莲发展为特色产业之一。通过几年的建设，现在荷花基地内观赏线路纵横交错，建有赏花栈道、休憩凉亭、游客长廊、钓鱼台等基础设施	近年	—	—	通山县融媒体中心	2023-06-19
通山县大幕山林场	千亩杜鹃花	漫山遍野的杜鹃仿佛给群山披上一层红纱，美丽的景致吸引了各地游客前来观赏	五一假期	26.65	0.875	通山县融媒体中心	2023-05-05
隐水洞、九宫山和龙隐山景区	山岳和洞穴	活动期内对全国在读大学生免首道门票，对持有一周内到咸宁北站、赤壁北站高铁票的全国游客免首道门票；石龙峡举办实景演出，推出实景剧《天佑石龙峡》；龙隐山景区举办歌舞表演、古风打卡、古典演绎喜迎八方游客	国庆、中秋8天	50.64	2.98	通山县融媒体中心	2023-10-16

127

续表

旅游景点	观赏物	措施和游览情景	发生期	游客（万人次）	旅游收入（亿元）	资料来源	发布日期
燕厦乡湖畔村	金丝皇菊（60亩）	燕厦乡湖畔村是个典型的库区贫困村，在市驻村工作队的帮助下，通过土地流转和荒地种植，采取"企业＋订单＋农户"模式，皇菊种植基地从最初的30亩扩建到60亩，通过与贫困户采取"劳务联结机制"签署合同协议，让村民实现家门口就业。村里通过设置贫困户公益性岗位，将村集体收益转移至贫困户，实现产业增效、村民增收、村貌增美 金丝皇菊色泽金黄、外形美观、气味芳香，被誉为"菊花之皇"，具有"香、甜、润"三大特点，并且属于药、茶两用佳品，具有较高的经济价值	—	—	村集体年收入3万余元，带动村民就近务工35余户，户均收入4000余元	通山县融媒体中心	2023-11-06
隐水村	千亩金黄色的油菜花海	"世界那么美，我想住隐水。"2024年"春日漫游会"活动当天，数万游客聚集隐水村，游山、赏花、品美食，一边享受岁月静好，一边肆意挥洒欢乐	—	数万	—	通山县融媒体中心	2024-04-10

第5章 诗词旅游及典型案例

5.5 洛阳诗词旅游体验

提到洛阳，就会让人想起司马光的《过故洛阳城》诗，列示如下。其中一句"若问古今兴废事，请君只看洛阳城"，道出了洛阳这座位于中国中部的古都所承载的悠久历史和灿烂文化。当下，洛阳旅游已经成为一种热潮，吸引着无数游客前来探寻其独特的魅力。在旅游策划中，古典诗词被广泛运用，旨在以其深厚的历史底蕴和浓郁的文化氛围为游客带来别样的感受。下面就为你带来本节作者王虹霄的一次游览体验。

《过故洛阳城》

其一

四合连山缭绕青，三川滉漾素波明。

春风不识兴亡意，草色年年满故城。

其二

烟愁雨啸奈华生，宫阙簪裾旧帝京。

若问古今兴废事，请君只看洛阳城。

5.5.1 隋唐洛阳城应天门遗址

隋唐洛阳城应天门遗址场馆内设有电子屏，上面提供了应天门拼图游戏和历史知识小测试等内容，为游览增添了趣味性和知识性，让游客在参观的同时也能学到一些历史知识。但遗址区域缺乏介绍和导览，使游客很难了解这些遗址的历史渊源和重要性。

另外，我还注意到遗址内的墙壁上挂有许多牡丹花画作。牡丹作为洛阳的象征，其画作在这里展示出来不仅为场馆增添了色彩，还为游客提供了欣赏牡丹的机会。这些画作通过细腻的笔触和艳丽的色彩，展现了牡丹的风采和魅力，使游客在参观遗址的同时也能感受到洛阳的牡丹文化，不禁让游客想到了如下几首著名的牡丹诗。

《**牡丹**》[刘禹锡]

庭前芍药妖无格，池上芙蕖净少情。
唯有牡丹真国色，花开时节动京城。

《**洛阳牡丹**》[梅尧臣]

古来多贵色，殁去定何归。清魄不应散，艳花还所依。
红栖金谷妓，黄值洛川妃。朱紫亦皆附，可言人世稀。

《**牡丹**》[徐凝]

何人不爱牡丹花，占断城中好物华。
疑是洛川神女作，千娇万态破朝霞。

总的来说，尽管隋唐洛阳城应天门遗址的参观体验有待改进，但通过增加电子屏导览和墙壁上的画作展示，为游客提供了一些额外的趣味和知识，使得游览过程更加丰富。同时，这也提醒了旅游管理部门在设计旅游景点时，应更加重视导览和解说的设置，以提升游客的参观体验和文化认知。

5.5.2 明堂天堂景区武则天诗文展示

在明堂天堂景区，我参观了女皇武则天的诗文展示，它为人们打开了一个窥探历史的窗口。武则天作为中国历史上唯一一位正式登基的女皇，她不仅在政治上有着卓越的才能，还能诗善文，其文学成就在当时也是极为引人注目的。据了解，武则天的诗文集《垂拱集》和《金轮集》虽然佚失，但现存的诗歌也有59首，其中大部分收录于《全唐诗》和《全唐诗外编》中，还有部分散见于民间碑刻和摩崖石刻上，甚至还有一些存于地方志中。这些诗歌在题材上有所分化，包括抒情类、山水类、政治类等，展现了武则天丰富的思想和情感世界。其中，武则天抒情类的诗歌常常表现出她情感细腻的一面，如下面这首情诗

《如意娘》，将刻骨相思展示得淋漓尽致。武则天的《如意娘》诗曲折有致，属上乘之作，在当时流传很广。据说李白在《长相思》一诗中写有"昔日横波目，今成流泪泉。不信妾肠断，归来看取明镜前"，李夫人看后笑道："君不闻武后诗乎？'不信比来常下泪，开箱验取石榴裙。'"李白听后，"爽然若失"。武则天的才情由此可见一斑，其情思让大诗人李白都自叹弗如。武则天的政治类诗歌则体现了她作为一位杰出的女性政治家的风采和坚毅的意志，如《腊日宣诏幸上苑》，又名《催花》诗，霸气十足，敢于向花神下诏，其果敢勇毅非男儿可比，与《如意娘》诗一起被称为武则天诗歌中的"双璧"。武则天的山水诗《游九龙潭》，贵气十足，对仗工整，其中一联"酒中浮竹叶，杯上写芙蓉"尤其精妙，末尾引古国之思。从以上所述，可以看到武则天诗词艺术水准很高，绝非没完没了写诗的乾隆皇帝可比。

《如意娘》

看朱成碧思纷纷，憔悴支离为忆君。
不信比来长下泪，开箱验取石榴裙。

《腊日宣诏幸上苑》

明朝游上苑，火速报春知。
花须连夜发，莫待晓风吹。

《游九龙潭》

山窗游玉女，涧户对琼峰。
岩顶翔双凤，潭心倒九龙。
酒中浮竹叶，杯上写芙蓉。
故验家山赏，惟有风入松。

除了诗歌之外，武则天还创造了一些特别的文字，其中包括她自创的名字"曌"。这些文字的存在不仅体现了武则天在文化艺术方面的造诣，也为我们了解唐代文化和历史提供了珍贵的资料。

参观这些诗文展示，让人们更加深入地了解了武则天这位历史人物的多面性，她不仅是一位杰出的政治家，更是一位文学才女，其诗文成就为后人留下了宝贵的文化遗产，也让我们对洛阳这座古都的历史文化有了更加深入的认识和体会。

5.5.3 龙门石窟：古阳洞与药方洞

我在游览龙门石窟时请了官方讲解员，对这座千年古刹进行了深入的探索。其中，古阳洞和药方洞给我留下了深刻的印象。古阳洞是北魏孝文帝迁都洛阳后最先开凿的洞窟（493年），其历史厚重而深远。在古阳洞内，碑刻题记近千品，是中国石窟保存造像铭最多的一座石窟。特别值得一提的是，这里闻名宇内的魏碑作品"龙门二十品"，竟有十九品出自古阳洞，这足以见证古阳洞在龙门石窟中的重要地位和价值。这些碑刻不仅在艺术上具有极高的欣赏价值，还承载着丰富的历史文化信息，对研究中国古代文化和历史具有重要意义。

而药方洞则展示了龙门石窟独特的另一面。开凿于北魏晚期的药方洞，窟门两侧刻有140多个古代药方，这是我国现存最早的石刻药方之一。这些药方不仅涉及一般的治疗方法，还包括了一些对于当时疑难杂症的治疗方法，甚至提到了治疗癌症和传染病的方法。这些珍贵的石刻药方不仅展现了古代医药的发展历程，也为我们了解古代医学文化提供了宝贵的资料。

参观古阳洞和药方洞，使我深深感受到了龙门石窟作为中国石窟艺术瑰宝之一的独特魅力和历史价值。这些古洞窟不仅是艺术的殿堂，更是文化的宝库，让我对中国古代文明有了更加深入的认识和体会。关于龙门，至少杜甫就写有两首诗，如下所示。但遗憾的是，无论是在龙门石窟的旅游宣传中，还是在龙门石窟景区内和景区官方导游讲解过程中，都没有提及与龙门石窟相关的诗词，猜想可能是相关诗词不如洛阳城、洛阳牡丹的诗词更脍炙人口，更能吸引游客吧。另外，还与龙门石窟本身具有中国四大石窟之一的称号有关，这足以成为龙门石窟最靓丽的旅游宣传点了。

《龙门（即伊阙）》

龙门横野断，驿树出城来。

气色皇居近，金银佛寺开。

往还时屡改，川水日悠哉。

相阅征途上，生涯尽几回。

《游龙门奉先寺》

已从招提游，更宿招提境。

阴壑生虚籁，月林散清影。

天阙象纬逼，云卧衣裳冷。

欲觉闻晨钟，令人发深省。

5.5.4 大运河博物馆：税制历史与诗词展示

在洛阳的旅程中，大运河博物馆之行是一个意想不到的收获。在这里，我不仅深入了解了中国古代的税制历史，还亲身感受了洛阳诗词文化的独特魅力。

大运河博物馆中展示了中国古代税制的历史沿革，从中我了解到税制的演变及其对社会经济发展的影响。中国古代的税制经历了从定额税制向浮动税制的转变，即按人头计税到按资产计税，指的都是农业税。2006年我国正式取消农业税。这个中国古代税制的历史沿革展示，不仅反映了社会生产力的发展，也是国家治理水平提升的具体表现。

大运河博物馆内设有一个关于洛阳诗词的滚动展示屏，展示了历代文人墨客歌咏洛阳的诗词作品，如《邙山》《洛阳陌》和《北邙山》等。这些诗词作品不仅展现了洛阳的自然美景和人文风貌，也记录了古代诗人对洛阳的深厚情感。从相关诗词中，我对邙山也有了一些了解。邙山之上古墓众多，自古有"生在苏杭，死葬北邙"之说，邙山陵墓群是中国最大的陵墓群遗址，号称"东方金字塔"，邙山也是中国埋葬帝王最多、最集中的地方，被誉为"中国帝王谷"。

《邙山》[沈佺期]
  北邙山上列坟茔，万古千秋对洛城。
  城中日夕歌钟起，山上唯闻松柏声。

《洛阳陌》[李白]
  白玉谁家郎，回车渡天津。
  看花东上陌，惊动洛阳人。

北邙山[汪元量]
  芒芒北邙山，高坟尽无主。
  惟有石麒麟，相向立秋雨。

5.5.5 洛邑古城与洛河之旅

从大运河博物馆出来，对面就是洛河。我之前曾听说过《洛神赋》，这篇赋由曹植所作，描写了洛神的美丽与神奇。然而，在洛河两岸并没有看到与《洛神赋》相关的文旅元素，这让我感到有些惋惜。或许在未来的旅游策划中，可以加入与《洛神赋》相关的展示，以丰富游客的文化体验。

在洛邑古城，我看到了许多诗词灯牌展示。夜晚亮灯时，这些灯牌不仅照亮了古城的夜景，还为游客提供了阅读诗词的机会，让人们在欣赏美景的同时感受到诗词文化的魅力。这种结合现代灯光和古代诗词的展示方式，不仅增添了古城的文化氛围，也让游客对洛阳的诗词文化有了更直观的体验。

5.5.6 公共交通上的贴心服务与诗词文化

在洛阳的旅行中，我不仅深刻感受到了这座古都的历史与文化，也体验到了现代洛阳的便捷与贴心服务。从白马寺回市区时，我选择了乘坐公交车，这段旅程也让我对洛阳的旅游服务有了更全面的认识。参观完白马寺后，我在出口处发现有专人组织排队，告知游客公交路线，并耐心解答游客的问题。这种

第5章 诗词旅游及典型案例

有序的安排不仅大大减少了排队等待的时间,也为游客提供了极大的便利,让人感受到了洛阳旅游服务的周到和贴心。乘坐的公交车也让我印象深刻。车身喷漆独具特色,结合了洛阳的历史和文化元素,使得每一辆公交车都像是一幅流动的风景画。车内装饰也十分有特色,这种别具匠心的设计不仅美化了公交车环境,还提升了乘客的乘车体验。这种细致入微的服务和独特的设计,让我对洛阳这座城市深具好感。在参观完白马寺这个历史悠久的文化圣地后,能够享受到如此贴心和便捷的交通服务,实在是一种幸福的体验。这也让我感受到洛阳在旅游发展过程中,不仅注重历史文化遗产的保护和展示,还非常关注游客的体验和需求,这种人性化的服务理念值得称赞和推广。

在回程的地铁上,我注意到地铁小屏幕上正在播放诗词讲解。讲的是张继的《宿白马寺》和徐凝的《自鄂渚至河南将归江外留辞侍郎》诗。这种将诗词文化融入公共交通的方式,让我感受到了洛阳在文旅策划方面的创新和努力。通过这种方式,乘客在乘坐地铁的过程中可以欣赏有关洛阳的诗词,丰富乘车体验的同时,也提升了人们的文化素养。

《宿白马寺》[张继]

白马驮经事已空,断碑残刹见遗踪。

萧萧茅屋秋风起,一夜雨声羁思浓。

《自鄂渚至河南将归江外留辞侍郎》[徐凝]

一生所遇唯元白,天下无人重布衣。

欲别朱门泪先尽,白头游子白身归。

5.5.7 洛阳诗词旅游改进建议

在这次洛阳之行中,我不仅领略了古都的历史文化风采,还对洛阳的现代旅游发展有了一些感悟和建议。洛阳作为中国历史文化名城,其旅游资源丰富多样,但也存在一些发展中的问题。

(1) 唐诗一条街与文旅特色打造

九洲池和洛邑古城都有仿照西安大唐不夜城建设的唐诗一条街, 展示了洛阳作为古都的独特魅力。然而, 在文旅发展过程中, 洛阳应逐渐走出自己的特色, 打造精品IP, 吸引更多消费者。可以结合洛阳的历史文化资源和地域特色, 打造具有独特魅力的、具有竞争优势的差异化文旅产品。

(2) 加强公共交通建设和改造

虽然洛阳将着力点放在隋唐文化建设上, 与隋唐洛阳城位于市中心的地理位置相符。但在文旅发展中, 可以结合汉魏洛阳城的地理位置, 加强公共交通建设和改造, 创建和增加连接景区和市中心的公交和地铁专线, 提升游客的出行便利感。

(3) 提升博物馆知名度与文化品质

除了洛阳博物馆, 其他博物馆如大运河博物馆、古墓博物馆、天子驾六博物馆等在旅游路线规划中较少被推荐, 知名度有待提高。洛阳可以通过加强博物馆的宣传推广, 举办丰富多样的文化活动和展览, 提升博物馆的知名度和文化品质, 吸引更多游客前来参观。

(4) 解决电动车交通安全隐患与提升公共交通服务水平

洛阳电动车流行, 但也带来了交通混乱和安全隐患。洛阳应加强电动车管理, 规范车辆行驶和停放秩序, 加强交通安全教育和监管, 确保游客和市民的出行安全。

洛阳作为中国历史文化名城, 其丰富多彩的旅游资源和不断创新的文旅服务, 为游客提供了一次难忘的旅行体验。然而, 也正是在这次旅行中, 我看到了洛阳文旅发展的潜力与挑战。期待再次来到这座古都时, 洛阳会更好。

5.6 秦皇岛市山、海、关景区的楹联和诗词

以下关于秦皇岛市山、海、关景区诗词旅游案例, 是编者根据一个小型旅游团的亲身体验所写。

5.6.1 北戴河鸽子窝公园的导游词及诗词

编者游览北戴河鸽子窝公园时所听到的导游词如相关链接 5.9 所示。从导游词的文本来看，像是官方统一创作的，不过文字精炼、优美，不失为一篇质量上乘的导游词。其中对毛泽东词《浪淘沙·北戴河》的评点尤其精到，说它"具有比《观沧海》更鲜明的时代感、更深邃的历史感、更辽阔的宇宙感和更丰富的美学容量"，因此，此处将《浪淘沙·北戴河》和《观沧海》单列如下。从中不难看出《浪淘沙·北戴河》一词气势非凡，开篇一联如异峰突起："大雨落幽燕，白浪滔天"，很有创新性，属于诗词创作中结构上的创新。一般人写诗填词，起承转合中起句要平淡些，便于后续转的环节上的提升，而毛词则一反常态。这也十分符合其作为诗人的个性：敢于创新、勇于创新并善于创新。"东临碣石有遗篇"和"萧瑟秋风今又是"句，则反映出毛泽东对曹操本人及其诗作《观沧海》的高度赞赏。毛泽东曾经说过，曹操的诗极为本色。也就是不矫情，总能抒发真情实感的意思。

相关链接 5.9

秦皇岛鸽子窝公园导游词[①]

秦皇岛鸽子窝公园是一个位于北戴河海滨东北隅的自然瑰宝，以其壮丽的海景和丰富的自然生态而闻名。这个公园不仅是观鸟爱好者的天堂，还因毛泽东的词《浪淘沙·北戴河》而名扬四海。鸽子窝公园的特色和亮点如下。

鹰角岩：公园内的鹰角岩，也被称为鸽子窝，因其独特的形状和鸟类栖息的习性而得名。这两块巨大的岩石裂隙发育，是鸟类栖息出没的好地方，过去曾有许多野鸽子出没。

鹰角亭：建于 1985 年，亭前的牌匾由原全国人大常委会副委员长胡厥文先生书写。

---

① 资料来源于百度百科。

望海长廊：沿海建有望海长廊，由原国务院副总理方毅同志书写牌匾。长廊的设计上吸收了北京颐和园和承德避暑山庄长廊的特点，彩绘了北戴河二十四景、民间故事传说以及花鸟虫鱼等传统壁画。

浴日亭：是观赏海上日出的绝佳之地，每当清晨，人们都会聚集在这里，等待着那第一道曙光的出现。

文化意义：鸽子窝公园与两首诗词结缘，其中之一是毛泽东的《浪淘沙·北戴河》，这首词镌刻在另一侧的大理石上，使北戴河再次扬名。另一首是曹操的《观沧海》，相传鸽子窝的鹰角岩就是古时所指的碣石。

鸽子窝公园不仅提供了丰富的自然景观，如鹰角岩、鹰角亭、望海长廊等，还有深厚的历史文化背景，如毛泽东的词和曹操的诗《观沧海》。此外，公园还是观鸟爱好者的天堂，每年三至五月和九至十一月是观鸟的最佳季节。游客们可以在这里体验到诗意与浪漫并存的滨海风情。

《浪淘沙·北戴河》是毛泽东于1954年夏于秦皇岛北戴河开会时创作的一首词。这首词生动地描绘了北戴河海滨夏秋之交的壮丽景色，展示了无产阶级革命家前无古人的雄伟气魄和汪洋浩瀚的博大胸怀，具有比《观沧海》更鲜明的时代感、更深邃的历史感、更辽阔的宇宙感和更丰富的美学容量。

《观沧海》是东汉末年诗人曹操创作的一首四言诗，《步出夏门行》的第一章。这首诗是曹操在碣石山登山望海时，用饱蘸浪漫主义激情的大笔，所勾勒出的大海吞吐日月、包蕴万千的壮丽景象。描绘了祖国河山的雄伟壮丽，既刻画了高山大海的壮阔，更表达了诗人以景托志、胸怀天下的进取精神。全诗语言质朴，想象丰富，气势磅礴，苍凉悲壮。

《浪淘沙·北戴河》［毛泽东］

大雨落幽燕，白浪滔天，

秦皇岛外打鱼船。

一片汪洋都不见，知向谁边？

往事越千年，

魏武挥鞭，东临碣石有遗篇。

第5章 诗词旅游及典型案例

萧瑟秋风今又是,

换了人间。

《观沧海》[曹操]

东临碣石,以观沧海。水何澹澹,山岛竦峙。

树木丛生,百草丰茂。秋风萧瑟,洪波涌起。

日月之行,若出其中。星汉灿烂,若出其里。

幸甚至哉,歌以咏志。

鸽子窝公园对这两首诗词名篇的重视可以说达到了极致的程度,专门制作成挂坠的形式悬于进园不远处的要道上方,让游客一览无余。鸽子窝公园里还有一片樱花林,这里的樱花在盛开期会让游客有种宛如置身仙境般的错觉。其中的樱花树是在1998年《中日友好条约》缔结20周年之际,由日本水泥株式会社和秦皇岛浅野水泥有限公司向景区赠予的。秦皇岛市在收到赠予的600株樱花后,将其种在了海岸边,便形成了如今鸽子窝公园内的樱花林。编者在游览时发现这片樱花林里立着几块诗碑,上面刻有樱花诗,现择其二首列示如下。第一首是周恩来总理创作的。这是目前发现的周恩来最早的诗,发表在1914年10月《敬业》杂志创刊号上,当时他只有16岁。第二块诗碑上的樱花诗没有标注作者是谁。拥有如此壮丽的海景外加领袖、伟人和历史名人高质量的诗词作品,只要季节和气候合适,鸽子窝公园不愁招揽不来游人。

《春日偶成·其二》[周恩来]

樱花红陌上,柳叶绿池边。

燕子声声里,相思又一年。

《樱花》[佚名]

只道东瀛盛此花,原来北国绽千丫。

近观粉态映羞脸,远看英姿披彩霞。

游览完北戴河鸽子窝公园后，编者也创作了一首诗，现录如下。诗的意思是：我在秋风未至的夏初游览了北戴河鸽子窝公园，重读了毛词《浪淘沙》，对着碧绿的海水和喷薄而出的红日，看见了自己的满头白发，感叹老而无成。想当初，曹操创作《观沧海》时正值其东征乌桓胜利回归之际。曹操曾借沧海有吞吐日月星辰的气量表达其一统天下的大志。可惜的是，曹操终其一生，未能如愿，而三国也最终归于晋。人生总是有缺憾的，曹操尚且如此，况我等乎？

《游北戴河鸽子窝公园有感》

而今重吟浪淘沙，碧海红日满霜华。
萧瑟秋风尚未至，三国早已成一家。

5.6.2 关于山海关的楹联和匾额

山海关，古称榆关，纳兰性德词《长相思》里沿用此称谓，全词如下。

山一程，水一程，
身向榆关那畔行。
夜深千帐灯。

风一更，雪一更，
聒碎乡心梦不成。
故园无此声。

山海关位于河北省秦皇岛市东北部，明洪武十四年（1381年）筑城建关设卫。山海关七城连环、万里长城一线穿。因其构筑在大海和高山之间，故名山海关。在关于山海关的诸多楹联中，最值得一提的是以下这副对联。

两京锁钥无双地，
万里长城第一关。

这副对联认为山海关是连接两京①的锁钥之地，也因其独特的地理位置，被称为"万里长城第一关"。相传"天下第一关"匾额出自明代书法家萧显之手。其《围春庄杂感》诗云："畏途自庆归来早，安枕何妨睡起迟。适兴聊沽陶令酒，感怀频咏杜陵诗……"可见萧显对陶渊明和杜甫是很敬仰的，所以写下这样的诗句以明志。如今游客游秦皇岛必游山海关，与这副对联和"天下第一关"的美誉不无关系。

5.6.3 姜女庙庙门前的奇联

孟姜女哭长城的故事几乎家喻户晓，而姜女庙庙门上也有一副有名的奇联（如下所示），因其文字的反反复复和重重叠叠，导致其断句妙趣无穷，耐人寻味。该联上下各十个字，七字同形。这是利用汉字同形异音、异义的特点，采用不同的读音和断句，就能搭配成不同的读法和寓意。

海水朝朝朝朝朝朝落，

浮云长长长长长长消。

此联内涵丰富。不同的人，人生阅历不同，年龄和修养不同，对它的解读都不同。多年来，经过广大诗词爱好者的不断研究和积累，对于该联已有 10 余种读法和寓意。现标示出 6 种流传较广的解读方法（见表 5.4）。其中第一种解读方法，上联中的"朝"字，有时指早晨，读"zhāo"；有时指海水涨潮，读"cháo"，通"潮"。下联中的"长"字，有时指经常，读"cháng"；有时指浮云消长，读"zhǎng"，通"涨"。传说这种解读方法是由郭沫若给出的，也是最被大众接受的一种解读方法。有如此有趣的楹联，即使姜女庙地处荒僻，亦不乏喜爱诗词、厌恶秦皇统治的暴戾及赞赏忠贞不渝的爱情的游人光顾。

---

① 即北京和盛京（今辽宁沈阳）。

表 5.4 姜女庙庙门上奇联的 6 种断句和解读方法

断句和读法	上联	下联
1	hǎi shuǐ cháo zhāo zhāo cháo zhāo cháo zhāo luò 海水潮，朝朝潮，朝朝朝落	fú yún zhǎng cháng cháng zhǎng cháng zhǎng cháng xiāo 浮云涨，长长涨，长涨长消
2	hǎi shuǐ cháo zhāo zhāo cháo zhāo cháo luò 海水潮，朝朝潮，朝朝潮落	fú yún zhǎng cháng cháng zhǎng cháng zhǎng xiāo 浮云涨，长长涨，长长涨消
3	hǎi shuǐ zhāo zhāo cháo cháo zhāo cháo zhāo luò 海水朝朝潮，朝潮朝朝落	fú yún cháng cháng zhǎng cháng zhǎng cháng xiāo 浮云长长涨，长涨长长消
4	hǎi shuǐ zhāo cháo zhāo zhāo cháo zhāo luò 海水朝潮，朝朝潮，朝朝落	fú yún cháng zhǎng cháng cháng zhǎng cháng xiāo 浮云长涨，长长涨，长长消
5	hǎi shuǐ cháo zhāo zhāo cháo zhāo zhāo luò 海水潮，朝潮，朝，朝朝落	fú yún zhǎng cháng zhǎng cháng zhǎng cháng xiāo 浮云涨，长涨，长涨，长长消
6	hǎi shuǐ cháo cháo cháo cháo zhāo cháo zhāo luò 海水潮！潮！潮！朝潮朝落	fú yún zhǎng zhǎng zhǎng zhǎng cháng zhǎng cháng xiāo 浮云涨！涨！涨！涨！长涨长消

5.6.4 老龙头的楹联与诗词

位于山海关城南的老龙头，为长城入海处。上有一座澄海楼，为老龙头的制高点。一层的楹联是：

日曜月华从太始，

天容海色本澄清。

意思是：太阳、月亮来自原始的自然界，天空、大海本身就是清澈的。下联出自苏东坡的诗《六月二十日夜渡海》，全诗如下。

第5章 诗词旅游及典型案例

参横斗转欲三更，苦雨终风也解晴。
云散月明谁点缀？天容海色本澄清。
空余鲁叟乘桴意，粗识轩辕奏乐声。
九死南荒吾不恨，兹游奇绝冠平生。

澄海楼二层的匾额"雄襟万里"，意为心系国家的博大胸怀和理想抱负，就像大海一样宽广。为明代大学士孙承宗题，今人侯正荣所书。1987 年，复建澄海楼时，在楼两侧墙壁上镶嵌了 8 块卧碑。其中有 4 首清帝诗，还有 4 首诗均写于明朝，作者分别是万历年间山海关兵部分司主事张时显、文人蔡可贤（一说朝鲜使臣）、民族英雄戚继光和崇祯年间兵部分司主事朱国梓，通称"楼壁诗碑"。表 5.5 列示了题咏澄海楼的著名诗作，其中有 8 首刻在了"楼壁诗碑"上。

表 5.5 明清两朝题咏澄海楼的著名诗作

年代	作者	是否刻在"楼壁诗碑"上	作品
明	梁有年	否	《观海亭》 岩峦千叠拥遐荒，迤逦边城尽海阳。 春日舒迟容客醉，晴波浩渺见天长。 苔封古堞凭谁筑，云护关门属我防。 往事兴亡君莫问，万年混一正垂裳。
明	林春秀	否	《观海亭》 一水云边尽，千峰海上回。 蜃楼盘晚雾，鼍鼓答春雷。 五岳流还峙，二仪混未开。 倚阑无限思，匹石若为裁。
明	张时显	是	《澄海楼》 沧溟极目水连云，秋色遥看已半分。 潮拥高城浮蜃气，剑横绝塞闪龙文。 晚风落日秦王岛，夜月飞涛姜女坟。 万里灵槎无计借，乘闲且自狎鸥群。

续表

年代	作者	是否刻在"楼壁诗碑"上	作品
明	蔡可贤	是	《登澄海楼》 城头望海海潮生，白浪乘风撼塞城。 汉使不来槎自转，秦皇已去石还惊。 桑田反复千年事，云水苍茫万里情。 此日流觞须尽兴，当时采药竟何成。
明	戚继光	是	《观海亭》 曾经泽国鲸鲵息，更倚边城氛祲消。 春入汉关三月雨，风推秦岛五更潮。 但从使者传封事，莫向将军问赐貂。 故里沧茫看不极，松楸何处梦魂遥。
明	朱国梓	是	《澄海楼》 戍楼尽处接危楼，一槛凌空万象收。 云水迷离潮汐古，沧桑泡幻见闻愁。 平时游览多忘返，今日相逢怕遇秋。 破浪乘风乏舟楫，安能歌啸不持瓯。
清	爱新觉罗·玄烨（康熙皇帝）	是	《澄海楼》 危楼千尺压洪荒，骋目云霞入渺茫。 吞吐百川归领袖，往来万国奉梯航。 波涛滚滚乾坤大，星宿煌煌日月光。 阆苑蓬壶何处是，岂贪汉武觅神方。
清	爱新觉罗·胤禛（雍正皇帝）	是	《澄海楼》 观海登楼日未斜，晴空万里净云霞。 才经一阵风过槛，倏起千堆雪浪花。 贝阙鳌峰如可接，鹏津鲛室岂终遐。 诡词未许张融赋，到此方知语不夸。
清	爱新觉罗·弘历（乾隆皇帝）	是	《再题澄海楼壁》 我有一勺水，泻为东沧溟。 无今又无古，不减又不盈。 腊雪难为白，秋旻差共青。 百川归茹纳，习坎惟心亨。 却笑祖龙痴，鞭石求蓬瀛。 谁能忘天倪，与汝共濯清。

续表

年代	作者	是否刻在"楼壁诗碑"上	作品
清	爱新觉罗·旻宁（道光皇帝）	是	《登望海楼》 凌虚楼阁重登临，渤澥何人测浅深。 渺矣三山不可望，只余空阔海烟沉。

注：澄海楼在明万历三十九年（1611年）前称为观海亭。

澄海楼在战时为瞭望楼，在和平时期则为观海胜地，难怪多位清帝都登楼赋诗了。更有乾隆皇帝，写诗没完没了。不过从上表可以看出，康熙皇帝不赋诗则已，一赋诗，其水平就远远超过了乾隆皇帝。

5.6.5 山、海、关游览体验总结及相关建议

由上可见，秦皇岛市的山、海、关景区，由于具有悠久的历史和厚重的文化积淀，对游人具有极大的吸引力。这样的历史遗迹，必然伴随着广为传诵的历史传说、楹联和诗。秦皇岛市文旅局也十分珍惜这些，各景区在导游词的创作上也充分利用了楹联和诗的导游作用。编者还看到"长城这么近，古城那么美"的标语随处可见，足见文旅策划时是很用心的。

编者亲历秦皇岛市以上景点时，还发现有一些问题亟待改进，那就是到郊区游览后乘车不方便。公交车很早就停止运营了，叫出租车平台一直显示"太忙，无法接单"。请教司机后得知：距离太近，不赚钱，司机不愿意接单；距离太远，如去郊外，回程空车，不划算。只有给出具有足够吸引力的车费时，才会有人接单。相邻景区如天下第一关、老龙头和姜女庙之间没有摆渡车。再就是"第一关"景区尤其是王家大院附近的公共厕所无人及时清理和打扫，对游客来说，在此处上厕所是一种很不愉快的体验。但秦皇岛市各旅游景点附近餐馆林立，吃饭很方便，菜品丰富，具有地方特色，分量足，价钱也不贵，这一点让游客很满意。酒店住宿条件和服务态度也都很好，价格不算贵。旅游行业包括餐饮、酒店和景区三个子行业，秦皇岛市都做得很好。附带的通勤和公共卫生需要改进，需要进一步研究如何处理好司机的收入和游客的满意度之间的

关系。公共厕所的冲水最好都改用脚踏式，洗手水龙头都改用感应式，备足洗手液，垃圾及时清理。这些事情看起来细碎，觉得无关紧要，但多数游客很在意，是其旅程上的日常所需所急。

章末问答题

> 过尽重关更上山，上山又过一重关。
> 从来漫说金城险，到此休说蜀道难。
> 烽火恰传边警至，鼓笳空奏凯歌还。
> 谁知点点鱼台血，洒向秋闺作泪斑。

这首诗描写的是何处？提示诗如下。

> 劳民劳力建来艰，雄关已非昔时颜。
> 夜来不见传烽火，溢彩流光任人瞻。

第 6 章

从诗词学创新

工商管理一级学科下面有个二级学科，名称是"技术经济与管理"，而创新管理又是"技术经济与管理"二级学科下的一个专门领域。纵观历代诗词精品，之所以能够流传下来，有一个很重要的原因，就是不停地翻新，即创新。所以，从诗词学创新是非常新颖有趣的一种探索，本章特就这一模块展开讨论。为了论述方便，按创新的内容和程度制作了两张类比表，目的是更清晰地标示出诗词的各种创新到底属于哪一类。

6.1 按内容划分诗词创作与创新类比

6.1.1 技术层面的语言创新

从表 6.1 来看，语言上的创新属于技术创新，是我国古代诗人和词人们追求得最多的。如蒋捷的《一剪梅·舟过吴江》，其中的"红了樱桃，绿了芭蕉"句，用颜色的鲜明对比，表示季节的转换和时光的流逝，新颖别致。蒋捷因此还获得了"樱桃进士"的雅称。再如温庭筠的《商山早行》，其中的"鸡声茅店月，人迹板桥霜"句，把几个名词堆在一起，表示"动"的过程，极为简洁，语言充满了张力。这种语言上的创新后来又被黄庭坚发扬光大。其《寄黄几复》一诗中有"桃李春风一杯酒，江湖夜雨十年灯"句，不但有名词的堆积表示"动"的过程，而且前后对比鲜明，颇有身世飘零之感，慨叹今不如昔。

表 6.1　诗词创作与创新类比（按内容划分）

创新的分类	诗词创作与创新类比
技术创新	1. 从人到 AI 写诗软件 2. 写作技巧，如清词丽句，属于语言上的创新 3. 题材上的拓展，如苏东坡的《牛屎诗》
制度创新	1. 格律演化：如古风—律诗—词—长调—慢词—小令 2. 结构上要求起承转合，如突然转折，甚至多次转折，如杨万里的诗，世称"诚斋体" 3. 体式上的创新：打油诗（抑扬式或扬抑式）、藏头诗、嵌名诗、宝塔诗、织锦回文诗等
管理创新 （理念上的创新）	意境的营造、追求意趣、格局和气量

《一剪梅·舟过吴江》[蒋捷]

　　一片春愁待酒浇。

　　江上舟摇，楼上帘招，

　　秋娘渡与泰娘桥。

　　风又飘飘，雨又萧萧。

　　何日归家洗客袍。

　　银字笙调，心字香烧。

　　流光容易把人抛。

　　红了樱桃，绿了芭蕉。

《商山早行》[温庭筠]

　　晨起动征铎，客行悲故乡。

　　鸡声茅店月，人迹板桥霜。

　　槲叶落山路，枳花明驿墙。

　　因思杜陵梦，凫雁满回塘。

《寄黄几复》[黄庭坚]

我居北海君南海,寄雁传书谢不能。
桃李春风一杯酒,江湖夜雨十年灯。
持家但有四立壁,治病不蕲三折肱。
想见读书头已白,隔溪猿哭瘴溪藤。

6.2.2 制度层面的结构创新

结构上的创新,如突然转折,属于制度创新。关于这点,历史上有一个创新与传承的经典故事。秦观《秋日》有一句诗转折转得特别好,"菰蒲深处疑无地,忽有人家笑语声",令人有豁然开朗之感,属于用好句进行转折。王安石有一首诗《江上》,也有"青山缭绕疑无路,忽见千帆隐映来",也是给人以突然的惊喜,与秦观的《秋日》如出一辙。那么,到底谁是首创呢?王安石比秦观年长,然而《江上》的创作时间是否在《秋日》之前就需要认真考证了。不过陆游《游山西村》中的"山重水复疑无路,柳暗花明又一村"就绝对属于继承式创新了,是学习了北宋时期这两位诗人的转折手法。可见,用好句进行转折实际上是一种在语言和结构上进行双重创新的技巧。

《秋日三首·其一》[秦观]

霜落邗沟积水清,寒星无数傍船明。
菰蒲深处疑无地,忽有人家笑语声。

《江上》[王安石]

江北秋阴一半开,晚云含雨却低回。
青山缭绕疑无路,忽见千帆隐映来。

《游山西村》[陆游]

莫笑农家腊酒浑,丰年留客足鸡豚。

山重水复疑无路，柳暗花明又一村。
箫鼓追随春社近，衣冠简朴古风存。
从今若许闲乘月，拄杖无时夜叩门。

通过结构上的转折进行制度创新的例子很多，下面再举两首南宋诗人杨万里的诗来说明。杨万里的《过松源晨炊漆公店》组诗共有 6 首，"其三"多次转折，其创新之处纯粹是结构上的，但富有哲理。"其五"则转得急，转得好，所以被后人反复提及。宋诗爱说理，因此少了情趣，杨万里的诗虽然也说理，但意趣浓厚，颇有幽默感，所以在宋诗中独树一帜。

《过松源晨炊漆公店》

其三

后山勒水向东驰，却被前山勒向西。
道是水柔无性气，急声声怒慢声悲。

其五

莫言下岭便无难，赚得行人空喜欢。
正入万山圈子里，**一山放出一山拦**。

6.1.3 技术层面的语言创新与制度创新兼具的情形

周邦彦被王国维在《人间词话》中目为"创调之才"，意即擅长制度创新中的词调创制，不擅长创意。其实创调也属于创新的一种，是制度创新，王国维的看法未免绝对。诗词在漫长的发展过程中，绝大多数创新都属于技术层面上的语言创新，周邦彦也不例外。如他的那首著名的《苏幕遮》词，其中的清词丽句"叶上初阳干宿雨，水面清圆，一一风荷举"在描绘雨后荷叶的姿态上就无人能比。他在三种创新方式中，已涉及两种，算是北宋时期比较有创新能力的词人了。

《苏幕遮·燎沉香》

燎沉香，消溽暑。

鸟雀呼晴，侵晓窥檐语。

叶上初阳干宿雨，

水面清圆，一一风荷举。

故乡遥，何日去。

家住吴门，久作长安旅。

五月渔郎相忆否，

小楫轻舟，梦入芙蓉浦。

6.1.4 语言上的创新与理念上的创新不能兼顾的情形

　　语言上的创新与理念上的创新不能兼顾的情形也有。如秦观的《春日》诗，把绵绵雨幕比作从天而落的万根细丝，就非常具有新意。雨后初晴时屋子上瓦片间雾气氤氲，秦观观察得非常细致，他在诗中说：其碧色看起来还有高低错落之感。这样的语言功底，连苏东坡都自叹不如。然而全诗看起来缺乏气势，格局较小，所以元好问在《诗论三十首》中评价秦观的诗像是女人写的。

《春日》[秦观]

一夕轻雷落万丝，霁光浮瓦碧参差。

有情芍药含春泪，无力蔷薇卧晓枝。

《诗论三十首（秦观）》[元好问]

有情芍药含春泪，无力蔷薇卧晓枝。

拈出退之山石句，始知渠是女郎诗。

6.1.5 理念上的创新

世间好句都被前人写尽了,要有所创新是何等的艰难!语言上的创新是有极限的,理念上的创新,即意境的营造和追求意趣、格局和气量,这才是创新的最高境界。如下面两首海棠诗,均未在遣词造句上下苦功,却在意境的营造上胜出一筹。苏东坡把海棠看作一位美人,唯恐其夜深困倦而睡去,因为其意态苏东坡还没有观赏够呢。宋代文人有秉烛夜游赏海棠的习俗,犹如唐人有倾城而出观赏牡丹的习俗一样,所以苏东坡才那样写。苏东坡的高明之处在于:不正面描摹海棠花未开、半开和全开时的模样,也不去准确描摹海棠花是什么颜色,只从观赏者"极惜之"的角度让读者去想象海棠花开时的情态,可能是万般美好。而元好问身处尴尬的历史时期,保持文人应有的自尊和骨气在他看来很重要,所以借未开海棠的矜持之态自拟,表达平生之志,真正体现了诗言志的主旨。

《海棠》[苏东坡]
东风袅袅泛崇光,香雾空蒙月转廊。
只恐夜深花睡去,故烧高烛照红妆。

《同儿辈赋未开海棠》[元好问]
枝间新绿一重重,小蕾深藏数点红。
爱惜芳心莫轻吐,且教桃李闹春风。

6.1.6 创新有可能是反复递进的

刘禹锡写牡丹诗亦如苏东坡写海棠诗,觉得直接写牡丹如何国色天香无笔墨可形容且太浪费笔墨,转而间接从观赏者的角度出发,就说牡丹开时洛阳市民倾城而出,盛况空前,让读者去想象作为花中之王的牡丹到底如何高贵和美丽了。其中炼字功夫也很到家,一个"动"字让后来者望而却步。晚唐诗人罗隐，为了翻过一层，就转而描摹牡丹的意态，他觉得牡丹是一位高冷美人，如果善解人意的话，足可以倾国。一句"若教解语应倾国，任是无情亦动人"使后来者无法超越，再也不敢立足于描摹牡丹的意态了。到南宋时期，陈与义又只好转向间接法了，在诗人的作品中，牡丹成了洛阳的代称，一句"独立东风看牡丹"道尽了故国之思和家国兴亡之叹，因为陈与义就是洛阳人。如此又恢复到诗言志的初心上了。陈与义的这首咏牡丹诗胜在立意。

牡丹 [刘禹锡]

庭前芍药妖无格，池上芙蕖净少情。

唯有牡丹真国色，花开时节**动**京城。

牡丹 [罗隐]

似共东风别有因，绛罗高卷不胜春。

若教解语应倾国，任是无情亦动人。

芍药与君为近侍，芙蓉何处避芳尘。

可怜韩令功成后，辜负秾华过此身。

咏牡丹 [陈与义]

一从胡尘入汉关，十年伊洛路漫漫。

清墩溪畔龙钟客，**独立东风看牡丹。**

6.2 按程度划分诗词创作与创新类比

表 6.2 中把诗词的创新分为整合式创新、模仿式创新、微创新、继承式创新和原始创新（或称颠覆式创新、破坏式创新）。

表 6.2 诗词创作与创新类比（按程度划分）

创新的分类	诗词创作与创新类比
整合式创新	集句联、集句诗（词），如王国维的三境界说和王安石的《梅花诗》等
模仿式创新（也称山寨版）	苏东坡的《纵笔》仿白居易，李白仿崔颢《黄鹤楼》诗等。初学者未免如此
微创新	一字之师，如林逋改江为残句作梅花诗
继承式创新	介于微创新、模仿式创新与原始创新之间。大多数作品都属于此类
原始创新（或称颠覆式创新、破坏式创新）	这类作品很难模仿。如李商隐的《无题》诗，后人只有黄景仁和吴梅村模仿得像

6.2.1 整合式创新

关于整合式创新，有一个很经典的例子。修岳阳楼的滕子京曾填过一首《临江仙》，简直就是把孟浩然的洞庭湖诗和钱起的试帖诗复制粘贴在一起构成的，但读起来气势不凡，浑然天成，堪称整合式创新的典范之作。

《临江仙·湖水连天天连水》

湖水连天天连水，秋来分外澄清。

君山自是小蓬瀛。

气蒸云梦泽，波撼岳阳城。

帝子有灵能鼓瑟，凄然依旧伤情。

微闻兰芝动芳馨。

曲终人不见，江上数峰青。

唐代省试诗有规定的格式：必须是五律，不能是古风，六韵十二句，限定诗题和用韵，属于命题作诗。由于对声韵的要求又十分严苛，这类考试很难产出好的作品。钱起的试帖诗《省试湘灵鼓瑟》算是个例外。其最后一联"曲终人不见，江上数峰青"，余音袅袅，让听者注意力高度集中，历来被诗家所激赏，并被后来者广泛引用。所以说，钱起这首试帖诗是一篇高被引诗作。

《省试湘灵鼓瑟》

善鼓云和瑟，常闻帝子灵。
冯夷空自舞，楚客不堪听。
苦调凄金石，清音入杳冥。
苍梧来怨慕，白芷动芳馨。
流水传湘浦，悲风过洞庭。
曲终人不见，江上数峰青。

还有一种整合式创新，不是原封不动地照搬前人的诗词名句，而是加以分拆引用。但由于引用得过多，可以算作一首整合式作品。如下面这首周邦彦的《西河·金陵怀古》词，就是将谢朓的《入朝曲》与刘禹锡《金陵五题》中的《乌衣巷》和《石头城》中的句子整合在一起形成的。周邦彦也因此被王国维视为非创意之才。

《西河·金陵怀古》

佳丽地，南朝盛事谁记。
山围故国绕清江，髻鬟对起。
怒涛寂寞打孤城，风樯遥度天际。

断崖树，犹倒倚。莫愁艇子曾系。
空余旧迹郁苍苍，雾沉半垒。
夜深月过女墙来，伤心东望淮水。

酒旗戏鼓甚处市。想依稀、**王谢**邻里。
燕子不知何世。入寻常、巷陌人家，相对如说兴亡，斜阳里。

6.2.2 模仿式创新

　　一般认为，模仿是初学诗词创作者必经的过程，其实未必，历史上许多大诗人、大词人，都不乏模仿之作。如大诗人李白就曾经十分喜爱崔颢的《黄鹤楼》诗，游览黄鹤楼之后曾题道："眼前有景题不得，崔颢留诗在上头"，怅然而去。不过其好胜心依旧。后来仿写过几首诗，算是自行决定与崔颢对决。如下面所列的《登金陵凤凰台》和《鹦鹉洲》，模仿的痕迹都很重，然而大诗人出手，模仿之作也不凡，《登金陵凤凰台》艺术水准很高。但《鹦鹉洲》这首模仿之作，被传诵的就少了，虽然其中不乏好句，如中间的一联对仗"烟开兰叶香风暖，岸夹桃花锦浪生"就很不错，但开篇赶不上《登金陵凤凰台》。苏轼对白居易既爱且恨，一边说他的诗"太俗"，简直俗不可耐，一边又不停地学习和模仿他的诗作，如《纵笔三首·其一》。白居易《醉中对红叶》说的是霜叶，苏东坡移植到酒红上。这种模仿，也可称之为高手与高手过招，相互之间因为不服输而展开竞赛了。

《登金陵凤凰台》[李白]

凤凰台上凤凰游，凤去台空江自流。
吴宫花草埋幽径，晋代衣冠成古丘。
三山半落青天外，二水中分白鹭洲。
总为浮云能蔽日，长安不见使人愁。

《鹦鹉洲》[李白]

鹦鹉来过吴江水，江上洲传鹦鹉名。
鹦鹉西飞陇山去，芳洲之树何青青。
烟开兰叶香风暖，岸夹桃花锦浪生。
迁客此时徒极目，长洲孤月向谁明。

《醉中对红叶》[白居易]

临风杪秋树，对酒长年人。

醉貌如霜叶，虽红不是春。

6.2.3 微创新

什么是微创新？就是创新的幅度很小，相比前人，只有一点点。但这类创新，意义未必就小，而是一种比较讨巧的做法。因为创新所需的成本不高，用得好，也能曲尽其妙。如南唐诗人江为曾有残句"竹影横斜水清浅，桂香浮动月黄昏"，宋代林和靖先生（即林逋）所作《山园小梅·其一》只改动了两个字，变成"疏影横斜水清浅，暗香浮动月黄昏"，直接用于描写梅花，为时人所激赏。因为这样改动之后提炼得更好，更为聚焦。在林先生笔下，梅花的影子是疏疏淡淡的，香气是暗暗浮动的，不是扑鼻而来的，简直把梅花写绝了，无人超越。纵观整首《山园小梅》诗，唯有这一联出彩，后人记起他的梅花诗，也皆因这一联。可见微创新也能意义非凡。

《山园小梅·其一》

众芳摇落独暄妍，占尽风情向小园。

疏影横斜水清浅，暗香浮动月黄昏。

霜禽欲下先偷眼，粉蝶如知合断魂。

幸有微吟可相狎，不须檀板共金樽。

说起江为，也算一个悲剧人物。他在南唐参加科考，屡试不第，遂决定投奔吴越国，结果在国境线上被俘获，被判死刑。江为不愧为大才子，临刑前口占《临刑诗》，全诗用语浅显，又能显示其大无畏精神，感动了许多围观者，遂被流传开来。

《临刑诗》

街鼓侵人急，西倾日欲斜。

黄泉无旅店，今夜宿谁家？

明代孙蕡受蓝玉案牵连被判死刑，临刑前也吟道：

鼍鼓三声急，西山日又斜。

黄泉无客店，今夜宿谁家？

据说有人报告行刑过程给朱元璋，朱元璋知道后发怒道："如此好诗，何不早奏！"其实他不知道，这首诗并非孙蕡原创，而是剽窃江为之作，仅改动几字而已。为什么这次他的改动不算微创新呢？因为改动的不是关键的字，改动后没有超越原诗，没有新意诞生。朱元璋的文化程度不高，想是没有读过江为的作品，所以分不清剽窃与微创新有何本质不同。明初大臣爱改诗。电视连续剧《山河月明》中李善长也曾在狱中把胡曾咏李斯墓的那首著名的《咏史诗·上蔡》改了几个字。其实原诗说的不是"咸阳"，是"云阳"；原诗最后三个字是"血染衣"，不是"竟属谁"。剧里展示太子朱标和朱棣向朱元璋上奏此事，朱元璋说："胡曾的这首诗，头三句都极好，就是这最后一句'直待咸阳血染衣'，失了气势。到底是李先生，改得好，改得好啊。"朱元璋认为这几个字的改动比原诗更好，押韵比原诗也更响亮。可见，同样是改诗，改得好改出新意的属于微创新，否则就是抄袭。而李善长的这次改动就属于微创新，毕竟他算是文化人，诗词修养要远超孙蕡。

《咏史诗·上蔡》[胡曾]

上蔡东门狡兔肥，李斯何事忘南归。

功成不解谋身退，直待云阳血染衣。

6.2.4 继承式创新

继承式创新，顾名思义，就是既有继承，又有创新。继承多少，创新多少，却不好界定。继承得很多，创新得很少，就变成微创新了。如果模仿的痕迹很重，又成为模仿式创新了。继承得很少，创新很多，乃至后人难以模仿，就成为原始创新了。另外，判定哪些属于继承、哪些属于创新，不能仅看形式，更要看内容和诗词所表达的意思。借鉴好的作品，继承式创新就有高度。

再说回到那个擅长微创新的林逋先生上来。他曾填过一首词《点绛唇·金谷年年》，写草，却通篇没有一个草字！仅从文字比对来看，读者一定会觉得新奇，感觉该作品的创新程度应该很高了吧？其实不然，这首作品不算原始创新。因为两点：其一，萋萋无数，显然白居易的《赋得古原草送别》里有"又送王孙去，萋萋满别情"之句在先；其二，写草而通篇没有一个草字，并非林逋先生首创，晚唐诗人郑谷就曾写过著名的《鹧鸪诗》，通篇没有提到鹧鸪而读者都明白写的是鹧鸪，因而赢得"郑鹧鸪"的雅称。好的作品有时就是一首诗谜，只有这样，读者读起来才觉得有韵味。所以，这首《点绛唇·金谷年年》其实属于继承式创新之作。

《点绛唇·金谷年年》
金谷年年，乱生春色谁为主？
余花落处，满地和烟雨。
又是离歌，一阕长亭暮。
王孙去，**萋萋无数，**
南北东西路。

贺铸是北宋填词名家，王国维在《人间词话》中对其作品基本持否定态度，原因在于他太热衷于整合式创新了。下面这首《晚云高》简直就是把杜牧诗《寄扬州韩绰判官》重新排列成了一首词。然而，热衷于整合的贺铸，也有几首值得称道的词作，如下面这首《青玉案》，写愁，一连用了三个比喻：一川烟草，满城风絮，梅子黄时雨。烟草连天，喻愁之大；柳絮蒙蒙，喻愁之乱；梅子黄时雨，喻愁之绵绵不断。三个比喻，将不可捉摸的感情转化为可见的实景，又发前人所未发，新颖精巧，为时人所称颂。

《晚云高》

秋尽江南叶未凋。晚云高。

青山隐隐水迢迢。接亭皋。

二十四桥明月夜，弭兰桡。

玉人何处教吹箫。可怜宵。

《青玉案》

凌波不过横塘路，

但目送、芳尘去。

锦瑟华年谁与度？

月桥花院，琐窗朱户，只有春知处。

飞云冉冉蘅皋暮，

彩笔新题断肠句。

试问闲情都几许？

一川烟草，满城风絮，梅子黄时雨。

再如贺铸的《鹧鸪天》，其中一联"梧桐半死清霜后，头白鸳鸯失伴飞"至为精警。这首悼亡词与潘岳《悼亡》、元稹《遣悲怀》、苏轼《江城子·乙卯正月二十日夜记梦》并称为古代四大悼亡名篇。贺铸很喜欢改词牌名，曾填过一首著名的词《踏莎行》，因其中一句"红衣脱尽芳心苦"为人激赏，故将词牌改为《芳心苦》，用意很深。其词味美、华瞻，表现出一种"我很丑，但是我很温柔"的气度，读起来让人感觉很舒服，音律协和，但缺少真味。可见王国维对其作品的评价是很中肯的。贺铸这首《芳心苦》有两个名句，分别来自两首唐诗（见表6.3）。"红衣脱尽芳心苦"，来自赵嘏《长安秋望》中的"红衣落尽渚莲愁"。据说赵嘏的诗写得很好，连大诗人杜牧都很喜欢他这首诗的一联"残星几点雁横塞，长笛一声人倚楼"，并为其广泛延誉。"当年不肯嫁春风"这一句，则来自韩偓《寄恨》中的"莲花不肯嫁春风"句。韩偓是谁呢？他是李商隐的外甥，陕西万年县（今樊川）人，自幼聪明好学，10岁时曾即席赋诗送其姨夫李商隐，令满座皆惊，李商隐称赞其诗是"雏凤清于老凤声"[①]。韩偓又称韩冬郎，中进士后，历任左拾遗、左谏议大夫、度支副使和翰林学士。李商隐才情卓著，能对韩偓有如此之高的评价，可见韩偓的才情也不一般。贺铸的这几首名作，不能贬为纯粹的整合式作品，也不能视为简单的模仿之作，毕竟在前人的基础上提炼得更好且更进了一步，所以可称之为继承式创新之作。贺铸的这几首词之所以如此出名，还在于其创新是有继承的高度的，都是对名家名篇的推陈出新。

《鹧鸪天》

重过阊门万事非，同来何事不同归。

梧桐半死清霜后，头白鸳鸯失伴飞。

原上草，露初晞。旧栖新垅两依依。

空床卧听南窗雨，谁复挑灯夜补衣。

《芳心苦》

杨柳回塘，鸳鸯别浦。

绿萍涨断莲舟路。

断无蜂蝶慕幽香，

红衣脱尽芳心苦。

返照迎潮，行云带雨。

[①] 李商隐全诗为：十岁裁诗走马成，冷灰残烛动离情。桐花万里丹山路，雏凤清于老凤声。

依依似与骚人语。

当年不肯嫁春风，

无端却被秋风误。

表6.3 贺铸《芳心苦》名句的出处

《长安秋望》[赵嘏]	《寄恨》[韩偓]
云物凄清拂曙流，汉家宫阙动高秋。残星几点雁横塞，长笛一声人倚楼。紫艳半开篱菊静，**红衣落尽渚莲愁。**鲈鱼正美不归去，空戴南冠学楚囚。	秦钗枉断长条玉，蜀纸虚留小字红。死恨物情难会处，**莲花不肯嫁春风。**

6.2.5 原始创新

原始创新，是指创新的力度很大，一旦有了这样的创新之后，后人只得纷纷仿效，难以复制和超越。类比到诗词创作中，往往在立意上有所翻新并胜出。这里不得不提及晚唐诗人李商隐。李商隐的《无题》诗，现在也称朦胧诗，对后世影响很大，无数诗人争相效仿，但成功者寥寥无几。只有清代诗人黄景仁和明末清初的大才子吴梅村仿得比较逼真。从表6.4中可以看出：李商隐表达相思的程度用了两个意象，其一是春蚕吐丝，其二是蜡炬成灰，令人叫绝；而黄景仁的《绮怀》，只在李商隐的基础上新创了一个意象，那就是芭蕉宛转，剥后见芯又伤芯，"芯"同"心"。吴梅村的《无题》诗也是一样，只在李商隐的基础上新创了一个意象，那就是碧藕牵丝又藕断丝连，"丝"同"思"、"千"同"牵"。从创新的程度来看，黄和梅的作品，创意仅有李诗的一半，况且新创的意象又是受了李商隐《无题》诗的启发。所以黄、梅二人作品的创新性又打了些折扣。把黄、梅二人的作品看作模仿式创新也是恰当的。

表 6.4　李商隐《无题》诗与两首仿作的对比

李商隐	黄景仁	吴梅村
《无题》	《绮怀十六首·十五》	《无题四首·其一》
相见时难别亦难， 东风无力百花残。 **春蚕到死丝方尽，** **蜡炬成灰泪始干。** 晓镜但愁云鬓改， 夜吟应觉月光寒。 蓬山此去无多路， 青鸟殷勤为探看。	几回花下坐吹箫， 银汉红墙入望遥。 似此星辰非昨夜， 为谁风露立中宵。 缠绵思尽抽残茧， **宛转心伤剥后蕉。** 三五年时三五月， 可怜杯酒不曾消。	系艇垂杨映绿浔， 玉人湘管画帘深。 **千丝碧藕玲珑腕，** 一卷芭蕉宛转心。 题罢红窗歌缓缓， 听来青鸟信沉沉。 天边恰有黄姑恨， 吹入萧郎此夜吟。

　　李商隐的无限创意不仅体现在其创作的数首《无题》诗中，还体现在他的一些干谒诗和咏史诗中。如下面这首干谒诗，就借用新笋被拔转而食用从而丧失了其成竹得以一展凌云之志的机会来劝诫当权者要爱惜青年才俊，也就是希望下次能中举。其中，末句"忍剪凌云一寸心"尤其精警。

《初食笋呈座中》

嫩箨香苞初出林，於陵论价重如金。
皇都陆海应无数，**忍剪凌云一寸心**。

　　李商隐咏史诗的创新之处为：用两个不同时点的镜头进行切换，类似现代电影的镜头切换手法，以形成强烈而鲜明的对比，讽刺意味浓厚。如表 6.5 第一首的"小怜玉体横陈夜，已报周师入晋阳"和第二首的"一片降旗百尺竿"，都是这种做法的具体体现。第二首中，既是降旗，还挂得高高的。从来只有"百尺竿头更进一步"之说，算是十分辛辣的讽刺了。

表 6.5 李商隐咏史诗的创新性

《北齐二首·其一》	《咏史二首·其一》
一笑相倾国便亡， 何劳荆棘始堪伤。 **小怜玉体横陈夜，** **已报周师入晋阳。**	北湖南埭水漫漫， **一片降旗百尺竿。** 三百年间同晓梦， 钟山何处有龙盘。

注：①晋时索靖有先识远量，预见天下将乱，曾指着洛阳宫门的铜驼叹道："会见汝在荆棘中耳！"这就是"荆棘堪伤"的由来。
②小怜，指北齐皇帝高纬的宠妃冯小怜。

6.3 宋诗为什么转向说理

现代人认为，宋词是我国传统文化的另一座高峰，佳作层出不穷，为什么宋诗却转向说理，读起来味同嚼蜡呢？那是因为唐诗的创新已达极致，一方面充满清词丽句，另一方面诗的格律化从初创再经宋之问之手予以定型，直至杜甫臻于完善，至于诗言志以及意境的营造，更是各尽其妙，所以到了宋代，要想翻过一层，就只能转向说理了。应该说，如果用形象化哪怕是半形象化的语言来说理，这样的作品也一定能流传后世。如下面朱熹的二首劝学诗，黑体的部分用的就是形象化的语言。下面再以描绘花卉中的月季和海棠的诗词的创新为例加以具体说明。

《观书有感二首·其一》

半亩方塘一鉴开，天光云影共徘徊。
问渠哪得清如许，为有源头活水来。

《偶成》

少年易老学难成，一寸光阴不可轻。
未觉池塘春草梦，阶前梧叶已秋声。

6.3.1 从月季诗词的创新看宋诗为什么转向说理

表 6.6 比较了历代月季诗词的创新点并赋分 0~2 分。从中可以看出：苏轼、董嗣杲、张新和安念祖的月季诗较前人相比均没有什么创新，都只是在强调月季红苞逐月、四时长春的特点，所以这一类作品的创意打分为 0 分。张新和安念祖分属明清时的人，可见诗歌在这两代的衰落。韩琦、徐积、舒亶、张耒、杨万里（《腊前月季》）、缪公恩、齐白石和焦孟云的咏月季作品较前人都有所创新。韩琦是首次强调月季四时皆能开花的人，其他人都不再停留在月季四季长春的特点上了。其中齐白石的作品还非常有趣，充满了童心童趣，一如他的画作和为人。所以这一类作品的创意打分为 1 分。王仲甫、舒岳祥和杨万里（《久病小愈，雨中端午试笔》）的咏月季诗，皆能跳出原有意象，立意新巧，分别从"为嫦娥种的""绿刺伤手，不要嫌弃"和"好栽种易成活"上引申，所以这类作品的创意打分最高，为 2 分。此外，从表中还能看到：在强调月季开花的频次上，咏月季诗词是逐步增强的。从韩琦的"四时长放"到王仲甫的"伴著团圆十二回"，再到齐白石的"占他二十四番风"，最后到董嗣杲的"一年三十六旬中"，也就是说月季从每季开花，到月月开花，再到每半月开一回，直至每月开三回，这种加强，也可以看作一种创新。又或者是月季的栽培技术越来越好了，以致开花的时间间隔大为缩短了。

表 6.6　历代月季诗词创新点和创新程度比较

年代	作者	作品	创新点	创意打分
北宋	韩琦	《东厅月季》 牡丹殊绝委春风，露菊萧疏怨晚丛。何似此花荣艳足，**四时长放浅深红**。	与牡丹和菊花比较，突出月季四季开花、荣艳十足的特点	1
北宋	苏轼	《月季》 花落花开无间断，春来春去不相关。牡丹最贵惟春晚，芍药虽繁只夏初。唯有此花开不厌，一年长占四时春。	与牡丹和芍药比较，突出月季不分季节地开花。与韩琦诗相比，没有创新	0

第6章 从诗词学创新

续表

年代	作者	作品	创新点	创意打分
北宋	徐积	《长春花》 谁言造物无偏处，独遣春光住此中。 叶里深藏云外碧，枝头常借日边红。 曾陪桃李开时雨，仍伴梧桐落后风。 费尽主人歌与酒，**不教闲却卖花翁**。	由月季四季开花的特点想到卖花翁四季都有花卖	1
北宋	舒亶	《一落索》 叶底枝头红小。天然窈窕。 后园桃李谩成蹊，问占得、春多少？ 不管雪消霜晓。**朱颜长好**。 **年年若许醉花间，待拚了、花间老**。	突出月季四季开花的特点，愿与月季一样，朱颜长好，醉花间，花间老	1
北宋	舒亶	《一落索·蒋园和李朝奉》 正是看花天气。为春一醉。 **醉来却不带花归，诮不解、看花意**。 试问此花明媚。将花谁比。 **只应花好似年年，花不似、人憔悴**。	花好人易老，不便簪花了	1
北宋	王仲甫	《采桑子》 牡丹不好长春好，有个因依。 一两枝儿。但是风光总属伊。 **当初只为嫦娥种**，月正明时。 教恁芳菲。**伴著团圆十二回**。	立意新巧，由月季月月开花想到是为嫦娥种的，因为月亮每月圆一回，一年共12回	2
北宋	张耒	《月季》 月季只应天上物，四时荣谢色常同。 **可怜摇落西风里，又放寒枝数点红**。	也是突出月季四季开花的特点，与前人相比，没有什么创新。但特别强调月季谢了还开、不屈不挠的坚强品格	1
南宋	舒岳祥	《和正仲月季花》 风流天下真难似，惜赂篱砌下栽。 依旧风情三月在，斩新花叶四时开。 **莫嫌绿刺伤人手，自有妍姿劝客杯**。 不拟折来轻落去，坐看颜色总尘埃。	发现月季虽然四季常开，但有绿刺伤手的缺点，不过不要嫌弃，因为月季花很美	2

167

续表

年代	作者	作品	创新点	创意打分
南宋	杨万里	《腊前月季》 只道花无十日红，此花无日不春风。**一尖已剥胭脂笔，四破犹包翡翠茸。**别有香超桃李外，更同梅斗雪霜中。折来喜作新年看，忘却今晨是季冬。	与桃、李、梅相比不逊色，四季常开。对月季花的形态描绘十分逼真，观察仔细	1
南宋	杨万里	《久病小愈，雨中端午试笔·其二》 **月季元来插得成**，瓶中花落叶犹青。试将插向苍苔砌，小朵忽开双眼明。	发现月季易成活好栽种的特点	2
南宋	董嗣杲	《月季花》 谢了还开肯悟空，一年三十六旬中。相看谁有长春艳，莫道花无百日红。配脸倚娇承舞雪，瘦枝扶力借柔风。四时常吐芳姿媚，**人老那能与此同。**	与舒亶的两首词立意相同，感叹人不如月季，不能青春常在	0
明	张新	《月季花》 一番花信一番新，半属东风半属尘。惟有此花开不厌，一年长占四时春。	与苏东坡的作品相比，没有什么创新，还直接引用了其一联诗	0
清	缪公恩	《月季花》 猗猗叶自凌冬绿，艳艳花常逐月红。桃颊柳眉休浪妒，**芳心原不斗春风。**	月季不与桃颊柳眉斗春风，只自顾自地月月开花。月季毫无妒忌心	1
清	安念祖	《月季花》 百花一岁一怀新，独此丰神久耐人。不管东风留且去，芳心常得四时春。	与以前作品相比，没有什么创新，还是在强调月季四季开花的特点	0
现代	齐白石	《月季花》 看花自笑眼朦胧，**认作山林荆棘丛。**独汝天恩偏受尽，占他二十四番风。	误认荆棘丛，其实真有刺，俏皮幽默，充满童心	1
现代	焦孟云	《月季》 东风月月画眉妆。淡淡浓浓别样芳。**骤雨不知怜锦绣**，红凋紫落总堪伤。	骤雨不怜惜月季，似有所指	1

经过以上对历代咏月季诗词的整理和比较及创新程度的区分后,一个新的问题就诞生了:如果再写月季诗的话,又如何创新呢?诗写当下,时代不同了,必然涌现出新的现象,自然就会有所创新了。编者顺着这条思路,试作了一首月季诗,诗名为《赏月季》。这是用手机拍照"花开时节尽刷屏"来展现时代气息。编者还创作了另外一首月季诗,诗名为《咏月季》。这首《咏月季》诗较前人是有所创新的。一是说出了牡丹更受青睐的原因,因为月季有带刺之身。舒岳祥说:月季带刺,请不要嫌弃。事实上,人们一般都不喜欢带刺的人和物,这首诗说了大实话,不矫情。二是这首诗属于"翻案诗"。所谓"翻案诗",就是与前人同类题材的作品相比,反着说,细究却有道理。此前的作品,都在赞美月季"一年长占四时春"的优点,却没有发现这样容易让人产生审美疲劳,反倒是惊艳一时的牡丹更让人心动。不过这首《咏月季》诗还是有一点瑕疵的,那就是说理的意味比较浓厚。由此可见,宋诗为什么转向说理一路了。如月季诗词,唐人没怎么写,宋诗的创作水平自然就高了,可见宋诗并不是天生就喜欢说理。

《赏月季》

夏木阴阴一丛丛,黄白深红杂浅红。

不逊牡丹称国色,花开时节尽刷屏。

《咏月季》

眷顾不及牡丹深,只缘花下带刺身。

身若无刺应倾国,反是常开不动人。

6.3.2 从海棠诗词的创新看宋诗为什么转向说理

表 6.7 如此约定:凡正面写海棠的颜色如胭脂色、蜡痕新、生红,白海棠如梨花,海棠有耐寒的特性如梅花一样有风骨,边开边谢,如花似叶,值得珍惜与羡慕的作品,皆有创新性,创意打分为 1 分。但有 4 首作品创意打分为 2 分。

为什么呢？何希尧首次提出海棠色如胭脂，半开时最好。苏轼用写意的手法间接说海棠如一位极美的女子，不忍其深夜睡去。王炎说海棠有倾国之色，如美人的嫣然一笑，为诗人留住了春天。元好问说未开的海棠是因为爱惜自己，自尊自重，不轻易吐露心思。这些均较前述更进了一层。可惜的是，元好问在《同儿辈赋未开海棠·其一》中都已经看出未开海棠如豆子一样均匀，却没有往相思红豆上进一步联想，这就为编者创作海棠诗时留下了创新的空间。海棠被誉为花中仙子，既是仙子，人间栽种它，就可能是因为某种原因而被青帝贬落凡间的，所以编者的《咏海棠》诗就强调这点，如下所示，其中标黑的那句就是本诗的创新点。再者，从表中来看，宋代海棠诗也没有走向说理一路，因为唐代海棠诗没有把创意写尽，还留下了许多创新的空间。就连编者至今都能找到些许创新空间再创作海棠诗呢。

表 6.7　史上著名的海棠诗词创新点和创新程度比较

年代	作者	作品	创新点	创意打分
唐	韩偓	《懒起》（后四句） 昨夜三更雨，今朝一阵寒。 **海棠花在否，侧卧卷帘看。**	后面两联才切入正题。末联表示珍惜海棠，有创新	1
唐	何希尧	《海棠》 **著雨胭脂点点消，半开时节最妖娆。** 谁家更有黄金屋，深锁东风贮阿娇。	观察细致，海棠半开时最美，遇雨胭脂色消	2
唐	郑谷	《咏海棠》 春风用意匀颜色，销得携觞与赋诗。 秾丽最宜新著雨，妖娆全在欲开时。 莫愁粉黛临窗懒，梁广丹青点笔迟。 **朝醉暮吟看不足，羡他蝴蝶宿深枝。**	与何希尧《海棠》诗一样，强调海棠最美是新遇雨和半开的时候。末联羡慕起蝴蝶来，稍有新意	1
北宋	晏殊	《诉衷情》 海棠珠缀一重重。 清晓近帘栊，**胭脂谁与匀淡，偏向脸边浓。** 看叶嫩，惜花红，意无穷。 **如花似叶，岁岁年年，共占春风。**	言海棠色如胭脂，无甚创新。如花似叶，边谢边开，稍有新意	1

续表

年代	作者	作品	创新点	创意打分
北宋	苏轼	《海棠》 东风袅袅泛崇光，像雾空蒙月转廊。 **只恐夜深花睡去**，故烧高烛照红妆。	侧面写，极爱之。只恐夜深花睡去，拟人化手法。很有新意	2
南宋	陈与义	《春寒》 二月巴陵日日风，春寒未了怯园公。 海棠不惜胭脂色，独立蒙蒙细雨中。	正面写海棠耐寒的特性。至于花瓣胭脂色，前人已说过	1
南宋	王炎	《雨后继成二绝·其二》 水摇山影绿重重，雨打花光故恼人。 赖有海棠倾国色，**嫣然一笑解留春**。	海棠倾国之色，如美人的嫣然一笑，为诗人留住了春天，对诗人是莫大的安慰。描摹到了极致，很有创新性	2
金	元好问	《同儿辈赋未开海棠·其一》 翠叶轻笼**豆颗匀**，胭脂浓抹**蜡痕新**。 殷勤留著花梢露，滴下**生红**可惜春。	提到海棠花苞形如豆子，大小均匀。蜡痕新，生红，用词精准。有创新，但创新性不算高	1
金	元好问	《同儿辈赋未开海棠·其二》 枝间新绿一重重，小蕾深藏数点红。 **爱惜芳心莫轻吐**，且教桃李闹春风。	未开海棠，有矜持的一面，也昭示诗人品性高洁。告诫晚辈要守住节操	2
清	曹雪芹	《咏白海棠》 半卷湘帘半掩门，碾冰为土玉为盆。 **偷来梨蕊三分白**，**借得梅花一缕魂**。 月窟仙人缝缟袂，秋闺怨女拭啼痕。 娇羞默默同谁诉，倦倚西风夜已昏。	把白海棠的颜色与梨花相比，风骨与梅花相比。有所创新	1

《咏海棠》

青帝缘何作误栽，报与桃花一处开。

含苞点点如红豆，许是相思在瑶台。

以上各节，实际上都在强调有所创新的诗词作品才是好作品，但需要说明的是，古代没有著作权法。宋人有一种习惯，觉得谁的句子好，拿来就用，当时人都能接受，甚至因为会借用或化用而备受称赞。所以说，诗词作品无所谓独创。王国维对贺铸评价很低，就可能是因为没有考虑到时代背景的问题。

编者曾经自创过一首《冬青》诗，诗中使用了比兴的手法，就是相互联想的意思。这是创新的必要素质。这首《冬青》诗，还使用了结构上的创新手法，即突然转折。可见，通过解读历代优秀诗词作品是能够发现创新的秘密并找到创新的捷径的，这对学生创新能力的培养至关重要。这就是编者开发本章教学模块的目的。

《冬青》

终年一色无芳华，万木凋零始觉嘉。

忽然一夕祥瑞降，**堆起雪花似棉花**。

思政课堂

相关链接 6.1 论及三个问题：其一，创新的本质就是追求不同，即差异化；其二，催生创新的方式或方法就是建立事物之间的联系；其三，创新不单指技术创新，如新的发明，还包括管理创新和制度创新。熊彼特的论断最接近管理创新和制度创新吗？哪种关于创新的论断对诗词创作者最有启发意义？

相关链接 6.1

关于创新的著名论断[①]

乔布斯说："创造力只不过是把事物关联在一起而已。当你问有创造力的人，他们是如何做成某件事的时候，他们会感到一丝愧疚。因为他们只是把自己的经验联系起来，合成新事物。"

恩斯特·迈尔在其著作《生物学思想发展的历史》中也有类似的表述："在

[①] 资料来源于百度百科和百度 AI 回答。

很多情况下，取得成功仅仅是由于变得与众不同或者更加不同，这样就减少了竞争。"

熊彼特认为：创新就是建立一种新的生产函数，把一种从来没有过的关于生产要素和生产条件的"新组合"引入生产体系。这种新组合包括5种情况：（1）采用一种新产品或一种产品的新特征；（2）采用一种新的生产方法；（3）开辟一个新市场；（4）掠取或控制原材料或半制成品的一种新的供应来源；（5）实现任何一种工业的新的组织。因此创新不是一个技术概念，而是一个经济概念：它严格区别于技术发明，而是把现成的技术革新引入经济组织，形成新的经济能力。

章末问答题

试判断以下作品是否有创新，属于哪类创新？

《南乡子》[王安石]

自古帝王州，

郁郁葱葱佳气浮。

四百年来成一梦，堪愁，

晋代衣冠成古丘。

绕水恣行游。

上尽层楼更上楼。

往事悠悠君莫问，回头。

槛外长江空自流。

《减字木兰花·立春》[苏轼]

春牛春杖，无限春风来海上。便丐春工，染得桃红似肉红。

春幡春胜，一阵春风吹酒醒。不似天涯，卷起杨花似雪花。

《玉楼春》[宋祁]

东城渐觉风光好,縠皱波纹迎客棹。

绿杨烟外晓寒轻,红杏枝头春意闹。

浮生长恨欢娱少,肯爱千金轻一笑。

为君持酒劝斜阳,且向花间留晚照。

《浪淘沙近》[宋祁]

少年不管,流光如箭,因循不觉韶光换。

至如今,始惜月满、花满、酒满。

扁舟欲解垂杨柳,尚同欢宴,日斜歌阕将分散。

倚兰桡,望水远、天远、人远。

《行香子》[王诜]

金井先秋,梧叶飘黄。

几回惊觉梦初长。

雨微烟淡。疏雨池塘。

渐蓼花明,菱花冷,藕花凉。

幽人已惯,枕单衾冷,

任商飙、催换年光。

问谁相伴,终日清狂。

有竹间风,尊中酒,水边床。

《蝶恋花》[王诜]

钟送黄昏鸡报晓。昏晓相催,世事何时了。

万恨千愁人自老。春来依旧生芳草。

忙处人多闲处少。闲处光阴,几个人知道。

独上高楼云渺渺。天涯一点青山小。

《鹧鸪天》［王诜］

才子阴风度远关，清愁曾向画图看。
山衔斗柄三星没，雪共月明千里寒。
新路陌，旧江干。崎岖谁叹客程难。
临风更听昭华笛，簌簌梅花满地残。

第 7 章
诗词与广告文案的创作

用诗词来做广告，其实早已有之。有些格律诗词，当时在创作的时候，作者并不是以广告为目的的，但事后却有很好的广告效果，让作者始料未及。及至当下，三行诗的流行，让人想起也可用三行诗来做广告。本章通过一系列案例全面地介绍了如何用格律诗词和三行诗进行广告文案的创作，此外还介绍了从一首诗看姜子牙的自我营销策略，以及我国唐代文人如何运用诗歌进行干谒的策略。

7.1 格律诗词与广告文案的创作

7.1.1 史上几首著名的广告诗词

（1）饮料和食品的广告诗词

我国古代文人爱喝酒，所以留传下来很多关于酒的诗。诗仙李白尤爱喝酒，而且酒后常有佳作问世。著名诗人余光中对李白有一个十分贴切的评价，说李白"酒入豪肠，七分酿成了月光，还有三分啸成剑气，绣口一吐，就是半个盛唐"。所以李白的几首写酒的诗，都很出名，都可以看作关于酒的广告诗，如下面列示的《客中行》和《陪族叔刑部侍郎晔及中书贾舍人至游洞庭五首·其二》。在《客中行》中，李白把兰陵酒的色、香、味、情四个维度都准确地表达了出来，完全符合现代广告诗的全部要求。其中传情最难，但李白表达得很到位：主人好客，不醉不休，致使李白都忘记了他还身处异乡。在《陪族叔刑部侍郎晔及中书贾舍人至游洞庭五首·其二》中，李白提到他陪伴族叔李晔和中书贾舍人游洞庭湖，晚上乘着月色去买酒喝的事情。此诗没有从正面写酒的色、香、味、情，但趁夜买酒就足以说明这酒的味道之好了，也足以让这首诗成为酒家的广告诗。我国有一款酒就命名为"白云边"，一看就知取自诗中的名联"且就洞庭赊月色，将船买酒白云边"。这联诗非常成功地勾起了客人买酒喝的强烈欲望，而"白云边"酒引用此联诗，借了诗和诗人的名气，达到了迅速扩大产品知名度的效果。

《客中行》

兰陵美酒郁金香，玉碗盛来琥珀光。

但使主人能醉客，不知何处是他乡。

《陪族叔刑部侍郎晔及中书贾舍人至游洞庭五首·其二》

南湖秋水夜无烟，耐可乘流直上天。

且就洞庭赊月色，将船买酒白云边。

我国古代文人爱饮茶，所以很多关于茶的诗，基本上也可以看作广告诗。如下面苏轼的这首《次韵曹辅寄壑源试焙新芽》，就有名句"从来佳茗似佳人"。据说此诗一出，就有人把苏轼写西湖的那首诗中"欲把西湖比西子"与它拼成了一副对联："欲把西湖比西子，从来佳茗似佳人"。苏轼的这首关于新茶的诗，既有正面描写宋代制茶的工艺流程，又有侧面描写：要知一种茶好不好，就要像对待佳人一样，细细地品味。

《次韵曹辅寄壑源试焙新芽》

仙山灵草湿行云，洗遍香肌粉未匀。

明月来投玉川子，清风吹破武林春。

要知玉雪心肠好，不是膏油首面新。

戏作小诗君一笑，从来佳茗似佳人。

（注："玉川子"指茶仙卢仝；武林是旧时杭州的别称。）

苏轼是位美食家。他的一首题画诗《惠崇春江晚景二首·其一》就可以看作关于河豚的广告诗。看着春江水暖了，春天来了，河豚该上来了吧？可见河豚的味道有多鲜美了。苏轼也曾留下拼死吃河豚的故事。

《惠崇春江晚景二首·其一》

竹外桃花三两枝，春江水暖鸭先知。
蒌蒿满地芦芽短，正是河豚欲上时。

传说苏东坡被贬至海南时，当地有一位老太太所卖的馓子（又名环饼）非常好吃，因小店地处偏僻，生意很是清淡。当老太太恳请苏轼为小店题诗时，苏轼十分同情她，亲笔题写了《戏咏馓子赠邻妪》一诗，列示如下。诗中将馓子的色、香、味、形做了生动的描绘，与李白的《客中行》一样，不经意间完全符合现代广告诗创作的全部要求，可以说是为老太太卖的馓子做了最生动的广告。据说小店的生意由此变得兴隆。

《戏咏馓子赠邻妪》

纤手搓来玉色匀，碧油煎出嫩黄深。
夜来春睡知轻重，压扁佳人缠臂金。

（2）南京云锦的广告词

锦是衣服和某些装饰的原材料，在古代纯粹依靠手工制作，要耗费大量的目力和精气神，所以很贵。中国有四大锦，分别是南京云锦、成都蜀锦、苏州宋锦和广西壮锦。其中南京云锦因瑰丽如天空中的云霞而得名，明末清初大才子吴梅村曾为此填过一首词《望江南》，亦即《忆江南》，列示如下。

《望江南》

江南好，
机杼夺天工，

孔雀妆花云锦烂,

冰蚕吐凤雾绡空,

新样小团龙。

实际上,南京云锦在制作过程中是非常麻烦的,匠人需要十分细心和专心。所用大花楼织机长 5.6 米、宽 1.4 米、高 4 米,制作时需要楼上楼下两人分别提经线和纬线,协同操作,一天也就能织五六厘米。吴梅村的这首词准确地描写了小团龙的制作过程以及成样后看起来是如何的灿烂美丽,所以用作南京云锦的广告词很合适。

(3)一座城市的广告词

柳永的一首词《望海潮》将南宋都城临安(即现在的杭州)的美丽和富庶展露无遗。据罗大经的《鹤林玉露》记载:金主完颜亮听唱其中的"三秋桂子,十里荷花"以后,十分羡慕钱塘的繁华,由此加强了他侵吞南宋的野心。虽然完颜亮的南侵最终以失败告终,但对长江沿岸的城池和百姓,无疑是莫大的摧残。为此,宋人谢驿(处厚)还写了一首诗进行规劝:"莫把杭州曲子讴,荷花十里桂三秋。岂知草木无情物,牵动长江万里愁。"虽说金主因受一首词的影响而萌发南侵之心不太可信,但产生这一传说,却可印证这首词的艺术感染力是很强的,足可以用作杭州这座城市的广告词。

《望海潮》

东南形胜,三吴都会,钱塘自古繁华。

烟柳画桥,风帘翠幕,参差十万人家。

云树绕堤沙,怒涛卷霜雪,天堑无涯。

市列珠玑,户盈罗绮,竞豪奢。

重湖叠巘清嘉,有三秋桂子,十里荷花。

羌管弄晴,菱歌泛夜,嬉嬉钓叟莲娃。

千骑拥高牙,乘醉听箫鼓,吟赏烟霞。

 诗词管理学

异日图将好景，归去凤池夸。

7.1.2 用格律诗词创作广告文案的方式

广告文案，指的是广告作品的语言文字部分，是广告信息传递的关键媒介（陈培爱，2014）。中国人自小接受唐诗宋词的教育，如果在广告文案的创作中引入旧体诗词，就很容易让顾客产生亲近感，从而促进产品或服务的销售。实体产品的定价是有天花板的，而文化是无价的。基于市场细分的原则，对于具有一定旧体诗词修养的顾客来说，更高些的溢价可能也是可以接受的，至少这部分顾客会从同类产品或服务中优先选择附加有文化内涵的品类。再说，旧体诗词讲究押韵、对仗和平仄，同时文字精炼，有的甚至意境深远，易记易传诵，这正是广告语言所要追求的效果。

广告文案中运用古诗词的方式大致有三类：直接引用、创新借用和新作诗词（戴永红，2011）。下面就一一予以介绍。

（1）直接引用

直接引用就是在创作广告文案时直接使用现成的诗词名句。这种做法是为了借势，就是为产品借名气的意思。20世纪90年代，曾有一款女性衬衫品牌因命名为"红豆"而销售火爆，曾有人形容为"诗随衫走，衫随诗传"，尤其为海外华人所喜爱。这就是借用了王维的《红豆》诗的名气所产生的意想不到的效果。

（2）创新借用

创新借用，就是在创作广告文案时部分借用顾客十分熟悉的一句诗或词，其他部分还是作者自己创作，但因借用的诗词名句十分有名又贴切，所以能迅速扩大产品的知名度。比如全聚德烤鸭的广告语为"不到长城非好汉，不吃烤鸭真遗憾"。上句引用的是毛泽东的诗句，下句是作者创作的。广告要表达的意思是：长城与烤鸭是北京的两大特色，作为顾客，你不能错过哦。受该广告语的启发，编者也曾为全聚德烤鸭创作过一首广告诗，其中"挂炉烤出鸭皮酥"一句，点出了全聚德烤鸭因秘制技艺的使用而特别酥且香，这是该食品的一大卖点。

《全聚德烤鸭》

试问闲愁都几许？长城归来意未舒。

全聚德高呼朋友，挂炉烤出鸭皮酥。

（3）新作诗词

新作诗词就是作者自己创作一首新的诗词来为产品做广告。此处要考虑的问题有三个：一是作者的诗词创作水平；二是广告诗词的创作到底有哪些要求；三是是否艺术性高的作品广告效果就一定更好。

作家刘绍棠曾为山西杏花村汾酒写过一首这样的广告诗。

宝泉佳酿天下闻，车似流水水如云。
古今谁家**酒最好**？**众望所归**杏花村。
红杏枝头春意闹，清明时节柳色新。
返老还童须一醉，牛背短笛唱乡音。

据说这首广告诗对汾酒的销量产生了积极的影响，可见广告效果很好。当然这也是借了作家刘绍棠的名气。不过从诗词所应遵守的格律来看，该诗还是有一些毛病的。首先，"酒最好"，是末尾"三连同"，属于诗病的一种。"众望所归"，是直接用成语入诗，这是比较忌讳的。最后就是"红杏枝头春意闹"，直接引自宋祁的词《玉楼春·春景》。所以，整首诗就是把杜牧的《清明》诗和宋祁的《玉楼春·春景》词分拆一下再重新整合在一起的感觉，属于整合式创新。这首诗押韵比较严格，而且一韵到底，可以看作"改良体"。由此看来，诗词的创作水准有时与广告效果是分离的。也由此看出，即使是知名的作家要创作出兼顾艺术水准和广告效果的优秀广告诗词也是不容易的。

编者曾在课堂上做过一个试验：把下列 5 首关于茅台和葡萄酒的广告诗先做匿名处理，再让学生们在问卷之星上投票、打分，看看学生们能否识别出哪些属于比较好的广告诗。投票结果如表 7.1 所示。

茅台 1

惊艳一摔冠群芳，如痴如梦醉西洋。
茅台自是能留客，不认他乡是故乡。

茅台 2

皆道茅台是好诗，十年苦窖竟谁知。
高粱谷子随天老，烂到极时是醉时。

葡萄酒 1

霞染清樽倒映红，香流浅淡渐朦胧。
酒醉葡萄得真味，使人从此入诗中。

葡萄酒 2

搭起琉璃照日长，琳琅满架一棚香。
曾经叶底赏珠串，更待席间持玉觞。
莫道葡萄生塞上，只缘美酒出西凉。
几多饮者流连里，自是人间好醉乡。

葡萄酒 3

日落丹霞烛影红，涩中带苦一杯空。
醒后方有甜蜜意，莫教闲抛野藤中。

表 7.1 关于酒的广告诗投票结果

作品	平均综合得分	排序
茅台 1	3.55	2
茅台 2	2.61	5
葡萄酒 1	3.27	3

第7章 诗词与广告文案的创作

续表

作品	平均综合得分	排序
葡萄酒2	3.98	1
葡萄酒3	3.16	4

从排序的结果来看，学生们明确知道广告诗的创作要求，例如关于茅台的两首诗，从艺术水准来看，第二首是著名诗人叶文福写的，远高于第一首（为编者自创），但学生们给第一首诗的打分明显高于第二首。贵州茅台官网上关于茅台酒的文化介绍，种类很多，包括诗词，但没有将叶文福的这首诗列入其中，因为有"苦""烂"等字，容易让没有多少诗词修养的顾客产生不必要的误解。当然，叶文福创作这首诗时并没有想要为茅台做广告，可能只想借茅台酒抒发身世之感。第一首则包含两个典故。其一：贵州茅台1915年参加巴拿马万国博览会，起初因为包装不起眼，眼看博览会就要结束了，还是无人光顾。这时有位中国官员灵机一动，故意不小心打翻了一罐茅台，结果整个大厅里清香四溢，人们禁不住围拢到茅台展位边上，有人品尝之后，顿感味道绵柔、醇厚、余味无穷。最终贵州茅台被评为本次博览会的金奖。其二：像茅台这么好的白酒，产量却十分有限，所以有人就决定到异地去设厂，酿造茅台。结果发现，即使使用同样的配方、工艺，酿造出来的白酒却没有茅台原来的味道。看来是水的缘故，只有茅台镇的水才能酿造出地道的茅台酒来，所以茅台酒还具有"恋乡情结"。当然，用茅台酒来待客，其情谊自然是深厚的。因为第一首关于茅台酒的诗比第二首更适合用作广告诗，所以学生们把它排在了叶文福那首著名的茅台诗之前。

关于葡萄酒的三首诗的排序依次是：葡萄酒2、葡萄酒1和葡萄酒3。葡萄酒2是武立之所作。武立之祖籍甘肃靖远，现为中华诗词学会会员、甘肃省诗词学会理事、武威市诗词楹联学会副会长、凉州区诗词楹联学会会长，武威《天马诗刊》副主编和《凉州诗词》主编。曾师承于当代著名两栖诗人、文艺评论家、散文家和书法家丁芒先生，是职业诗人。葡萄酒2原诗名为《七律·咏武威葡萄酒》，格律严整，押韵严格，音韵和谐，读起来朗朗上口，被学生们列为葡萄酒广告诗第一很正常。这首诗唯一的缺陷是"出西凉"属于末尾"三连同"。葡萄酒 1 原诗名为《七绝·醉怀凉州葡萄酒》，没有查到创作者是谁。这首诗其实写得很好，尤其写出了饮酒过程中的感觉。只是"霞染清樽倒映红"一句与实际不符，因为饮葡萄酒一般不用清樽，而是用透明的高脚杯，如唐代诗人王翰的《凉州词》所说"葡萄美酒夜光杯，欲饮琵琶马上催"。写诗填词虽然可以不拘泥于现实，但明显违背常识也是不妥的，所以学生们投票时把它排在了葡萄酒诗的第二位。其实用作广告诗的话，绝句要比律诗更合适，因为篇幅更短，如果不是因为这个缺陷，这首葡萄酒诗就会排在本类的第一位了。葡萄酒 3 其实是编者创作的，基于同样的原因，因为有"涩""苦"二字被排在葡萄酒诗的第三位。这首诗的最后一句"莫教闲抛野藤中"脱自徐渭的题画诗《题〈墨葡萄图〉》，全诗如下。

《题〈墨葡萄图〉》

半生落魄已成翁，独立书斋啸晚风。

笔底明珠无处卖，闲抛闲掷野藤中。

由上可见，如果是新作诗词用于做广告的话，不能只单纯追求诗词创作的艺术性，还要明白广告诗词创作的特殊要求。为食品和饮料做广告，诗词作品要兼顾色、香、味、情四个方面，如果能写出吃或喝的过程中的真实感受来更好。除此之外，忌讳使用不好的词汇，以免顾客产生误会。为一般的产品做广告，要突出功效和性价比。最后就是广告诗词宜短不宜长，绝句优于律诗。因为简短的广告语，容易被人记住，便于传播。

在南京博物院，收藏有清代画家尤荫的一幅画《随园馈节图》，描绘的是随园的主人清代著名才子袁枚送节礼。画上有青山、绿水、柳荫，还有一叶扁舟满载节礼，其中就有来自真州的"萧美人糕"（巫晨，2020）。萧美人，也叫萧娘，生于乾隆八年，是江苏仪征真州人。她用米粉和糯米粉各半，掺上果泥、核桃仁、瓜子仁、松子仁和麻油，加糖切块，装点红绿梅丝，制成各色点心，颇受食客青睐，是佐茶佳品。当时也是美食品评家的袁枚对她十分推崇，曾在他写的《随园食单》中盛赞她"善制点心,凡馒头、糕饺之类,小巧可爱,洁白如雪",并于乾隆五十七年重阳节特地请人在仪征代购3000件共4种花色、由萧美人制作的点心,以1000件赠江苏巡抚奇丰额。这就是那幅《随园馈节图》的由来。收到礼物的文人雅士包括奇丰额纷纷为"萧美人糕"题诗(邓桂安,2020)。一时间,"萧美人糕"声名远播,有的文人如赵翼甚至没有品尝过"萧美人糕"也为之题诗。直至传入乾隆皇帝耳中,也为后宫定制了两千份供各位嫔妃享用。自此以后,"萧美人糕"遂成为皇家贡品。从以上"萧美人糕"的传奇故事可知,"萧美人糕"得以成功的关键还有赖于诗词的传播力量。产品做得好、设计新巧、有特色,只是成功的第一步,但正所谓"酒香还怕巷子深"呢。表7.2列出了比较有影响且流传较广的题写"萧美人糕"的诗作。这些诗分别称赞了"萧美人糕"花色多、制作精良、设计新巧,所以长期受到食客欢迎,并认为可与东坡肉和眉公饼齐名,为"萧美人糕"做了极好的免费广告。值得注意的是,这些诗作并非出自萧美人的主动请求,而是文人雅士的自发行为,所以其广告效果特别好,因为口碑就是最好的广告。

上面这个例子说明,新作诗词为产品做广告古已有之,且属于自发行为。

表7.2 题"萧美人糕"代表诗作

作者	身份	作品	备注
吴煊	诗人	妙手纤纤和粉匀,搓酥糁拌擅其珍。 **自从香到江南日,市上名传萧美人。**	强调"香",传播广
谢启昆	山西布政使	绿扬城郭蓼花津,饵饤传来姓字新。 **莫道门前车马冷,日斜还有买糕人。**	即使美人迟暮,糕点犹有人喜欢
奇丰额	江苏巡抚	酒冷灯昏夜未央,山人忽饷美人香。 **三千有数君留半,八种平分我尽尝。** 山月不催人影去,江风犹傍指痕凉。 红绫捧出饶风味,可似真州独擅长。	答谢诗,实际为1000件、4种花色
袁枚	才子、诗人	**说饼佳人旧姓萧,良朋代购寄江皋。** 风回似采三山药,芹献刚题九日糕。 洗手已闻房老退,传笺忽被贵人裦。 能愁此后真州过,宋嫂鱼羹价益高。	回诗

续表

作者	身份	作品	备注
赵翼	诗人	流涎馋煞老饕牙，只送侯门忘我家。题罢支颐聊一笑，纸窗风雪嚼梅花。出自婵娟乞巧楼，遂令食品擅千秋。苏东坡肉眉公饼，他是男儿此女流。	未亲尝而遗憾。认为糕点将会与东坡肉、眉公饼一样出名

资料来源：①巫晨.随园馈节赠雅礼——萧美人糕[N].仪征日报，2020-01-21.
②邓桂安.萧美人文化的内在价值[N].仪征日报，2020-03-25.

7.1.3 题在茶杯上的广告诗

编者曾买过一只茶杯，通体白色，只在杯身上绘有一朵菊花，并印有元稹的菊花诗，列示如下。元稹的这首菊花诗写得极好，较前人翻过一层。前人写菊花，多强调其不畏严寒、品性高洁、有君子之风等。而元稹却说，他爱菊花只是由于没有什么选择而已，因为秋天的花卉本就不多，菊花凋后就没有什么花可供欣赏了。造语平淡而意味深长，符合元稹诗歌的一贯风格。在众多可供选择的茶杯中，能满足泡茶功效的不计其数，而有这么好的诗做点缀，可能让人一眼就会看上这款茶杯了。又有多少人不喜欢呢？我们打小谁没有背诵过几首中国古典诗词名篇呢？这种亲切感是与生俱来的。即使该款茶杯比没有任何题款的茶杯贵一些，也会吸引喜爱旧体诗词的顾客购买的，这就是文化的附加价值。所以，这款茶杯的设计是成功的。

《菊花》

秋丛绕舍似陶家，遍绕篱边日渐斜。

不是花中偏爱菊，此花开尽更无花。

7.1.4 护肤品广告诗的创作

编者曾指导过的一位MBA学生，毕业后创办了自己的公司，专门生产一款护肤品叫倾依颜，面向中年知识女性，主打天然、素颜。她想用诗词来为其

第7章 诗词与广告文案的创作

产品做广告,希望我帮其润色一首她写的藏头式广告诗,如下所示。主要是就第三句的"玉""旧""故"做个选择,我建议其选择"玉"字,因为"旧"和"故"虽然都是仄声,都符合平仄要求,也都表示永葆青春的意思,但容易让顾客产生不好的联想。这款产品一经推出,一度很是畅销。

倾心邀岁月,

侬愿与君长。

颜色一如玉(旧,故),

容与话西窗。

7.1.5 周村烧饼诗词曲赋的征集与评选

编者曾注意到一些企业试图为自己的产品征集诗词曲赋,以便让中国传统文化为企业站台,从中也可挑选出合适的广告诗词。周村烧饼就曾委托中华诗词学会如此做过(见相关链接7.1)。

相关链接 7.1

全国"周村烧饼"诗词曲赋创作大赛评奖公告[①]

自 2020 年 7 月末颁布"全国'周村烧饼'诗词曲赋创作大赛征稿启事"以来,大赛组委会共收到来自全国各地的稿件 1175 件(其中诗 867 件、词 240 件、散曲 33 件、辞赋 33 件),涵盖全国 24 个省、自治区、直辖市。大赛组委会成立了由中华诗词学会常务副会长兼中华诗词杂志社社长范诗银为评委主任,副会长兼学术部主任兼中华诗词杂志社副主编林峰、山东诗词学会副会长兼历山诗苑杂志社主编布凤华为评委副主任,部分专家学者为成员的大赛评委会。自始至终采用盲评的方法,对所有参赛作品分阶段进行了初评、复评和终评。经

---

① 资料来源于中华诗词学会官网。

评审，共评出一等奖作品 2 件，二等奖作品 5 件，三等奖作品 10 件，优秀奖作品 30 件。

特此公告

全国"周村烧饼"诗词曲赋创作大赛组委会

2020 年 11 月 14 日

根据广告诗词宜篇幅短小的原则，获奖作品一、二等奖中都没有绝句。只有三等奖中有绝句《他乡遇卖周村烧饼小贩》，作者是来自山东省的王志伟。再有就是优秀奖中排在前面一点的五律《周村烧饼》，作者是来自河北省的史献文，相关作品列示如下。史献文的作品虽是五律，但相比王志伟的作品更适合用作广告诗，原因是其作品对周村烧饼的形、香和口感均有精准的描绘，并指出其适用来佐茶，功效也写出来了。同时也没有什么不好的字眼让顾客心生误会。由以上分析看出：排位较靠后的作品反而适合用来做广告，这说明评价诗词艺术水准的标准不适合用来评价广告诗词。这是以后举行这类活动要注意改进的地方，如果这类作品征集的目的是为企业站台的话。按照上述要求，编者也尝试创作了一首广告诗《周村烧饼》，列在下面，以供鉴赏。

《他乡遇卖周村烧饼小贩》[王志伟]

一声叫卖步停留，客里欣眸大写周。

薄饼张张轻似纸，无端压手是乡愁。

《周村烧饼》[史献文]

薄若风飘雪，轻如蝶落花。

绵酥疑食月，香脆梦餐霞。

千里心犹念，五湖人共夸。

最宜春日丽，微醉佐新茶。

第7章　诗词与广告文案的创作

《周村烧饼》［编者］

形如满月薄如笺，星星点点忆旧年。

旱码头上辛勤客，佐茶聊可算团圆。

7.1.6 写在瓷器上的诗

写在瓷器上的诗，最著名的莫过于长沙《铜官窑瓷器题诗二十一首》，其体裁都是五言诗，流行于唐代民间，由瓷工收录刻在所造的瓷器上。这些瓷器于1974—1978年间出土于湖南长沙铜官窑窑址，给今人留下了宝贵的文化遗产。唐代铜官窑开创了中国釉下彩的先河，配以绘画题材用于瓷器装饰，瓷诗反映的内容广泛，有抒发离别与相思的，有描写边塞征战的，有涉及宗教思想、商贾经营活动和游子与游人的，等等，具体内容如表7.3所示。唐代铜官窑瓷器题诗可能是陶工自己创作的或是当时流行的里巷歌谣而被陶工收录。从表中可以看出，这些瓷诗有些创作水准还很高，如第1首表达的是朝朝暮暮的相思，第5首表达的是虽然离别之后后会无期，但相思是日日夜夜的，第11首说要把心思寄托于天上的明月，好让它带给心上人，想象新颖大胆，不愧为上乘之作。第14首最有名了，表达的是一种忘年恋，且带着深深的遗憾。同等条件下，有题诗的瓷器应该销售得更好，因为买主还可以选择有不同题诗的瓷器分送不同的人，就算作为收藏品，也让主人显得更有品位些。

表 7.3 《铜官窑瓷器题诗二十一首》

编号	内容
1	夜夜挂长钩，朝朝望楚楼。可怜孤月夜，沧照客心愁。
2	圣水出温泉，新阳万里传。常居安乐国，多报未来缘。
3	日日思前路，朝朝别主人。行行山水上，处处鸟啼新。
4	只愁啼鸟别，恨送古人多。去后看明月，风光处处过。
5	一别行万里，来时未有期。月中三十日，无夜不相思。

续表

编号	内容
6	千里人归去，心画一杯中。莫虑前途远，开坑逐便风。
7	小水通大河，山深鸟宿多。主人看客好，曲路亦相过。
8	道别即须分，何劳说苦辛。牵牛石上过，不见有蹄痕。
9	一月三场战，曾无赏罚为。将军马上坐，将士雪中眠。
10	自入新丰市，唯闻旧酒香。抱琴酤一醉，尽日卧弯汤。
11	**我有方寸心，无人堪共说。遭风吹却云，言向天边月。**
12	男儿大丈夫，何用本乡居。明月家家有，黄金何处无。
13	客人莫直入，直入主人嗔。扣门三五下，自有出来人。
14	**君生我未生，我生君已老。君恨我生迟，我恨君生早。**
15	天地平如水，王道自然开。家中无学子，官从何处来。
16	龙门多贵客，出户是贤宾。今日归家去，将与贵人看。
17	天吞日月斋，五月已三龙。言身一寸谢，千里重会撞。
18	上有东流水，下有好山林。主人居此宅，可以斗量金。
19	买人心惆怅，卖人心不安。题诗安瓶上，将与卖人看。
20	自从君别后，常守旧时心。洛阳来路远，还用几黄金。
21	念念催年促，由如少水如。劝诸行过众，修学香无余。

7.1.7 慈溪秘色瓷全国诗词大赛作品的征集与评选

（1）秘色瓷的特点

据考古发现，越窑烧造秘色瓷的时间在唐懿宗到宋神宗期间，也就是公元9—11世纪。秘色瓷釉色莹润，是唐末五代时期最名贵的瓷器之一。秘色瓷的着色剂是氧化钴，其色泽偏蓝绿色，制作工艺较为精细，采用瓷质匣钵釉封烧制，施满釉，无支钉痕迹，是越窑青瓷中的杰出品种，常用于进贡朝廷。

关于秘色瓷实物到底是什么样的，原本只存在唐代诗人陆龟蒙和徐夤的描

第7章 诗词与广告文案的创作

绘中,如下面两首诗所示,而陆龟蒙的《秘色越器》一诗则最早提到了"秘色"一词。从这两首诗来看,秘色瓷如山峰一样青翠,如冰似玉,如古镜破苔,光泽晶莹,如嫩荷涵露,无中生水,简直无与伦比,令人陶醉。直到 1987 年,陕西法门寺地宫塌陷,出土了 14 件有文字记录的秘色瓷。后又验证浙江慈溪上林湖一带是唐宋时期越窑青瓷的中心产地,而那些最神秘、烧制难度最高的秘色瓷就出自越窑。两件典型的实物是秘色瓷莲花碗和秘色瓷瓷盘,从网上展示的图片来看,两位诗人的描绘相当精细、准确。秘色瓷看起来确有温润如玉、盘底盛水的感觉。

《秘色越器》[陆龟蒙]

九秋风露越窑开,夺得千峰翠色来。

好向中宵盛沆瀣,共嵇中散斗遗杯。

《贡余秘色茶盏》[徐夤]

捩翠融青瑞色新,陶成先得贡吾君。

功剜明月染春水,轻旋薄冰盛绿云。

古镜破苔当席上,嫩荷涵露别江濆。

中山竹叶醅初发,多病那堪中十分。

(2)秘色瓷的复原

据考古发掘的结果,在众多窑址中,上林湖后司岙即为烧制秘色瓷的窑址。浙江慈溪作为秘色瓷的原产地,一直试图复原秘色瓷的烧制工艺,因为这对地方经济的发展是十分有利的。2001 年 8 月,慈溪上林湖越窑青瓷有限公司恢复了中断千年的青瓷生产。其中特别值得一提的是两位传承人孙迈华[①]和闻长庆[②]经过不懈的努力,也都烧制出了极为接近秘色瓷的青瓷。中国新闻网也曾报道过浙江慈溪"柴烧龙窑"开窑的消息,见相关链接 7.2。当然,这些报道都没有

[①] 参见瓷网:《明说陶瓷:遍访百家淘美瓷——慈溪越窑青瓷非遗传承人孙迈华》。
[②] 参见浙江日报:《3 年上万次试验让失传千年的秘色瓷制造工艺重现人间》。

说复原品就是秘色瓷，只是说非常接近秘色瓷。因为秘色瓷的烧制工艺早已失传，想要完全复原巅峰时期的秘色瓷几乎是不可能的。尽管如此，这种努力依然是有价值的，对传统制瓷技艺的挖掘、恢复和传承能带动当地制陶业的发展，也是弘扬国粹，培养工匠精神的有益尝试。

相关链接7.2

"千峰翠色"再现浙江慈溪"柴烧龙窑"开窑[①]

2024年6月6日，慈溪市"柴烧龙窑"主题活动开窑仪式在上林湖青瓷文化传承园举行，柴烧越窑青瓷成功出窑。越窑作为中国著名的窑系之一，成功烧制出了世界上最早的成熟瓷器，因此越窑青瓷也被称为"母亲瓷"。浙江慈溪上林湖从东汉时期燃起"熊熊窑火"，至盛唐成功烧制皇室御用"秘色瓷"。此次烧制采用传统"柴烧龙窑"烧制工艺，历经两天一夜1300℃的高温淬炼，方得"千峰翠色"的越窑青瓷。

（3）征集"秘色诗词"为地方经济发展站台

《中华诗词》杂志于2021年3月8日公布了"秘色瓷都 智造慈溪"全国诗词大赛获奖作品。下面就以入围奖作品为例，看看这次大赛作品的创作水平如何，以及哪些适合用来做广告，为地方经济发展站台。

表7.4挑选了5首入围奖作品。第一首咏的是瓷都慈溪，为绝句。该诗说，瓷都特色产品红的有杨梅，青的有越窑青瓷，算是扣题了。第二首推介的是上林湖越窑遗址，依《中华通韵》，为七律。"水色有时呈玉碧，山光终日带瓷青"，写得精彩，也扣题了。第三首推介的是秘色瓷器——茶杯，为绝句，"秘瓷青碧水微蓝"，与唐茶圣陆羽用秘色瓷茶具泡茶后的观感一致，最扣题了，但描写过于笼统。第四首写得不错，为绝句，但描绘的是越窑青瓷也可以仿青花瓷的制法，有点跑题。第五首真正在咏秘色瓷，十分细致、准确，与徐夤《贡

[①] 资料来源于中国新闻网。

第7章 诗词与广告文案的创作

余秘色茶盏》的描写十分相似,虽创新性不足,但扣题。综合是否扣题(即围绕瓷都、遗址、青瓷产品写诗)和描绘的细致程度及作品的创新性来排序的话,编者给出的结果如表 7.4 第一列所示。这次征集活动中,即使是获入围奖的作品,其总体创作水平也要高于周村烧饼。为什么呢?因为名贵瓷器历代被皇室和文人雅士所看重、使用、把玩甚至收藏,这样必然会有咏物诗出现,经过借鉴和学习之后,后人的创作水平就提高得快,作品质量就高。依此传统,秘色瓷都、遗址、瓷器的歌咏之作总体水平就比较高。不过后来者都赶不上陆龟蒙的"九秋风露越窑开,夺得千峰翠色来"有气势,也赶不上徐夤的"功剜明月染春水,轻旋薄冰盛绿云"描绘生动、细致。所以,关于慈溪秘色瓷,陆、徐的诗就是最好的广告诗。而楼立剑的《秘色猜想》可以作为瓷都的广告诗,廖德先的《访上林湖越窑遗址(中华通韵)》可以作为推介越窑遗址的广告诗。

表 7.4 "秘色瓷都 智造慈溪"全国诗词大赛入围奖部分作品[①]

排序	作者	作品	备注
2	楼立剑	《秘色猜想》 **红有杨梅青有瓷**,仁山智水碧生姿。 此间秘色原无秘,**酝酿春风最及时**。	咏的是瓷都慈溪
1	廖德先	《访上林湖越窑遗址(中华通韵)》 常引人来画里行,上林湖畔啭流莺。 春风一路花香淡,遗址千秋地脉灵。 **水色有时呈玉碧**,**山光终日带瓷青**。 多情最是越窑火,长把慈溪梦照明。	用韵依《中华通韵》。 推介的是上林湖越窑遗址
3	王 力	《用友人寄慈溪秘色瓷茶杯饮茶感作》 **秘瓷青碧水微蓝**,茶色温温沸再三。 一茗香弥春满室,**杯中情味是江南**。	秘色瓷茶杯当是复原品。推介的是秘色瓷器——茶杯
5	贺永粹	《赞慈溪青瓷》 婉约青花浴火来,脱胎换骨匠心裁。 能工巧手绘春色,**邀得牡丹瓷上开**。	绘有牡丹图案,当是仿青花瓷,而非越窑青瓷

---

① 资料来源于中华诗词学会官网。

续表

排序	作者	作品	备注
4	高玉梅	《越窑秘瓷》 锋芒多作尘，罕见越窑珍。 **色得慈溪翠，香凝荷叶新。** **冰盘光皎皎，玉盏水粼粼。** 泥手鞔如砺，秘瓷惊绝伦。	咏的是秘色瓷。越窑秘瓷发掘于法门寺地宫，色泽莹绿，托盘如荷叶。设计精巧，碗盏底部微凸成镜，加之釉面流光盈盈，恰似水波漾漾。无中生有，堪称绝妙

7.2 格律诗词与自我营销

7.2.1 从一首咏史诗看姜子牙的自我营销策略

唐五代时人胡曾善于写咏史诗，曾写过一首《渭滨》，列示如下。该诗的意思为：渭水流呀流，岸草青青，姜子牙曾独自在此垂钓。但如果不是周文王夜梦飞熊的话，那么他恐怕只能对着斜阳叹息自己熬到头发全白依旧一事无成了。言外之意就不必再说了。姜子牙如果不设计一个在渭水边直钩垂钓的场景来向周文王推销自己的话，而周文王做梦所见飞熊如果不被释梦人解释成世外高人的话，那么做过屠夫、小贩的他又怎能成为帝王之师，成就千秋功业呢？

《渭滨》

岸草青青渭水流，子牙曾此独垂钓。

当时未入飞熊兆，几向斜阳叹白头。

姜子牙不善营生。当时的状况是：多子女，有十三子、一女，家庭人口多负担重。做过屠夫、小贩，但贩猪羊贵，贩羊猪贵，猪羊齐贩，官府却又禁了宰杀。还是一个赘婿（上门女婿），最后被老妇赶出了家门。

渭水访贤的经过大概是：姜子牙直钩垂钓，离水面三尺，持续三年。其间，姜子牙也并不是一条鱼都钓不到，他曾经钓到过一条鱼，内藏兵书，据说是

第7章 诗词与广告文案的创作

《六韬》。文王梦见飞熊，武吉子为其释梦，解释为要遇到世外高人之兆。后文王到渭水狩猎，邂逅姜子牙，两人相谈甚欢，肯定少不了姜子牙向文王推销如何推翻腐朽残暴的殷商另立新朝的战略大计了。于是，文王拜姜子牙为帝王师，车载而归之。据说当时车驾先向西走了301步，再向东走了507步，所以西周301年，东周507年，共计808年。

那么，在姜子牙设计的这个自我营销场景中，具体的营销组合又是什么呢？下表7.5一一列示出来了。结果就是姜子牙成功地把自己推销给了周文王，直钩垂钓，钓的其实是周文王。

表7.5 姜子牙在渭水之滨自我营销的"4P"组合

要素	阐释
Product（产品）	自身：太老了，但有真本事，胸怀韬略，且有韧性，直钩钓鱼坚持三年之久
Packaging（包装）	渔翁：淡泊名利，不汲汲于功名的隐逸之士
Pricing（定价）	所求身价很高，帝王之师
Place/Promotion（渠道/促销）	渭水之滨/献上灭商大计

再看整个链条的设计：直钩钓鱼——引起人们的好奇，继而谈论，口耳相传；请托——释梦人武吉子，将飞熊解释成世外高人（如果文王梦见的是狗熊，估计也能被解释成世外高人）；制造巧遇——文王去渭水狩猎邂逅世外高人，自我营销成功。中国古人很有智慧，虽然没有明确地提出一套"4P"组合的营销策略理论，却自发地实践了，而且很高明，效果也很好。当然，这需要一些前提条件：第一，社会风尚尊重老人。那时知识传播的途径很有限，越是年纪大的人，就越有学问；第二，本身有真功夫、真水平，如果一味老朽或糟朽，再怎么设计也无济于事；第三，姜子牙看准了时机，文王有此需要。当时商纣无道，民心所向皆在西伯侯。在这个案例的分析过程中，注意不要误解为蒙骗、欺骗，姜子牙只是想推销自己的济世之才，以求一用，解民于倒悬。这是具有积极意义的一次尝试。

最后，对于这个案例的分析，编者有两个点评，列示如下。主要阐明这个自我营销案的成功，请托是关键。

其一

直钩垂钓坐高台，三年风雨鬓又衰。
纵使飞熊能入梦，也须王者肯自来。

其二

遥望前程梦一柯，几许光阴可蹉跎？
渭水之滨得王载，旌旗十万破朝歌。

7.2.2 干谒诗与我国唐代文人的干谒行为

在唐代，科考试卷是不糊名的。据《北史·郦道元传》，读书人为了中举或以后选官的需要，向有一定社会地位的人自我推荐（就是现在所说的自我营销）以为延誉的行为被称为干谒。干谒时所呈送的诗，称为干谒诗。干谒能否成功，除了诗作质量的影响外，也与其行干谒的策略高下密切相关。表7.6列举了几种常见的策略。

表 7.6 我国唐代文人常见的干谒策略

干谒对象	作者	诗作	干谒招式	结果与评点
宰相张九龄	孟浩然	《临洞庭湖赠张丞相》 八月湖水平，涵虚混太清。 **气蒸云梦泽，波撼岳阳城。** 欲济无舟楫，端居耻圣明。 坐观垂钓者，徒有羡鱼情。	正招	诗写得好，尤其是"气蒸云梦泽，波撼岳阳城"一联。诗的末尾收束稍显无力。但张九龄并没有对孟浩然另眼相看，孟浩然也未顺利入仕

第7章 诗词与广告文案的创作

续表

干谒对象	作者	诗作	干谒招式	结果与评点
著作郎顾况	白居易	《赋得古原草送别》 离离原上草，一岁一枯荣。 **野火烧不尽，春风吹又生。** 远芳侵古道，晴翠接荒城。 又送王孙去，萋萋满别情。	正招	起始见白居易名字，说长安米贵，居大不易。后见"野火烧不尽，春风吹又生"一联，顾况大赞：有这样的才华，想要定居长安太容易了！于是大力推荐白居易，白居易也迅速在长安城扬名了
唐玄宗	孟浩然	《岁暮归南山》 北阙休上书，南山归敝庐。 **不才明主弃，多病故人疏。** 白发催年老，青阳逼岁除。 永怀愁不寐，松月夜窗虚。	败招	据载，玄宗到王维内署见孟浩然后，甚喜，说早闻其诗名，令诵诗。当听到"不才明主弃，多病故人疏"两句后，生气地说："卿不求仕，而朕未弃卿，奈何诬我？"遂放还
裴舍人	钱起	《赠阙下裴舍人》 二月黄鹂飞上林， 春城紫禁晓阴阴。 长乐钟声花外尽， 龙池柳色雨中深。 阳和不散穷途恨， **霄汉常悬捧日心。** **献赋十年犹未遇，** 羞将白发对华簪。	败招	表明自己有一颗若得中举入仕将尽力为朝廷做事的衷心。最后一联，继续诉说"穷途"之恨，大才子尽显卑微之态
中书舍人裴坦	刘虚白	《献主文》 三十年前此夜中， 一般灯烛一般风。 不知人世能多少， 犹著麻衣待至公。	奇招	使用心理战术，利用昔日考友的同情心成功中举
杭州刺史白居易	徐凝	《题开元寺牡丹》 此花南地知难种， 惭愧僧闲用意栽。 海燕解怜频睥睨， 胡蜂未识更徘徊。 虚生芍药徒劳妒， 羞杀玫瑰不敢开。 唯有数苞红萼在， 含芳只待舍人来。	妙招	投其所好，因白居易喜爱牡丹。白任杭州刺史时杭州还没有牡丹，只有开元寺内有。徐凝以此诗相献，自然会得到白居易的赞赏并将其作为州首荐了。

199

续表

干谒对象	作者	诗作	干谒招式	结果与评点
北海太守李邕	李白	《上李邕》 大鹏一日同风起， 扶摇直上九万里。 假令风歇时下来， 犹能簸却沧溟水。 时人见我恒殊调， 见余大言皆冷笑。 **宣父犹能畏后生，** **丈夫未可轻年少。**	蛮招	李邕未召见李白。自命不凡，大话连篇，但诗的最后一联"宣父犹能畏后生，丈夫未可轻年少"被后世广为传诵
北海太守李邕	崔颢	《王家少妇》 十五嫁王昌，盈盈入画堂。 自矜年正少，复倚婿为郎。 舞爱前溪绿，歌怜子夜长。 闲时斗百草，度日不成妆。	怪招	年轻时的崔颢有才无行。这首诗被李邕认为有伤风化，遭到斥责

从中可以看出：同是孟浩然，既用过正招，也用过败招。遭遇打击的他，情绪低落，给好友王维留下一首离别诗就回故乡襄阳了。全诗如下。

《留别王侍御维》

寂寂竟何待，朝朝空自归。
欲寻芳草去，惜与故人违。
当路谁相假，知音世所稀。
只应守寂寞，还掩故园扉。

后来，韩朝宗（时为襄州刺史）非常赏识孟浩然的才华，约好某天带他进京给他荐官，然而到了约定的时间，孟浩然却喝多了，让韩大人空等了一场。孟浩然率性而固执，一遇到挫折，就消极避世，没有务实苦干和坚韧不拔的精神和意志，他其实不适合做公务员，只适合做职业诗人。所以就算生在大唐盛世，空有满腹才华也只能布衣一生。

第7章 诗词与广告文案的创作

作为干谒诗，重要的是措辞要不卑不亢，不露寒乞相。大才子钱起的《赠阙下裴舍人》就显得有些卑微寒酸了，堪称败招。善于使用妙招的徐凝，写过一首《题开元寺牡丹》诗。这首诗表达了对开元寺僧人对牡丹的悉心栽培和精心打理的敬佩之情，对牡丹的美丽、惊艳大加赞叹，同时表达了诗人希望得到知音赏识的殷切之情。据《云溪友议》记载，唐穆宗长庆三年（823年）白居易任杭州刺史时，杭州还没有牡丹花。开元寺的和尚惠澄从长安运了去，栽在寺里的庭院中。徐凝提前得知白居易要到开元寺赏牡丹的消息，特地从富春来到杭州，想得到白居易的举荐到长安去考进士。徐凝进入寺内，看到盛开的牡丹后即提笔写下了这首《题开元寺牡丹》。白居易看到这首诗后，十分欣赏，于是将其推荐给了元稹等人。从此，徐凝诗名大震，这次干谒行为很成功。不过，徐凝一生没有中举。再如，年轻时的崔颢有才无行，那首《王家少妇》被李邕认为有伤风化，遭到斥责，堪称怪招。

由此看来，读书人除了会读书，也要学会如何自我营销。像刘虚白都苦考了26年，如果这次他不用奇招制胜的话，大概率还会落榜。基于此，编者给正待求职或在职场等待晋升的年轻人以下建议：第一，想要达到目的，要讲求方式和方法。在自我营销时方式不可单一，多用正、奇、妙三招，尽量避免败招、蛮招和怪招。第二，不要本末倒置。纵观一切可取的招式，个人的才能和品行最为重要，没有以此作为基础，任何招式的运用都无济于事。第三，良好性格的养成不可忽视。要调整好心态，面临挫折是不可避免的，但不要像孟浩然那样轻言放弃。

7.3 三行诗与广告文案的创作

7.3.1 海尔电器的三行诗广告

使用三行诗给产品做广告，并非近几年的事，早在2003年，就有鲁花和奥利奥的广告语，就是标准的三行诗，列示如下。

《鲁花》

滴滴鲁花 / 香飘万家 / 莱阳鲁花

《奥利奥》

扭一扭 / 舔一舔 / 泡一泡

然而，最值得一提的是海尔电器的三行诗广告。2017年9月，北京优力互动广告公司为海尔策划了6则品牌广告，同时发布短视频TVC和海报/平面，广告文案部分见表7.7，广告视频解释见相关链接7-3。海尔也同步发布了海报/平面，海报案例简介见相关链接7.4。相关链接7-3明确指出了6则广告文案的创意基于三个"洞察"：家的概念发生了变化；家并不总是美好的；家电的使用不局限于传统方式。6则广告直指海尔家电是家的一个构成部分，这些家电不再局限于传统的性能，应对其给用户带来的价值重新认识，因而更加人性化。通过构建多元价值观下的认知，从而达到更新品牌形象的目的，所以这次的三行诗广告策划是成功的。

相关链接 7.3

海尔《这里是家》[①]

案例名称：海尔《这里是家》。

广 告 主：海尔。

所属行业：家电。

执行时间：2017年9月8日—9月30日。

所获奖项：视频整合营销类银奖。

获奖单位：优力互动。

[①] 资料来源于网赢天下网。

第7章　诗词与广告文案的创作

营销背景：1984—2017 年，海尔陪伴中国消费者走过了 33 年。海尔家电在中国市场是领先者甚至领导者。消费者已经对海尔形成了固有的品牌印象，如何让海尔契合新一代消费观念，区别于其他家电品牌成为一大难题。

营销目标：品牌形象换新，在虚网层面促进消费者更新品牌形象认知，构建海尔懂家的用户认知；产品宣传，传递产品主要卖点，促进销售。

策略与创意：创意基于海尔 33 年的品牌历史和品牌地位，从海尔家电更有理由充分理解中国消费者对于家电、生活、家的认知这个基点出发，发现了三个"洞察"。

1. "家的概念发生了变化"——陌生人合租/同性关系/同居情侣/单身主义/一猫一狗，都是家。

2. "家并不总是美好的"——前一秒紧紧拥抱，下一秒激烈争吵、时而激荡起伏，时而平静如水、喜怒哀乐，冷暖自知。

3. "家电的使用不局限于传统方式"——我们用冰箱保鲜美丽、我们用空调平复情绪、我们用浴室宣泄悲伤。

根据这三个"洞察"，重新构建家、人与人、人与物关系的认知，让海尔等同于全新的区别于其他家电品牌的"家"。基于新时代多元价值观下的认知，重新定义家的概念，重新定位家电角色，关注用户情感诉求，提出"这里是家"的创意概念。在这个创意概念中，每一个家电都会构成一个舞台，发生一个关于家的故事。推出系列 6 支创意视频，讲述 6 个家电 6 个不同的家的故事，用三行诗的表现形式，凸显"这里是家"的核心创意理念，表达新时代多元价值观下的认知，从而达到更新品牌形象的目的。

表 7.7　海尔三行诗系列广告文案[1]

产品	三行诗	释义	指向
冰箱	回到家，你不在家， 冰箱上，三天的出行日程， 冰箱里，三天的加热即食。	经常出差的人，回家会迫不及待，当爱人不凑巧也在出差的时候，贴心地为她准备了满冰箱的食物，如同一种托付君照顾女友的暗示，无言却充满信任	在这里，替你照顾好我自己。这里是家
洗衣机	洗衣机安静地吹着泡泡， 心啊， 突然轻快起来。	一个热爱生活的女生，一个容易感动的女生，听着洗衣机里泡泡吹起与破裂的声音，心也随之飘扬，家的每个角落都充满了这种小小的幸福感，最好的表达就两个字：真好	在这里，一个人，一只猫。这里是家
空调	空调不知道何时开了， 我们究竟是因为什么， 争执起来的。	生活中的夫妻，争执、冷战，像岁月的调味剂。一次次把双方粘合得更紧密，而不快被一阵清风吹散，和解、释然，日子继续	在这里，争吵、释然、日子继续。这里是家
热水器	热水器大哭一场， 父亲装作不知道的样子， 笨拙又可爱。	父爱是这人间最温暖的光，沉默、知心。而女儿的微笑能化开世间所有的坚冰。这一切，无声淹没了有声	在这里，爱像山一样沉默。这里是家
抽油烟机	烟，你抽的烟 被抽油烟机吸走， 今后，想用它为你做饭。	从合租到合住，它替你吸烟，我用它为你吸油烟。爱你，与性别无关	在这里，从合租到合住。这里是家
贝享母婴	啊哒， 哒哒哒哒哒哒哒， 哒哒哒。	孩子用眼神触摸学习这个世界。你信赖海尔，海尔替你照看孩子	在这里，成长，自然而欢喜。这里是家

---

[1] 叶川. 海尔的"三行情书"重新诠释"家"，让其成为一个真正懂家的品牌！[N/OL]. 营销观察报, 2019-04-23.

第7章 诗词与广告文案的创作

相关链接7.4

海尔家电｜用三行诗广告定义"什么是家"海报[①]

案例简介：洗衣机安静地吹着泡泡，猫儿伸出小爪轻钩你的手指；在空调送来的一丝清凉里，我们忽然忘记为什么要吵吵闹闹；虽然常年出差飞来飞去时空交错，但是冰箱上总是有你三天的出行日程，冰箱里永远不缺三天的加热即食；失恋的女儿打开热水器大哭一场，父亲什么也没说默默端上饭菜……这样静谧又吵吵闹闹的日子，这样平淡又用心的关爱，就是家。

7.3.2 雪中飞羽绒服七夕的三行诗广告

2018年七夕，雪中飞羽绒服通过情感营销、拟人化手法、反季节营销等方式用三行诗传递品牌价值与理念，试图吸引消费者的目光，提高产品的销售额。同时，雪中飞也出了一本诗集，名为《雪中飞恋物诗：晴天也想跟你躲屋檐》。但关于其广告文案的品质，则是毁誉参半。表7.8展示了从诗集中选出的8首诗，编者列出了对每首诗的评价（见第三列），将这8首诗分为5等（排序见第一列），序号依次从1到5，质量从高到低，分别命名为直接相关类、勉强相关类、相关但不是三行诗、是三行诗但无关类和两行诗且与羽绒服无关。由上述分析可见，雪中飞的三行诗广告策划存在以下问题：其一，文案创作质量参差不齐。其二，选择的季节也不当。虽然七夕是中国的传统情人节，但也不宜在此节日蹭热点，完全可以选择在西方的情人节策划羽绒服营销案，那时一般天气尚寒，与顾客心里的感知比较接近。再者，既然想围绕两性恋情搞营销策划，就要锚定主题，如以男女同款羽绒服进行文案创作。诗作的创作水准还是要有所保证的，否则，效果会适得其反。

[①] 资料来源于ADGuider官网。

表 7.8　雪中飞恋物诗部分作品评价与排序 [1]

排序	作品	评价
2	《独占》 帽子挡住风 / 说 / 不许你撩头发	三行诗，还算与羽绒服相关
2	《吸引力》 缩水的毛衣 / 羡慕羽绒 / 有一个蓬松的梦	三行诗，还算与羽绒服相关
5	《分手》 他的右手再没资格 / 伸进她的左口袋	两行诗，表达恋人分手的恨，与羽绒服没有关系
5	《习惯》 她换洗发水的那几天 / 帽子患上失眠	两行诗，不知所云
3	《思念》 想一个人就像 / 装在衣服里的羽绒 / 一直一直一直一直 / 往外钻	四行诗，与羽绒服有关，但暗示衣服质量似乎不好
1	《决绝》 面料的心上有一百个漏洞 / 依然不允许一根羽绒 / 钻空子	三行诗，表达做好质量控制的决心，与羽绒服有关
4	《信任》 口袋缄口不言 / 手不暖的时候 / 第一个想到他	三行诗，但与羽绒服无关
4	《等》 外套习惯了 / 每个夜晚 / 有人离他而去	三行诗，但未必与羽绒服有关

思政课堂

市场营销中的 PSET 模型，即政治（Politics）、社会（Society）、经济（Economy）和技术（Technology），实际上概括了企业所面临的经营环境。这四个方面的总结很全面，放之四海而皆准，所以并没什么用处。营销专家尼尔·鲍顿提出了市场营销组合的概念：是指市场营销人员综合运用并优化组合多种可控因素，以实现其营销目标的活动的总称。企业经营环境的变化是营

---

[1] 资料来源于搜狐网。

第7章 诗词与广告文案的创作

销组合理论演进的根本推动力量。而今，公众大市场已不复存在，已经细分为更小的市场，甚至细分到每个顾客，市场已完全演变为买方市场。所以，STP理论应运而生，即市场细分（Segment）、选择目标市场（Target）和市场定位（Position），确立了企业产品品牌可能的位置形象。

概括来说，营销组合理论经历了"4P—4C—4V—4R—11P"的演进，如表7.9所示。

表7.9 市场营销策略组合的演进

组合理论	提出人	具体构成	优势	劣势	适用场合
4P	麦卡锡（1960）	产品（Product） 价格（Price） 渠道（Place） 促销（Promotion）	1. 可拓展性。科特勒认为：将权力和公共关系纳入其中，就形成了6P理论。在4P的基础上加入人员、设施、过程管理，就是7P理论 2. 无可替代性。其他理论与其是互补关系，绝非替代关系	无差异化，没有考虑到竞争对手的营销策略	大工业生产，卖方市场，以企业为出发点
4C	劳特朋（1990）	消费者（Consumer） 成本（Cost） 便利（Convenience） 沟通（Communication）	以顾客为导向、拉动型营销模式	顾客为外部不可控因素，操作性上较之"4P"理论弱。没有考虑竞争对手的营销策略	个性化、买方市场
4V	吴金明（2001）	差异化（Variation） 功能化（Versatility） 附加价值（Value） 共鸣（Vibration）	强调为顾客提供附加价值并达成情感共鸣	对某些产品和服务不适用	高技术产品与服务不断涌现

续表

组合理论	提出人	具体构成	优势	劣势	适用场合
4R	舒尔兹（2001）	市场反应（Reaction） 顾客关联（Relatvi） 关系营销（Relationship） 利益回报（Retribution）	有利于建立顾客忠诚度、维护顾客关系	以顾客为导向，有可能不可控	个性化、买方市场
11P	科特勒（1986）	产品（Product） 价格（Price） 促销（Promotion） 分销（Place） 政府权力（Power） 公共关系（Public Relations） 调研（Probe） 区隔（Partition） 优先（Priorition） 定位（Position） 员工（People）	"4P""6P""7P"和STP的整合	太复杂，可操作性更弱。有不停地出新书卖新书的嫌疑	个性化、迅速变化的买方市场

资料来源：通过对科特勒《营销管理》及各营销策略组合理论整理而得。

首先是美国密西根大学教授麦卡锡把可控因素归结为4类，即产品（Product）、价格（Price）、渠道（Place）、促销（Promotion）四要素，企业的营销活动就是以适当的产品、适当的价格、适当的渠道和适当的促销手段，将适当的产品和服务投放到特定市场的行为，这就是所谓"4P"理论。

"4C"理论是根据消费者的需求和欲望来生产产品和提供服务，根据顾客的支付能力来进行定价决策，从方便顾客购买及方便为顾客提供服务的角度来设置分销渠道，通过企业同顾客的情感交流、思想融通，使其对企业、产品或服务有更好的理解和认同，以寻求企业同顾客的契合点。

"4R"理论指企业营销活动的目标应该是建立并维护长期顾客关系，而这种关系是建立在顾客忠诚的基础之上。忠诚的顾客不仅重复购买产品或服务，也降低了对价格的敏感性，而且能够为企业带来良好的口碑。

科特勒于1986年提出"11P"组合。这"11P"分别是：产品（Product），包括质量、功能、款式、品牌和包装；价格（Price），指合适的定价，在产品不同的生命周期内制定相应的价格；促销（Promotion），尤其是好的广告；分销（Place），指建立合适的销售渠道；政府权力（Power），指依靠两个国家政府之间的谈判，打开另外一个国家市场的大门，依靠政府人脉，打通各方面的关系；公共关系（Public Relations），指利用新闻宣传媒体的力量，树立对企业有利的形象报道，消除或缓解对企业不利的形象报道；调研（Probe），就是市场调研，通过调研了解市场对某种产品的需求状况以及有什么更具体的要求；区隔（Partition），即市场细分的过程，按影响消费者需求的因素进行分割；优先（Priorition），即选出最合适的目标市场；定位（Position），即为自己生产的产品赋予一定的特色，在消费者心目中形成一定的印象，也就是确立产品竞争优势的过程；员工（People），"只有发现需求，才能满足需求"，这个过程要靠员工实现，因此，企业需要想方设法调动员工的积极性，这里的People不单单指员工，也指顾客，顾客也是企业营销过程的一部分。

"11P"包括大市场营销组合即"6P"组合（产品、价格、促销、分销、政府权力、公共关系），这个"6P"组合被称为市场营销的策略，其确定得是否恰当，取决于市场营销的战略"4P"（依次为市场调研、市场细分、目标市场选择、市场定位），最后一个"P"（员工），贯穿于企业营销活动的全过程，也是实施前面10个"P"的成功保证。

市场营销组合作为现代市场营销理论中的一个重要概念，在其发展过程中，营销组合因素即"P"的数目有增加的趋势，但应当看到，传统的"4P"理论仍然是基础。

以上是对市场营销框架的总结，请据此思考以下问题。

1. 表7.9显示的主要理论均由美国人提出，只有吴金明（2001）提出过"4V"理论。为什么中国人在新理论的提出上贡献不多？

2. 我国人民在管理实践的总结上一点也不落后，比如"一招鲜，吃遍天""人无我有，人有我精，人精我特"等，通俗生动，这些总结语与表中的哪些理论是吻合的？

章末问答题

方太厨电属于高端品牌,用文雅的宋词做广告,针对的是文化素养较高的现代知识女性,所以,虽然植入稍显违和,但广告效果很好。请阅读相关链接7.5和表7.10的内容,回答以下问题。

1. 这三首宋词格律十分严整,应该有专业人士做过精加工,可以说大学中文专业培养的学生以后的就业通道又多了一条。这是这则广告成功之后带来的积极意义,你觉得是这样的吗?

2. 方太厨电宋词广告旨在劝说现代知识女性出得了厅堂,也要进得了厨房。你觉得是这样的吗?

相关链接7.5

方太宋词三部曲广告[①]

如今,一类以文雅语体表达的广告语频繁地出现在消费者的视线中。2016年中秋前夕,高端厨电品牌方太推出了一系列宋词版TVC广告,用古典诗意的语言将现代家务琐事描绘得古色古香、富于韵味,赢得了不少消费者的好感。宋词三部曲"点绛唇""蝶恋花""相见欢"不见得有多好,为方太水槽洗碗机、同温烤箱和油烟机量身定做,意境的代入感觉有些不自然,但画面、拍摄和构图为这三首词加分不少,特别是女主人的温婉娴静,还真是别有一番味道。三组广告中的植入略微有些违和,但是一闪而过的画面并不影响观看,这应该就是方太的聪明之处,把大众的焦点转移到简约、仪式和象征如窗棂、白兔、园艺、月饼以及月色之上,然后重复植入方太的形象,让它的存在渐渐变成了美学的一部分。

吴月燕等(2019)研究发现:企业是使用文雅广告还是通俗广告对消费者

[①] 吴月燕,等. "阳春白雪"还是"下里巴人"——消费者对文雅和通俗广告语体的态度[J]. 南开管理评论,2019,22(1):213-224.

第7章　诗词与广告文案的创作

态度的影响有显著差异。高端品牌使用文雅广告、低端品牌使用通俗广告时，匹配度高，能引发消费者更积极的广告态度和品牌态度。消费者文化素养越高，对广告语体（文雅或通俗）与品牌类型的匹配性感知越强。

表 7.10　方太厨电宋词广告[①]

词牌	词作	推销的产品	植入的广告词	广告效果
点绛唇	金风秋实， 郁郁香秋频频顾。 兰心小蹁，微瑕怎堪入。 飞流纵驰，时光不相误。 斜阳暮，琼浆凝露， 君在归时路。	方太水槽洗碗机： 岂止会洗碗， 还能去果蔬农残	不忍素手洗杯盘， 爱若无缺事事圆。	好
蝶恋花	桂枝新妆芙蓉面。 淡扫娥眉，花颜镜中鉴。 似有雕车待堂前， 却执五味烹家宴。 何惧飞烟染罗衫。 一瀑流云，直上九重涧。 青丝红袖芳如兰， 不负金屋藏落雁。	方太智能油烟机： 四面八方不跑烟	岂容飞烟染罗衫， 爱若无缺事事圆。	好
相见欢	温酒对坐西楼，宴清秋。 玉瓶几度轮转几度休。 月需圆，人需瘦，何处求。 又道今日贪欢明日酬。	方太同温烤箱： 层层处处都同温， 简单烤出不简单	怎堪俗艺敬婵娟， 爱若无缺事事圆。	好

---

① 资料来源于简书。

第 8 章

长诗中蕴含的流程管理思想

本章除了详细介绍如何运用流程管理的思想迅速地背诵长诗《春江花月夜》《长恨歌》和《圆圆曲》外，还展示了编者是如何按照流程管理的思想来创作长诗的。

8.1 我国历史上几首著名的长诗

我国历史上流传下来的几首著名的长诗分别为《木兰辞》（佚名）、《白雪歌送武判官归京》（岑参）、《春江花月夜》（张若虚）、《长恨歌》（白居易）、《琵琶行》（白居易）和《圆圆曲》（吴梅村）。假定以短时间内"背诵出"作为达成目标的标志，那么《白雪歌送武判官归京》虽然称为长诗，但篇幅较短，短时间内背诵不成问题；《木兰辞》和《琵琶行》皆为长篇叙事诗，按故事情节展开，最后夹以议论作结，所以短时间内背诵这两首诗也非难事；《春江花月夜》虽然篇幅不长，但春、江、花、月、夜这五个字循环往复，反复出现，很容易把人绕糊涂了，短时间内背诵这首诗有一定的难度；《长恨歌》篇幅很长，边叙事边抒情，短时间内背诵这首诗有相当的难度；至于《圆圆曲》，则为叙事、议论加抒情的体式，还伴有倒叙和插叙，所以短时间内背诵这首诗就难上加难了。问题是：如果学习者主动运用一些企业管理的法则，会不会很容易达成目标且准确率还能大幅提高呢？答案是肯定的。所以本章分别就如何短时间内背诵出《春江花月夜》《长恨歌》和《圆圆曲》展开讨论。

8.2 流程管理概述

刘新华（2013）认为：流程管理（Business Process Management，BPM），是一种以规范化的构造端到端的卓越业务流程为中心，以持续地提高组织业务绩效为目的的系统化方法。企业的流程按其功能可以区分为业务流程与管理流程，而流程嵌套指的则是流程之间的关联查看与前后置关系。流程管理的目标包括以下五个方面。

①通过精细化管理提高受控程度。
②通过流程的优化提高工作效率。
③通过制度或规范使隐性知识显性化。
④通过流程化管理提高资源合理配置程度。
⑤快速实现管理复制。

流程选择则包括流程梳理、流程优化和流程再造。企业可以通过"取消—合并—重排—简化"四项技术形成对现有组织、工作流程、操作规程以及工作方法等方面的持续改进。

8.3 背长诗学流程管理

我们先以张若虚的《春江花月夜》、白居易的《长恨歌》以及吴梅村的《圆圆曲》为例，来具体说明如何运用流程管理的思想来迅速背诵出这三首长诗。

8.3.1 用流程管理的思想背诵《春江花月夜》

编者仔细观察这首诗，发现张若虚在写作时遵从了这样的逻辑关系：按时间顺序展开——从月升到月落。这首诗共有9节，每节4句，每节押一个韵，不停地换韵。按照时间顺序可将其分为3个子流程：流程1——月亮升起来了；流程2——明月夜中的相思；流程3——月亮落下去了，远方的人儿你归家了吗？见示例8.1。《春江花月夜》这首诗其实不算长，但很容易记混。估计作者也想到了这一点，所以在一些关键的位置上设置了流程触发标志，即上句的末字与下句的首字相同，这叫"顶针格"，如诗中标黑的"人""楼"和"斜"字。当把这首诗按照上述规律再回想一遍的时候，你是不是觉得背诵和记忆的难度降低了许多呢？

示例8.1 《春江花月夜》流程分解

流程1
春江潮水连海平，海上明月共潮生。
滟滟随波千万里，何处春江无月明！　　　　　　　　①
江流宛转绕芳甸，月照花林皆似霰。
空里流霜不觉飞，汀上白沙看不见。　　　　　　　　②
江天一色无纤尘，皎皎空中孤月轮。
江畔何人初见月，江月何年初照人。　　　　　　　　③

流程2
人生代代无穷已，江月年年望相似。
不知江月待何人，但见长江送流水。　　　　　　　　④
白云一片去悠悠，青枫浦上不胜愁。
谁家今夜扁舟子？何处相思明月**楼**？　　　　　　　⑤
可怜**楼**上月徘徊，应照离人妆镜台。
玉户帘中卷不去，捣衣砧上拂还来。　　　　　　　　⑥
此时相望不相闻，愿逐月华流照君。
鸿雁长飞光不度，鱼龙潜跃水成文。　　　　　　　　⑦

流程3
昨夜闲潭梦落花，可怜春半不还家。
江水流春去欲尽，江潭落月复西**斜**。　　　　　　　⑧
斜月沉沉藏海雾，碣石潇湘无限路。
不知乘月几人归，落月摇情满江树。　　　　　　　　⑨

第8章　长诗中蕴含的流程管理思想

8.3.2 用流程管理的思想背诵《长恨歌》

《长恨歌》按故事情节可以划分为以下 11 个时间节点：选美受宠—安史出逃—处死贵妃—伤心巴蜀—胜利回归—物是人非—再寻贵妃—得偿所愿—与使重逢—信物相赠—临别寄词，这就相当于 11 个子流程，见示例 8.2。如果按照流程管理的思想来理解和记忆这首长诗的话，很快就能记住且不易忘记，相当于提高了做事的正确率并缩短了时长，也就是提高了做事的效率，这就是流程管理所追求的目标（刘新华，2013）。所以，窍门就是：分解再分解，按叙事顺序把较长的段落再分成若干小节，即较长的子流程再分成若干三级流程，如流程 1、6 和 9 的再划分。再寻找段与段、句与句之间的连接规律，即寻找子流程之间的触发标记，如标注的黑体字，如此即可很快达成目标。

示例 8.2 《长恨歌》流程分解

流程 1——选美受宠

汉皇重色思倾国，御宇多年求不得。

杨家有女初长成，养在深闺人未识。

天生丽质难自弃，一朝选在君王侧。

回眸一笑百媚生，六宫粉黛无颜色。　　　　　　　　　　（1.1）

春寒赐浴华清池，温泉水滑洗凝脂。

侍儿扶起娇无力，始是新承恩泽时。　　　　　　　　　　（1.2）

云鬓花颜金步摇，芙蓉帐暖度**春宵**。

春宵苦短日高起，从此君王不早朝。　　　　　　　　　　（1.3）

承欢侍宴无闲暇，春从春游夜专夜。

后宫佳丽三千人，三千宠爱在一身。　　　　　　　　　　（1.4）

金屋妆成娇侍夜，玉楼宴罢醉和春。

姊妹弟兄皆列土，可怜光彩生门户。

遂令天下父母心，不重生男重生女。　　　　　　　　　　（1.5）

骊宫高处入青云，仙乐风飘处处闻。

缓歌慢舞凝丝竹,尽日君王看不足。 (1.6)

流程2——安史出逃

渔阳鼙鼓动地来,惊破霓裳羽衣曲。
九重城阙烟尘生,千乘万骑西南行。

流程3——处死贵妃

翠华摇摇行复止,西出都门百余里。
六军不发无奈何,宛转蛾眉马前死。
花钿委地无人收,翠翘金雀玉搔头。
君王掩面救不得,回看血泪相和流。

流程4——伤心巴蜀

黄埃散漫风萧索,云栈萦纡登剑阁。
峨嵋山下少人行,旌旗无光日色薄。
蜀江水碧蜀山青,圣主朝朝暮暮情。
行宫见月伤心色,夜雨闻铃肠断声。

流程5——胜利回归

天旋日转回龙驭,到此踌躇不能去。
马嵬坡下泥土中,不见玉颜空死处。
君臣相顾尽沾衣,东望都门信马归。

流程6——物是人非

归来池苑皆依旧,太液芙蓉未央柳。
芙蓉如面柳如眉,对此如何不泪垂? (6.1)
春风桃李花开日,秋雨梧桐叶落时。
西宫南苑多秋草,落叶满阶浑不扫。
梨园弟子白发新,椒房阿监青娥老。 (6.2)
夕殿萤飞思悄然,孤灯挑尽未成眠。
迟迟钟鼓初长夜,耿耿星河欲曙天。 (6.3)
鸳鸯瓦冷霜华重,翡翠衾寒谁与共?
悠悠生死别经年,魂魄不曾来入梦。 (6.4)

第8章 长诗中蕴含的流程管理思想

流程 7——再寻贵妃

临邛道士鸿都客，能以精诚致魂魄。
为感君王辗转思，遂教方士殷勤觅。
排空驭气奔如电，升天入地求之遍。
上穷碧落下黄泉，两处茫茫皆不见。

流程 8——得偿所愿

忽闻海上有仙山，山在虚无缥缈间。
楼阁玲珑五云起，其中绰约多仙子。
中有一人字太真，雪肤花貌参差是。

流程 9——与使重逢

金阙西厢叩玉扃，转教小玉报双成。
闻道汉家天子使，九华帐里梦魂惊。　　　　　（9.1）
揽衣推枕起徘徊，珠箔银屏迤逦开。
云鬓半偏新睡觉，花冠不整下堂来。
风吹仙袂飘飘举，犹似霓裳羽衣舞。
玉容寂寞泪阑干，梨花一枝春带雨。　　　　　（9.2）
含情凝睇谢君王，一别音容两渺茫。
昭阳殿里恩爱绝，蓬莱宫中日月长。　　　　　（9.3）

流程 10——信物相赠

回头下望人寰处，不见长安见尘雾。
惟将旧物表深情，钿合金钗寄将去。
钗留一股合一扇，钗擘黄金合分钿。
但令心似金钿坚，天上人间会相见。

流程 11——临别寄词

临别殷勤重寄词，词中有誓两心知。
七月七日长生殿，夜半无人私语时。
在天愿作比翼鸟，在地愿为连理枝。
天长地久有时尽，此恨绵绵无绝期。

8.3.3 用流程管理的思想背诵《圆圆曲》

《圆圆曲》的作者是吴梅村，他的长诗自成一体，被称为"梅村体"。这种体式叙事吸取白居易《长恨歌》《琵琶行》等歌行的写法，采藻学习初唐四杰，缤纷绚丽，风情韵致学习温庭筠和李商隐，并融合明代传奇曲折、变化的戏剧性。所以，"梅村体"长诗独具一格，以人物命运浮沉为线索映照兴衰，堪称"一代诗史"。"梅村体"长诗还经常运用追叙、插叙、夹叙等手法，不停地蓄积批判力量，将画龙点睛般的议论穿插于叙事之中，以致精警隽永。所以，《四库提要》论吴梅村诗歌时说："格律本乎四杰，而情韵为深；叙述类乎香山，而风华为胜。"总结起来，就是"风华绮丽"四个字。基于这样的原因，想要短时间内把吴梅村的长诗《圆圆曲》背诵下来是非常难的。但世上无难事，只要敢尝试，本节就介绍一下如何运用流程管理的思想短时间内攻克这个难关。

示例 8.3 是对《圆圆曲》的流程分解。按照长篇叙事诗的顺序，把它分解为 6 个流程，前面 5 个流程都是叙事，最后一个流程是议论。流程 1 叙述吴三桂带领清兵入关，先祭奠崇祯皇帝，再祭奠父亲等亲人，故将其命名为"入关祭君亲"。流程 2 叙述的是吴三桂与陈圆圆初次相逢的场景，比较简单，姑且命名为"吴陈初逢"，这一流程就像电影镜头的闪回，用的是倒叙手法。流程 3 又是进一步的倒叙，插入的是陈圆圆的身世介绍，命名为"圆圆身世"。而陈圆圆的身世较为复杂，她先入宫，未获皇帝恩宠，被退回田弘遇家，再在田家学技艺，倾倒吴三桂，留下后约。所以，流程 3 可进一步划分为"曾经入宫"和"再回田家"两个子流程。流程 4 命名为"身陷义军"，也相当于电影镜头的闪回，是指李自成的军队攻入北京，陈圆圆在吴三桂的父亲吴襄家被索要一事。流程 5 命名为"夺回圆圆"，该流程内容较多，包括吴三桂在战场上迎娶圆圆，以及圆圆旧友听闻后的感慨和陈圆圆随着吴三桂关山漂泊的情形。所以，流程 5 可进一步划分为 3 个子流程，分别命名为"迎娶圆圆""旧友感闻"和"随军漂泊"，其中"旧友感闻"这个子流程属于插叙，还夹叙夹议。流程 6 的议论比较精彩，据说《圆圆曲》流传开来后，吴三桂曾派人送千两黄金给吴梅村，请求他删除"尝闻倾国与倾城，翻使周郎受重名。妻子岂应关大计？英雄无奈是多情。全家白骨成灰土，一代红妆照汗青"这几句诗，吴梅村没有答应。也有说是请求删掉"恸哭六军俱缟素，冲冠一怒为红颜"这一联。除此之外，《圆圆曲》也多次运用顶针格，见示例中标黑的字。经过如此分解之后，相信读者已能明白这首长诗前后的逻辑关系，就不会被插叙、倒叙、夹叙夹议搞得晕头转向了，以后背诵这样复杂的长诗时也不会有畏难情绪了。凡事都是有规律可循的，只要用心观察，把平时所学的企业管理知识显性化，就能事半而功倍。

示例8.3 《圆圆曲》流程分解

流程1——入关祭君亲

鼎湖当日弃人间，破敌收京下玉关。

恸哭六军俱缟素，冲冠一怒为**红颜**。

红颜流落非吾恋，逆贼天亡自荒宴。

电扫黄巾下黑山，哭罢君亲再**相见**。

流程2——吴陈初逢

相见初惊田窦家，侯门歌舞出如花。

许将戚里箜篌伎，等取将军油壁车。

流程3——圆圆身世

流程3.1——曾经入宫

家本姑苏浣花里，圆圆小字娇罗绮。

梦向夫差苑里游，宫娥拥入君王起。

前身合是采莲人，门前一片**横塘**水。

横塘双桨去如飞，何处豪家强载归。

此际岂知非薄命，此时只有泪沾衣。

熏天意气连宫掖，明眸皓齿无人惜。

流程3.2——再回田家

夺归永巷闭良家，教就新声倾**座客**。

座客飞觞红日暮，一曲哀弦向谁诉？

白皙通侯最少年，拣取花枝屡回顾。

早携娇鸟出樊笼，待得银河几时渡？
恨杀军书抵死催，苦留**后**约将人误。

流程 4——身陷义军

相约恩深相见难，一朝蚁贼满长安。
可怜思妇楼头柳，认作天边粉絮看。
遍索绿珠围内第，强呼绛树出雕阑。
若非壮士全师胜，争得**蛾眉**匹马还？

流程 5——夺回圆圆

子流程 5.1——迎娶圆圆

蛾眉马上传呼进，云鬟不整惊魂定。
蜡炬迎来在战场，啼妆满面残红印。
专征箫鼓向秦川，金牛道上车千乘。
斜谷云深起画楼，散关月落开妆镜。

子流程 5.2——旧友感闻

传来消息满江乡，乌桕红经十度霜。
教曲伎师怜尚在，浣纱女伴忆同行。
旧巢共是衔泥燕，飞上枝头变凤凰。
长向樽前悲老大，有人夫婿擅侯王。

子流程 5.3——随军漂泊

当时只受声名累，贵戚名豪竞延致。
一斛珠连万斛愁，关山漂泊腰肢细。
错怨狂风扬落花，无边春色来天地。

流程 6——议论作结

尝闻倾国与倾城，翻使周郎受重名。
妻子岂应关大计？英雄无奈是多情。
全家白骨成灰土，一代红妆照汗青。
君不见馆娃宫起鸳鸯宿，越女如花看不足。
香径尘生鸟自啼，屧廊人去苔空绿。

换羽移宫万里愁,珠歌翠舞古凉州。

为君别唱吴宫曲,汉水东南日夜流。

8.3.4 小结

从示例 8.1、8.2 和 8.3 可以看出:我国古代长诗的写作规律一般为每四句一段,押一个韵,可平可仄,不停地换韵,这就是划分最小子流程的标记。另外,流程触发的标记是顶针格的运用。所谓顶针格,就是上一句出现的某些字词再在下一句重复一遍,避免记忆中断,也使整个段落内句与句之间连接更加流畅,读起来有一气呵成之感。概括来说,就是行动开始前仔细观察、用心琢磨,再进行流程分解,然后按分解后的流程重新执行。经过这样的处理后,则看似很大甚至难以完成的任务,都可以快捷、高效地完成。

8.4 按流程管理的思想创作长诗

编者曾按照流程管理的思想创作过一首长诗,名为《金陵导游诗》,如示例 8.4 所示。这首诗可以起到导游的作用,因为全诗是按南京城所经历的朝代更迭顺序展开的,同时将其主要旅游景点嵌入诗中,包括方山(亦称天印山)、秦淮河、石头城、乌衣巷、朱雀桥、紫金山、玄武湖、玄武门、郭璞墩、燕子矶、雨花台、江南贡院、中山陵、明孝陵、灵谷塔、莫愁湖和荣宁二街。客观地说,这首长诗系编者的第一次尝试,未免有押韵、格律不完全符合要求及"措词欠雅"的地方。所谓"措词欠雅",据《红楼梦》中林黛玉的看法即是:有不少地方套用了前人的习语。

示例 8.4 《金陵导游诗》

1

天遗方印在建康,祖龙见说心自慌。

遣凿秦淮入扬子,十朝立都尽国殇。

2
石头城本鬼脸城，东吴孙氏据此兴。
空城寂寞故国在，淮水周遭旧月明。

3
乌衣巷口朱雀桥，王谢二族随烟消。
草木风声俱往矣，可怜飞絮入蓬蒿。

4
紫金山下玄武湖，玄武门前荒草枯。
知天知地知兴替，衣冠空冢是郭璞。

5
燕子飞向雨花台，累累白骨动地哀。
每逢城破旗帜改，皆叹刘公济世才。

6
秦淮河畔夫子庙，脂粉裙钗殉南朝。
江南贡院不科考，桨声灯影试比高。

7
中山陵接明孝陵，灵谷塔中寄英灵。
山川灵秀钟于是，只为豪杰作坟茔！

8
长治长安总难求，一江春水向东流。
莫愁女也长嗟惋，荣宁二街正晚秋。

思政课堂

在百度上输入"流程再造是谁提出的"，AI 的回答如相关链接 8.1 的上半部分。再输入"迈克尔·哈默和詹姆斯·钱皮简介"，AI 的回答如相关链接 8.1 的下半部分。可以看出，这两位流程再造理论的提出者都有在咨询公司工作的经历。这一现象对我国管理学科的发展有什么启示？

第8章 长诗中蕴含的流程管理思想

相关链接 8.1

流程再造与迈克尔·哈默和詹姆斯·钱皮

流程再造理论是由美国的迈克尔·哈默和詹姆斯·钱皮提出的。这一理论在 20 世纪 90 年代达到了全盛时期，成为一种重要的管理思想。流程再造，也被称为流程设置再造，是一种企业活动，旨在从根本上去重新分析和设计企业的程序，并管理相关的企业变革，以追求绩效的显著提升，从而使企业实现巨大的成长。这一理论强调选定对企业经营极为重要的企业程序进行重新规划，以提高营运效果，特别是在成本、品质、对外服务和时效上达到重大改进。流程再造的核心理念是面向顾客满意度，通过业务流程的重新思考和彻底改革，实现组织目标的最佳工作流程，实现技术、人员之间的动态均衡。

迈克尔·哈默是美国著名的管理学家，在 IBM 担任过软件工程师，还在麻省理工学院计算机专业担任过教授，并且是 Index Consulting 集团的 PRISM 项目负责人。1993 年，他与詹姆斯·钱皮合著的《企业再造》成为国际畅销书，发展了再造理论，普及了这一思想。迈克尔·哈默的再造理论也被译为"公司再造""再造工程"，在西方国家被称为"从毛毛虫变蝴蝶"的革命。他的理论和实践在全球刮起一股再造旋风，到 1995 年，有关公司再造工程的咨询业务总额高达 500 亿美元。

詹姆斯·钱皮是公认的研究业务重组、组织变革和企业复兴等管理问题的世界权威，曾经担任过 CSC 咨询集团的总裁，是 CSC Index 国际管理咨询公司的创始人之一，后在佩罗系统顾问公司担任董事长，并在 PBS 商务频道主持节目，同时给《福布斯》《销售与营销管理》等杂志撰写专栏文章。他与迈克尔·哈默合著的《企业再造》一书，迄今为止已经售出 200 万册，并于 1995 年被《商业周刊》评为最畅销的商业类图书之一。

诗词管理学

? 章末问答题

1. 背诵《木兰辞》，总结一下迅速背诵时所使用的流程管理工具有哪些。

2. 背诵《白雪歌送武判官归京》，看看该诗有没有设置流程触发的标记，并一一标注出来。

3. 背诵下面所列的《琵琶行》一诗，回答以下问题：①从分解的方式来看，是业务流程管理还是管理流程管理？②达成了什么目标？③使用了何种流程优化技巧？

《琵琶行》

浔阳江头夜送客，枫叶荻花秋瑟瑟。
主人下马客在船，举酒欲饮无管弦。
醉不成欢惨将别，别时茫茫江浸月。

忽闻水上琵琶声，主人忘归客不发。
寻声暗问弹者谁，琵琶声停欲语迟。
移船相近邀相见，添酒回灯重开宴。

千呼万唤始出来，犹抱琵琶半遮面。
转轴拨弦三两声，未成曲调先有情。
弦弦掩抑声声思，似诉平生不得志。
低眉信手续续弹，说尽心中无限事。
轻拢慢捻抹复挑，初为霓裳后六幺。
大弦嘈嘈如急雨，小弦切切如私语。
嘈嘈切切错杂弹，大珠小珠落玉盘。
间关莺语花底滑，幽咽泉流冰下难。
冰泉冷涩弦凝绝，凝绝不通声暂歇。

第8章 长诗中蕴含的流程管理思想

别有幽愁暗恨生，此时无声胜有声。
银瓶乍破水浆迸，铁骑突出刀枪鸣。
曲终收拨当心画，四弦一声如裂帛。
东船西舫悄无言，唯见江心秋月白。

沉吟放拨插弦中，整顿衣裳起敛容。
自言本是京城女，家在虾蟆陵下住。
十三学得琵琶成，名属教坊第一部。
曲罢曾教善才服，妆成每被秋娘妒。
五陵年少争缠头，一曲红绡不知数。
钿头银篦击节碎，血色罗裙翻酒污。
今年欢笑复明年，秋月春风等闲度。

弟走从军阿姨死，暮去朝来颜色故。
门前冷落鞍马稀，老大嫁作商人妇。
商人重利轻别离，前月浮梁买茶去。
去来江口守空船，绕船月明江水寒。
夜深忽梦少年事，梦啼妆泪红阑干。

我闻琵琶已叹息，又闻此语重唧唧。
同是天涯沦落人，相逢何必曾相识！

我从去年辞帝京，谪居卧病浔阳城。
浔阳地僻无音乐，终岁不闻丝竹声。
住近湓江地低湿，黄芦苦竹绕宅生。
其间旦暮闻何物？杜鹃啼血猿哀鸣。
春江花朝秋月夜，往往取酒还独倾。
岂无山歌与村笛？呕哑嘲哳难为听。

今夜闻君琵琶语，如听仙乐耳暂明。
莫辞更坐弹一曲，为君翻作琵琶行。

感我此言良久立，却坐促弦弦转急。
凄凄不似向前声，满座重闻皆掩泣。
座中泣下谁最多？江州司马青衫湿。

4. "梅村体"叙事诗把古代叙事诗推至新的高峰，对当时和后来的叙事诗创作具有很大的影响。试问，"梅村体"长诗有何突出特点？

第 9 章

诗词与领导力和团队建设

提及西方管理理论的演变，简直可以称之为"管理理论的丛林"。本章首先介绍了管理与领导的区别，管理者与领导者的区别，领导能力与领导力的区别，激励理论，领导特质理论，授权与分权，团队建设理论等并对管理体系进行了总结，然后嫁接诗词对中国历史上最高管理者错配现象进行分析，对管理幅度确立不当和授权不当的案例进行分析以吸取教训，最后介绍了中国历史上几个成功的团队建设范例。

9.1 管理理论的丛林

9.1.1 管理与领导的区别

法约尔在《工业管理与一般管理》一书中提出了管理的五大基本职能：计划、组织、指挥、协调和控制。简化为四项职能：计划、组织、领导和控制。德鲁克（1985）认为：有效领导应能完成管理的职能。斯蒂芬·罗宾斯（2008）认为：领导就是影响一个群体实现目标的能力。郝旭光（2011）认为：领导是一种能影响一个群体实现愿景或目标的能力。郝旭光教授总结领导和管理的区别就是：管理的职能比领导宽泛，领导是管理的主要职能之一；管理的对象可以是人、财、物，领导的对象只能是人；领导的主要作用是做正确的事，管理强调的是正确地做事；领导重在影响和引导，管理重在协调和控制；领导是一门艺术，管理更像是一门科学。具体见相关链接9.1。

第9章　诗词与领导力和团队建设

📑 **相关链接 9.1**

管理与领导的比较（郝旭光）[①]

管理，在组织行为学课程中给出了经典的定义，就是与别人一起或通过别人实现组织目标的过程；通过计划、组织、指挥、控制等，调度组织内外人、财、物资源，以实现组织目标的过程。领导，是不基于职位影响一群人实现共同目标的能力、行为和过程。领导力之父沃伦·本尼斯教授指出：领导和管理的区别在于是否基于职位。基于职位的一定是管理者，而不基于职位的是领导者，不是一定不基于职位，而是不一定基于职位。管理重在协调和控制，领导重在影响和引导。管理是用管理者所能给被管理者带来的需要满足，去交换被管理者的一直努力，领导者是给予追随者以希望和价值，让追随者做有利于实现共同目标应该做的事。管理处理的问题是计划、组织、指导、控制，而领导处理的问题是变革、鼓舞、激励、影响。管理是处理复杂事物，领导是应对变化。实践中管理者应该是领导者，有领导力。理想的状况应该是，领导者也是管理者。在工作中，管理者在各个层次都应该进行领导。世界著名的领导力大师、哈佛大学商学院终身教授约翰·科特认为：管理决定组织的下限，领导力决定组织的上限。管理、领导不能偏废。科特另外的研究结论认为，取得成功的方法是75%~80%靠领导，其余20%~25%靠管理，而不能反过来。

9.1.2 管理者与领导者的区别、领导能力与领导力

郝旭光（2011）认为：管理者最主要的职责就是理解目标，分解目标，分配任务，督促下属高效、低耗、无偏地完成任务。领导者最主要的职责就是确定企业愿景和战略，选用合适的人才，打造企业文化，引领下属朝着既定目标前进。领导者需要影响和引导下属的能力、远见和洞察力、人格魅力，而不是管理水平。管理者使用位置权力，领导者不一定使用位置权力，更多地是基于非位置权力来影响追随者。企业发展最重要的事情是战略、文化和人才培养。

---
① 资料来源于山东社会科学网。

郝旭光还认为：一个很好的管理者，却未必是一个很好的领导者。如果企业的战略方向都是错的，再好的管理也无济于事。企业家的首要职责是当好领导者。如果把自己的主责放在管理上，那就犯了根本性的错误。

领导能力关注的是领导者个人的技能和知识，而领导力则更侧重于领导者如何通过自己的行为和决策来影响和激励团队，实现组织目标。关于领导能力与领导力的界定，郝旭光的观点如相关链接9.2所示。

相关链接 9.2

领导力，既是能力，又是行为，还是过程——领导力的逻辑、内容与边界（郝旭光）[①]

领导力是不基于职位影响一群人实现共同目标的能力、行为和过程。领导力，既是能力，又是行为，还是过程。领导者应该具有哪些基本的特质、技能、品性才能影响一群人？这是领导特质理论。在不同的下属及情境下，领导需要采用不同的领导方法。这是领导权变理论。

对领导力的进一步研究发现，不基于职位影响一群人实现共同目标的领导力，应该包括交易型领导、变革型领导、魅力型领导、战略型领导、包容型领导、服务型领导、伦理型领导、诚信型领导、精神型领导、道德型领导、共享型领导、授权型领导、分布式领导、愿景型领导。其他领导类型有柔性领导、隐性领导、家长式领导、谦卑型领导，以及最新的领导类型如平台型领导。

领导就是不基于职位影响一群人在团体利益的框架之内去实现个人利益的能力、行为和过程。信任、信赖、信服、成全、成长、成就，是领导力的本质。领导力的内涵，就是领导的特质、行为和权变三大内容的结合。领导的本质就是组织成员的追随与服从，是一种非职务影响力。

---

① 资料来源于中工网。

9.1.3 激励理论

美国心理学家马斯洛于1954年出版的代表作《动机与个性》中,认为动机是由多种不同性质的需要所组成的,并将需要分为五个层次,即生理需要(如住房)、安全需要(如岗位稳定)、社交需要(接纳和归属感)、尊重需要(如职称晋升)和自我实现需要(自我潜能的挖掘和发挥)。马斯洛认为,人的需要动机是从低到高逐步上升的动态过程(见图9.1),当某一特定的需要未被满足时,这种需要就会在意识中占据主导地位,并形成激励。低层次的需要得到满足时,就会出现高层次的需要。得到满足的需要不会因为高一层级的需要的出现而消失,它依然存在,只是对行为的影响在逐渐减弱。在同一时期内对于同一人来说,可能同时存在几种需要,但只有一种需要占据主导和支配地位。低层次的需要没有得到满足,高层次的需要对人的激励作用就会受到影响。

继马斯洛提出需求层次理论后,奥尔德福又提出了著名的ERG理论。奥尔德福认为人们共存在三种核心需要:生存需要(Existence)、关系需要(Relatedness)和发展需要(Growth)。生存需要即生理和安全需要;关系需要即社交和尊重需要;发展需要即尊重和自我实现需要。除了用三分类代替马斯洛的五分类外,ERG理论还提出:人在同一时间可能多种需要共同起作用,如果较高层次的需要没有得到满足,那么较低层次的需要就会变得更强烈。这就是"受挫—回归"的思想。所以,奥尔德福的需求层次理论比马斯洛的更进了一步。其后,赫茨伯格又提出了著名的"激励—保健"理论。在赫茨伯格之后,还涌现出各种各样的激励理论,因此可称之为"激励理论的丛林"。

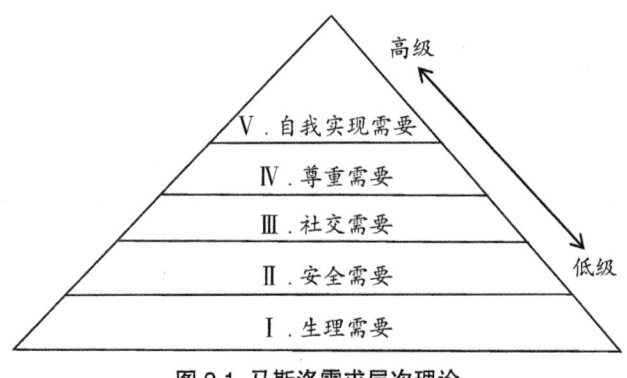

图9.1 马斯洛需求层次理论

9.1.4 领导特质理论、领导的分类和权力的来源

美国心理学家吉普认为：天才的领导者应当具备七个基本条件，即善言、外表英俊潇洒、智力过人、具有自信心、心理健康、有支配他人的倾向、外向而敏感。斯托格蒂尔认为：领导者的先天特质应当具有更多的条件。巴纳德归纳了成功领导者必备的五种特质：活力和耐力、说服力、决策力、责任心、智力能力。鲍莫尔认为一个领导者应当具备合作精神、决策才能和组织能力等10项条件。关于成功的领导者应当具备哪些特质，还有更多的理论和主张，所以也可称之为"领导特质理论的丛林"。需要说明的是，特质可以更好地预测领导者和领导能力的出现，但具备某些特质不一定能成就成功的领导者（王文学，2012）。

比较常见的领导分类将其分为魅力型领导、交易型领导和变革型领导。学术界尤其重视和关注魅力型领导。魅力型领导是指通过那些个人能力的力量对追随者们产生深刻和非凡影响倾向的个体。具备领袖魅力的领导与下属的高绩效、高满意度之间呈现显著的正相关性（斯蒂芬·罗宾斯，2008）。

在挑战传统领导模式的研究中，最为激进的一类观点认为领导力是一个自下而上的动态交互过程，领导者只是扮演着象征的甚至可以被替代的角色（阿沃利奥等，2009）。郝旭光（2016）认为领导是一个影响他人为实现目标而持续努力的过程或活动。更为贴近知识经济时代实践的观点应是领导力仍然是一个自上而下的等级式过程，但领导者不再把自己当成金字塔的最高点。不同领导类型的构念与互动方式比较，如表9.1所示。章璐璐、杨付、古银华（2016）发现包容型领导的核心是以员工为中心，关注和满足不同下属的需求、倾听下属的观点、认可下属的贡献，达到激发下属潜能与活力的目的，最终实现组织绩效持续增长，其构念维度包括开放性、有效性和易接近性。郝旭光（2016）还提出了平台型领导的分类。平台型领导构念与其他领导类型确实存在不同之处。第一，平台型领导同时关注领导、下属和组织的利益，"平台打造"和"平台优化"是平台型领导中最具特色的内容。第二，平台型领导强调以"包容"和"互相成全、共同成长"的方式来处理与下属的关系，不仅注重员工潜能的激发，也注重领导者自身潜能的激发。第三，平台型领导并不否认领导者"个人

魅力"以及"变革规划"能力的重要性，但并不像传统领导理论那样将其视为影响下属、推动组织的最主要方式，而是将其视为平台型领导实践的必要条件。平台型领导是一个多维度的复杂构思，由包容、个人魅力、变革规划、平台搭建、平台优化和共同成长这6个维度构成。包容型领导、谦卑型领导和公仆型领导这3类与平台型领导具有相近的自下而上的领导方式（郝旭光等，2021）。

表9.1 不同领导类型的构念与互动方式比较[①]

领导类型	构念维度	领导与下属互动方式
变革型领导	领导魅力、感召力、智力激发和个性化关怀	自上而下
魅力型领导	领导魅力、愿景、对目标的坚定信念以及变革	自上而下
战略型领导	预测组织未来发展方向、描绘组织愿景、保持组织灵活性并通过合作发动组织变革的个人能力	自上而下
平台型领导	包容、个人魅力、变革规划、平台搭建、平台优化和共同成长	自下而上
包容型领导	开放性、有效性、易接近性	自下而上
谦卑型领导	谦卑、坦承自身的不足或错误、欣赏下属的优点与贡献、谦虚学习	自下而上
公仆型领导	谦逊、真实可靠，领导者与员工建立友好关系、授权、帮助员工发展和成功、把员工的利益放在首位	自下而上

通常认为，权力是个人、团队或者组织拥有的影响他人的能力，权力不是改变他人态度或行为的一种举动，而仅仅是潜在的行为。早在1959年，约翰·弗伦奇和伯特伦·雷文就总结出权力的五种来源：法定性、强制性、奖赏性、专家性和参照性。前三种权力基础来自当权者的地位，即由于个人在组织中被分配权威或角色而获得的这些权力。后两种权力则来自当权者自身的特质。

[①] 郝旭光，等.平台型领导：多维度结构、测量与创新行为影响验证[J].管理世界，2021（1）：186-199+216+12.

影响他人的策略包括：理性说服、调动感情、咨询、奉承、交换、利用个人感情、结盟、合法化、压力和寻求上级支持等（郝旭光，2011）。

9.1.5 群体、团队、团队类型和影响团队有效性的因素

斯蒂芬·罗宾斯（2008）认为，群体是指为了实现特定目标，两个或两个以上相互作用、相互依赖的个体组合而成的集合体。团队则不同，它通过成员的共同努力能够产生积极的协同作用，团队成员努力的结果使团队绩效远远大于个体绩效之和（周三多、陈传明，2018）。郝旭光（2011）介绍，团队的类型有问题解决团队、自我管理团队、交叉功能团队和虚拟团队等，还可分为功能性团队、自我管理团队和跨职能团队。影响团队有效性的因素包括：共同目的、信任的氛围、能力或技能多样性、人格特点、角色及多样化等。关于如何建立高效的团队，以下几条是必要的：制定清晰的目标、拥有相关技能、具备相互间的信任、实现良好的沟通、进行恰当的领导等。优秀的团队领导往往担任的是教练的角色。

9.2 管理者错配

叶志桂于 2023 年 9 月 13 日在《企业管理》杂志发文专门讨论管理者错配问题，题目为《警惕管理者错配》，认为组织运行中最重要的事情就是让真正有能力的人担任组织的领导，管理者错配会引起能力错配和任务错配。该文将管理者错配分为两大类：灰色利益类错配和管理者角色错位。前者主要涉及在组织选配管理者的过程中首选的不是德才兼备的人，而是"局内人"或"自己人"。管理者角色错位则是指管理者未能履行其应有的职责，导致团队工作效率降低。蒋小华于 2023 年 11 月 13 日专门讨论了管理错位的问题，其文章的题目是《公司最大的浪费，是管理错位，看看你公司中了几条？》。文中指出：企业最大的浪费，不是材料的浪费，也不是设备的浪费，而是人力的浪费。企业管理者常患的 7 种角色错位是：向上错位、做本部门的民意代表、痴迷专业（如宋徽宗、南唐后主李煜）、做排球场上的"自由人"、"事必躬亲"、做"老好人"和官僚主义。

9.3 授权与分权

德国社会学家韦伯在20世纪初创立了关于大规模组织的结构与管理的理论，也称科层制，意即随着组织的发展和壮大，就要授权和分权。特别不善于授权和分权，本应充当领导者的角色，却变成了管理者或执行者，就是不善于发现人才、利用团队的表现。

《企业最有价值的四种人才，你是哪一种？》（何加盐，2020）一文认为，企业发展所需的四种人才是：领导者、管理者、参谋和执行者（见图9.2）。参谋者要有足够高的站位和研究水平，才能提出高明的建议以供决策参考。领导者也可兼任参谋，现代公司的战略委员会和顾问委员会以及咨询公司充当的就是参谋者的角色。执行者执行领导者和管理者的指示，最需要的是理解力和执行力。执行者又分"工蚁型的执行者"和"猛虎型的执行者"。

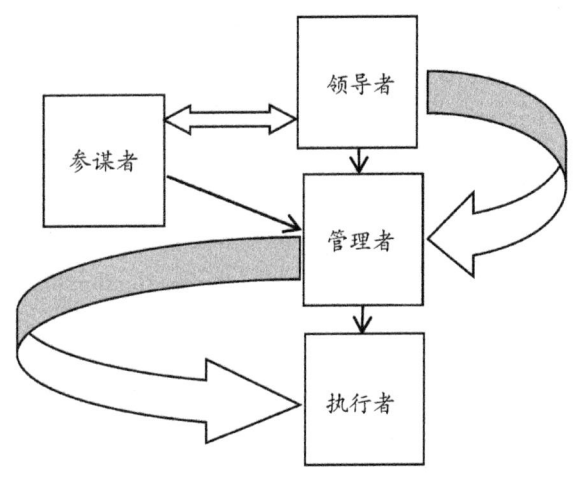

图 9.2　企业四种人才及相互关系

授权和分权时还要确立合适的管理幅度。所谓管理幅度，又称管理宽度，是指在一个组织结构中，管理人员所能直接管理或控制的部属数目。这个定义是由法国管理学家格兰丘纳斯在1933年提出的。他还提出了一个计算管理幅度的著名公式，在世界各国管理学理论界影响颇大。管理幅度确立的下属数目是有限的，当超过这个限度时，管理的效率就会随之下降。因此，主管人员要想有效地领导下属，就必须认真考虑究竟能直接管辖多少下属的问题，即管理的幅度问题。最早提出管理幅度概念的是英国将军汉密尔顿，他在第一次世界大战时，根据军事组织的历史得出结论，认为适当的管理幅度应在 3~6 人之间，而且管理层次越高，管理幅度应越小，这样才能很好地施展管理者的管理才能。

9.4 管理体系

人的心理与行为固然千变万化，难以科学把握，但也是有规律可循的。综上，大致可总结出管理体系如图 9.3 所示，其中黑体部分就是编者认为最重要的，包括"管自己"中的"角色定位"，"管别人"中的"团队建设与管理""激励""有效授权和分权""领导力"。

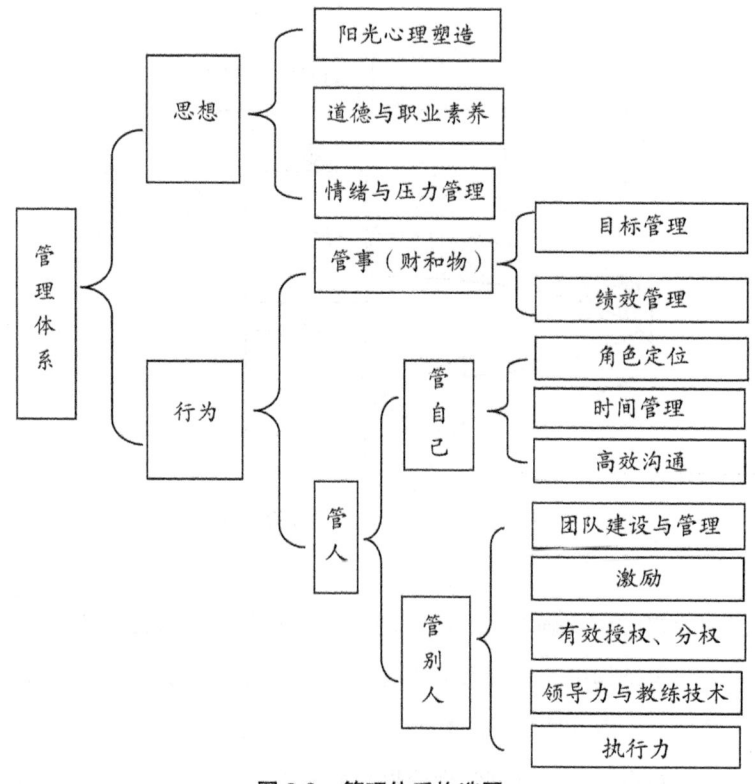

图 9.3 管理体系构造图

9.5 诗词与领导力

9.5.1 历代汉族亡国之君的错配

在封建时代，皇帝的选拔一般是按照血缘关系的远近来取舍的。继承人一般都是与当权者最亲近的人，如儿子或兄弟，即按照嫡长子继承制或者兄终弟及的原则来确定。商纣王因为母亲是帝后，以嫡子身份继承帝位；陈后主属于嫡长子继位；明崇祯帝是按照兄终弟及的原则继位。当然也有例外的情形。秦二世、汉献帝与唐僖宗皆因强臣或宦官扶持上位；隋炀帝属于阴谋夺取帝位，非嫡长子继位；南唐后主和宋徽宗原本无缘帝位，却侥幸得位。但左右也都没有超出皇家血统。这样就导致才能或德行经常与职位不匹配，非有德有才者居之，也就是领导者的特质与职位不相符，最严重的后果就是导致国家灭亡。其中残暴不仁者有商纣王与秦二世；穷奢极欲者有商纣王、陈后主、隋炀帝和宋徽宗；心胸狭隘、疑忌太过者有明崇祯帝。崇祯帝虽然勤于政事，生活节俭，不贪恋女色，且勇于承认错误，曾六下罪己诏，但据统计，他在位17年，更换内阁大学士50多人，而整个明朝二百多年内内阁大学士总数才有160多人，约占了三分之一。还更换了19任内阁首辅，相当于平均每年至少换一次首辅大臣，这样势必导致朝令夕改。这表明崇祯帝既无识人之明，又无用人之量，更无容人之量，在识人、辨人和用人上存在严重的问题。这就是在皇位继承人的选择上由于灰色利益类错配所造成的不良后果。表9.2中只有汉献帝的特质与帝位相符，可惜遇上曹操和曹丕这样的父子强臣，最后也只能禅让帝位。

从表9.2中还可以看出另一类错配，就是管理者角色错位。管理者角色错位指的是组织内某个层级的管理者不做或者不完全做自己层级或岗位要求内的事。无论是在其位不谋其政，还是不在其位也谋其政，都是管理者角色错位的表现。只有在其位也谋其政才不会发生角色错位。比如陈后主、隋炀帝、南唐后主、宋徽宗皆痴迷于某项或几项专业爱好，如诗词、绘画、书法和音乐等，作为国家的最高领导者，却热衷于做翰林学士、书画院负责人应做的工作，就属于管理者角色向下错位。至于唐僖宗喜欢打马球，那就属于玩物丧志了，最高领导去做体育部门负责人的事，显然也是管理者角色错位。

"以史为鉴，可以知兴替；以人为鉴，可以知得失。"领导者到底应该具备什么样的特质才能成为成功的领导者，学术界众说纷纭。编者独辟蹊径，选择从反面进行研究，即总结不适合做领导及易于失败的特点。如表9.2所示，隋炀帝轻浮、好色，宋徽宗、陈后主和南唐后主皆奢侈、风流、艺术家气质过于浓厚，崇祯帝冷酷、对大臣无信任感等，都是造就失败的领导者的特质。这里特别值得一提的是隋炀帝。中国历史上的皇帝，能诌几句诗的很多，如汉代开国皇帝刘邦，他创作的《大风歌》，谱上曲后演唱出来还是气势恢弘的。其后的汉武帝刘彻，也写过《秋风辞》，列示如下。全诗文辞优美，清新明丽，乐后悲秋，感叹韶华易逝，老之将至，真挚感人，不愧为悲秋名作。至于清代的乾隆皇帝，写起诗来没完没了，平生作诗四万多首，论作诗数量，就连最高产的诗人陆游也不能与之相比。但这些作诗的皇帝，都是把作诗看成副业，在心态和思维方式上依旧是最高管理者或领导者。而与他们相比，隋炀帝堪称"另类"，所以，下一节会专门讨论他的诗歌创作及后世为何对其评价很差。

《秋风辞》

秋风起兮白云飞，草木黄落兮雁南归。

兰有秀兮菊有芳，怀佳人兮不能忘。

泛楼船兮济汾河，横中流兮扬素波。

箫鼓鸣兮发棹歌，欢乐极兮哀情多。少壮几时兮奈老何！

表9.2 历代汉族亡国之君的角色错配

人物	领导力	艺术才能	政绩/后果	过失/特质	适合的角色
商纣王帝辛	差	一般	国家灭亡	智力与武力过人、荒淫、暴虐、刚愎自用	没有
秦二世胡亥	差	一般	国家灭亡	荒淫、无知、臣强主弱	没有
汉献帝刘协	较强	一般	禅让帝位	智力过人、臣强主弱	皇帝

续表

人物	领导力	艺术才能	政绩/后果	过失/特质	适合的角色
陈后主陈叔宝	差	较高	国家灭亡	好色、荒淫、爱排演合唱	翰林学士
唐僖宗李儇	较差	一般	导致国家几近灭亡	爱好打马球、委过于人	体育部门负责人
隋炀帝杨广	强	很高	开凿大运河、开创科举制度/国家灭亡	好色、荒淫、爱好游玩、不惜民力	翰林学士
南唐后主李煜	差	很高	国家灭亡	好色、荒淫、无识人之明	翰林学士
宋徽宗赵佶	差	很高	北宋灭亡	好色、荒淫、不惜民力（如花石纲）	书画院负责人
明崇祯帝朱由检	差	一般	国家灭亡	勤政、节俭/多疑、躁刻，屠戮功臣（诛杀袁崇焕）	没有

9.5.2 隋炀帝的诗歌创作及后世评价

《隋书》上说隋炀帝杨广"好学，善属文"，描述十分准确，隋炀帝的确很有文采，他曾经说过，就是与士大夫比才学，自己也应该是"皇帝"。所以，他的诗作流传到现在的有44首之多。闻一多先生曾经说过，张若虚的《春江花月夜》是唐诗创作的顶峰，是顶峰上的顶峰，孤篇压全唐。但很少有人知道，最早创作《春江花月夜》的是隋炀帝，其中"流波将月去，潮水带星来"一联，不但有气势，动词也用得很好。这首《春江花月夜》，艺术水准很高。再看他的《野望诗》，点是寒鸦，线是流水，面是孤村，点线面皆备；斜阳是金黄色，乌鸦是黑色，水是白色，村是灰色，色彩描足。不用多说，一个旅人的孤单和无所依托就展露无遗，让读者充分感受到了绚丽中的伤情。秦观的《满庭芳》词就曾引用过该诗，"斜阳外，寒鸦数点，流水绕孤村"；马致远的散曲《天净沙·秋思》引用就更直接了。所以，隋炀帝的这首《野望诗》堪称"高被引"诗作，其艺术水准之高可见一斑。

《春江花月夜》
暮江平不动，春花满正开。
流波将月去，潮水带星来。

《野望诗》
寒鸦飞数点，流水绕孤村。
斜阳欲落处，一望黯销魂。

下面再看他的《水调歌》，"户外碧潭春洗马，楼前红烛夜迎人"一联，后世模仿和引用者不少，且都是名家。如韩翃的《赠李翼》，几乎一字不改，原封不动搬过来。晏几道的《浣溪沙》词，只易几字，陆游却评价说"此联气格过于本句"。所以，隋炀帝的这首《水调歌》也是"高被引"诗作。

《水调歌》[隋炀帝]
王孙别上绿珠轮，不美名公乐此身。
户外碧潭春洗马，楼前红烛夜迎人。

《赠李翼》[韩翃]
王孙别舍拥朱轮，不美空名乐此身。
门外碧潭春洗马，楼前红烛夜迎人。

《浣溪沙》[晏几道]
家近旗亭酒易酤，花时长得醉工夫。伴人歌扇懒妆梳。
户外绿杨春系马，床头红烛夜呼卢。相逢还解有情无。

除此以外，隋炀帝还创作有《晚春诗》《夏日临江诗》和《江都宫乐歌》，诗中对描绘颜色的字的运用之妙可谓极致。如《晚春诗》中"杨叶行将暗"一句，一个"暗"字，描述实在准确。晚春夏初之际，树叶确是由新绿转为暗青，可见其观察事物是何等的细致入微。这样搞创作，完全是职业诗人的心态。再如《夏日临江诗》，"鹭飞林外白，莲开水上红"一联，颜色对比鲜明，让人有赏心悦目之感。"初唐四杰"之一的王勃有一首《早春野望》诗："江旷春潮白，山长晓岫青。他乡临睨极，花柳映边亭"。其中"白"与"青"的运用，很有可能是受了其诗的启发。

《晚春诗》

洛阳春稍晚，四望满春晖。
杨叶行将**暗**，桃花落未稀。
窥檐燕争入，穿林鸟乱飞。
唯当关塞者，溽露方沾衣。

《夏日临江诗》

夏潭荫修竹，高岸坐长枫。
日落沧江静，云散远山空。
鹭飞林外**白**，莲开水上**红**。
逍遥有余兴，怅望情不终。

《江都宫乐歌》

扬州旧处可淹留，台榭高明复好游。
风亭芳树迎早夏，长皋麦陇送余秋。
渌潭桂楫浮**青**雀，果下**金**鞍跃**紫**骝。
绿觞**素**蚁流霞饮，长袖清歌乐戏州。

隋炀帝还涉及一桩诗坛公案，就是诗人薛道衡之死。薛道衡的《昔昔盐》有"暗牖悬蛛网，空梁落燕泥"一联，用来形容人去楼空、好景不长的景况，传诵一时。后来薛道衡因为被隋炀帝诛杀的高颎鸣屈而下狱。据《隋唐嘉话》载，隋炀帝大业五年（609年），薛道衡将要被处死时，隋炀帝问他："更能作'空梁落燕泥'语否？"因此，后世传说隋炀帝是因"不喜人出其右"将其处死的。但这件事应是传言，因为没有任何正史记载过。再说隋炀帝写诗的才能很高，没必要追求时时处处都超过他人。

隋炀帝堪称"千古一帝"，他至少在三个领域里有不同寻常的建树：开凿沟通南北的大运河；首创科举；写出了中国诗歌史上少见的佳篇。但他劳民伤财、滥用民力、喜好游乐也是铁的事实，在其统治期间，对资源的配置和使用都超过了极限。当然，大运河工程是一项罪在当代、功在千秋的工程。晚唐诗人皮日休对此有很公正的评价，为他写的翻案诗《汴河怀古》中，认为如果没有下江都游乐之事的话，仅就开通大运河而言，隋炀帝的功劳不次于治水的大禹。另一位晚唐诗人李益则在《汴河曲》一诗中对隋因开凿大运河致使民力衰竭而亡国表示惋惜，不胜唏嘘。

《汴河怀古》[皮日休]
尽道隋亡为此河，至今千里赖通波。
若无水殿龙舟事，共禹论功不较多。

《汴河曲》[李益]
汴水东流无限春，隋家宫阙已成尘。
行人莫上长堤望，风起杨花愁煞人。

9.6 《长恨歌》中的管理幅度

白居易的长诗《长恨歌》中蕴含着丰富的管理智慧，除上一章提到的流程管理思想外，还有管理的幅度确定不当及因管理的幅度太窄引发的危机管理问题。

《长恨歌》中有云："云鬓花颜金步摇，芙蓉帐暖度春宵。春宵苦短日高起，

第9章 诗词与领导力和团队建设

从此君王不早朝"。唐玄宗李隆基是如此的迷恋杨贵妃，导致其不再上早朝了。从管理的幅度来讲，就是太窄了，为0。这样下去，不发生"安史之乱"才怪呢！管理就是计划、组织、领导和控制，完全失控，就谈不上管理了。

《长恨歌》还充分展示了唐玄宗缺乏危机意识，不善于危机管理的一面。例如："骊宫高处入青云，仙乐风飘处处闻。缓歌慢舞凝丝竹，尽日君王看不足。"太平时期一派歌舞升平的景象。再如："渔阳鼙鼓动地来，惊破霓裳羽衣曲。九重城阙烟尘生，千乘万骑西南行。"危机一旦爆发，就选择仓皇出逃，毫无应对之策。又如："翠华摇摇行复止，西出都门百余里。六军不发无奈何，宛转娥眉马前死。"诿过于人，找个女人做替罪羊算了。晚唐诗人罗隐有一首咏史诗《帝幸蜀》，就对此进行了无比辛辣的讽刺。

《帝幸蜀》

马嵬山色翠依依，又见銮舆幸蜀归。

泉下阿蛮应有语，这回休更怨杨妃。

意思是说：唐僖宗李儇你怎么也跟着你的祖先李隆基学呢？在和平年代只知道打马球，黄巢来了你就置长安市民于不顾，匆匆逃往西蜀避难呢？这回该没有杨贵妃蛊惑你吧？其实，唐僖宗也是犯了同样的错误：管理的幅度太窄了，由此导致危机爆发而又不善于危机管理。

9.7 从两首咏诸葛亮的诗看授权的艺术

《筹笔驿怀古》[罗隐]

抛掷南阳为主忧，北征东讨尽良筹。

时来天地皆同力，运去英雄不自由。

千里山河轻孺子，两朝冠剑恨谯周。

唯余岩下多情水，犹解年年傍驿流。

《蜀相》[杜甫]

丞相祠堂何处寻？锦官城外柏森森。

映阶碧草自春色，隔叶黄鹂空好音。

三顾频烦天下计，两朝开济老臣心。

出师未捷身先死，长使英雄泪满襟。

罗隐的《筹笔驿怀古》和杜甫的《蜀相》这两首诗，流传度极广，对诸葛亮都是持肯定的态度，肯定他的辛勤、操劳、忠心及出山时的战略规划和良谋，并对诸葛亮北伐失败未能完成统一大业表示惋惜。第一首诗多寄怨于蜀汉后主刘禅和主张投降的谯周，尤其归因于天不佑蜀汉。与此有同样见解的还有两位著名人物：陆游和李鸿章。陆游的《病起书怀》中提到自己是孤臣，认为诸葛亮的传世之作《出师表》忠义之气万古流芳，因此深夜难眠，决定挑灯细读。陆游自然是以诸葛亮为榜样的。无独有偶，大清"裱糊匠"李鸿章在其绝笔诗中也发了同样的感慨。从"秋风宝剑孤臣泪，落日旌旗大将坛"一联可知李鸿章是把自己比作诸葛亮的，说明他觉得自己是爱国的，也非常辛劳，只是大清国运日渐衰落、不济，他也无能为力。从此来看，就是到了晚清，后世对诸葛亮的评价都没有改变，都是持褒奖态度的，都觉得宰辅之臣应以诸葛亮为榜样，勤于政务，忠心谋国。

《绝笔诗》[李鸿章]

劳劳车马未离鞍，临事方知一死难。

三百年来伤国步，八千里外吊民残。

秋风宝剑孤臣泪，落日旌旗大将坛。

海外尘氛犹未息，诸君莫作等闲看。

在中国历史上，诸葛亮得到的几乎是一致的肯定。然而，自西方管理学说传入我国后，却有不少人对诸葛亮持否定态度。关于诸葛亮的领导力，到底有哪些问题呢？

根据鲍莫尔的领导特质理论，一个领导者应当具备合作精神、决策才能、组织能力，精于授权、善于应变、勇于负责、敢于求新、敢担风险、尊重他人、品德超人。对比之下，诸葛亮欠缺太多了。勇于负责、敢于求新、敢担风险、尊重他人这几点，诸葛亮就不具备。"锦囊妙计"的使用，就是不尊重下属的表现，也不利于培养下属随机应变的能力。每次出祁山，皆因同样的问题——粮食供应不上而返回，就说明诸葛亮没有"敢于求新"的精神和勇气，也不愿意承担风险。用马谡守街亭，就是基于个人感情，无识人之明的表现，街亭失守后将马谡一斩了之，也是因为不具备勇于负责的领导特质。

于反（2005）著书指出诸葛亮职场生涯的十大败笔，其中败笔六就是"事必躬亲，不懂授权"。书中提及诸葛亮一个锦囊妙计，将下属当成工具；独断专行，缺乏真正的领导力；分身乏术，累死"高级主管"；视"工作"高于"生命"；一纸军令状，推掉自己的责任。诸葛亮不善授权和分权，其实就是管理者角色错位。诸葛亮曾亲自执行对普通士卒的惩罚，把高级领导者等同于具体执行人员使用，不在其位却谋其政，越级指挥，因此导致他操劳过度，也因此导致"蜀中无大将"。而不善于授权的主要原因就是害怕失败，追求完美主义。此外，诸葛亮还表现出领导与秘书角色错位的问题：他初出山时是参谋者，三分天下成立蜀国后任丞相，成为高层管理者，由于后主刘禅只知吃喝玩乐，不理政事，领导者缺位，急需诸葛亮更多地承担领导者角色，但他承担更多的是管理者角色甚至成为秘书，而秘书是参谋者和执行者的混合体，属于向下错位（见相关链接 9.3 的分析）。所以，诸葛亮的失败就在于管理幅度过宽。"亲理细事，汗流终日"以致积劳成疾，享寿仅 54 岁。在诸葛亮的"事必躬亲"下，蜀汉出现了严重的人才断层，结果就是"出师未捷身先死，长使英雄泪满襟"了。

相关链接 9.3

领导者和秘书在现实工作中角色互错现象分析[①]

确定正确的角色地位，形成与之相适应的角色意识，培养自己的角色人格。

---

① 王玉萍. 领导者和秘书在现实工作中角色互错现象分析［J］. 农业科技与信息，2008（6）：73-74.

领导者的角色地位决定了领导者的主要任务是决策和管理,但有的领导者工作勤恳,事无巨细都亲自过问,包揽无余,像三国时期的丞相诸葛亮事必躬亲,弄得自己积劳成疾,用自己的全面主动造就下属的全面被动,不知道正确使用人才,发挥其特长,这样的领导表面看起来尽心尽责,实际上不懂分工,造成角色错位,把自己和秘书混为一谈。

9.8 团队建设的成功案例

9.8.1 汉高祖刘邦的创业团队

《资治通鉴》中记载,汉高帝五年(前202年),帝置酒洛阳南宫,上曰:"彻侯、诸将毋敢隐朕,皆言其情:吾所以有天下者何?项氏之所以失天下者何?"高起、王陵对曰:"陛下使人攻城略地,因以与之,与天下同其利;项羽不然,有功者害之,贤者疑之,此其所以失天下也。"上曰:"公知其一,未知其二。夫运筹帷幄之中,决胜千里之外,吾不如子房;镇国家,抚百姓,给馈饷,不绝粮道,吾不如萧何;连百万之众,战必胜,攻必取,吾不如韩信。三者皆人杰,吾能用之,此吾所以取天下者也。项羽有一范增而不能用,此所以为我擒也。"群臣说服。

从以上记载可以看出,在刘邦的创业团队中,刘邦是最高领导者,他从善如流,凡是出自张良的妙计,他都能虚心采纳。刘邦善于确立愿景,不满足于做汉王,而且他具有成大事不拘小节的气概(如对陈平的重用),颇有人格魅力,适合当领导者,所以韩信说他善于"将将"。张良是一位十分高明的参谋者,每到关键时候,必有妙计应对,如"四面楚歌"就是一种十分厉害的心理战术。另外,张良还洞悉人性,毅然决定功成身退,避免了李斯、韩信那样的下场。萧何既是管理者,也是执行者,将安抚民心、调配物资的工作做得十分出色。韩信同样既是管理者也是执行者,是一位十分出色的将领,所谓韩信将兵,多多益善,战无不胜、攻无不克,说明他的执行能力很强。在这个团队中,每个人的性格和能力都适合自己的角色,而且构成互补,所以这是一个经典的建国团队。作为最高领导者，刘邦善于分权和授权，而像韩信有时就是一位"猛虎型的执行者"，所以，谁是领导者、管理者、参谋者还是执行者，没有明显的"楚河汉界"。如韩信也胸怀韬略，"明修栈道，暗度陈仓"就反映出参谋者的典型特质。

9.8.2 汉文帝刘恒的治国团队：陈平与周勃的领导力对比

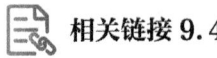 相关链接 9.4

陈平智对汉文帝[①]

汉高祖刘邦去世之后，王陵担任右丞相，陈平担任左丞相。掌握朝政的吕后想立吕氏子弟为王，王陵不同意，吕后剥夺了王陵的权力，王陵托病回家养老，不再参与朝政。

陈平知道无法扭转吕后的心意，便假意赞成封吕氏子弟为王，吕后对陈平感到满意，便委任陈平为右丞相。吕后去世后，吕氏家族的人想大肆诛杀刘邦的子弟，全面夺取刘氏政权。陈平与太尉周勃通力合作，诛灭吕氏家族，拥立汉文帝刘恒即位，使刘氏政权得以恢复。

汉文帝即位后，认为太尉周勃亲自领兵诛灭吕氏家族，功劳很大，想重用周勃。陈平看出汉文帝的意思，就托病辞职，想把右丞相的职位让给周勃。汉文帝感到奇怪，探问陈平的病情，陈平说："高祖皇帝在世时，周勃的功劳不如我。后来诛灭吕氏家族，我的功劳不如周勃。我情愿把右丞相的职位让给周勃。"汉文帝接受了陈平的建议，委任周勃为右丞相，位居群臣第一。将陈平调任左丞相，位居群臣第二。汉文帝感于陈平主动让位，赐给陈平金一千斤，给他加封三千户食邑。没过多久，汉文帝对国家事务已经很熟悉了。在一次朝会时，汉文帝问周勃："全国一年判决的讼案有多少？"周勃道歉说："不知道。"汉文帝又问："全国一年金钱和粮食的收支有多少？"周勃还是回答说不知道。此时，周勃为自己无法回答汉文帝的问话而吓得浑身流汗，衣服都沾在了背

---

① 资料来源于百家号。

上，这也就是"汗流浃背"这一成语的由来。汉文帝又用刚才的问题询问左丞相陈平，陈平回答说："事情各有主管它的人。"汉文帝说："主管它的人指的是谁？"陈平说："陛下如果问到判决讼案，就查问廷尉；问到钱粮收支，就查问治粟内史。"汉文帝说："如果事情各有主管它的人，那么您所主管的是什么事情呢？"陈平说："主管群臣！陛下不知我才智平庸低劣，让我担任丞相。丞相的职责就是向上辅佐天子调理阴阳，顺合四时，向下抚育万物适时生长，向外镇守抚慰四方夷族诸侯，向内亲附百姓，使卿大夫各自都能履行他们的职责。"汉文帝对陈平的回答感到非常满意，称赞他说得好。周勃听到汉文帝与陈平的对话，感到非常惭愧。下朝后，周勃责备陈平说："您偏不在平时教我对答！"陈平笑着说："您身居丞相之位，不知自己的职责吗？要是陛下问到长安城中盗贼的数量，您也要勉强对答吗？"经过此事，周勃知道自己的才能远远赶不上陈平，没过多久，就托病请求汉文帝免去自己的丞相职位，汉文帝接受了周勃的请求。此后，汉文帝委任陈平为国家唯一的丞相。

从相关链接9.4的故事中可以看出，周勃的领导力确实赶不上陈平，陈平比周勃更懂得授权和自己所在的管理层级的职责，更好地掌握了管理的幅度。陈平老练、机智、富有领导才干，但周勃厚道、为人质朴、忠诚、谦让，汉高祖刘邦曾经说过："安刘者，勃也"，可谓有识人之明。所以，周勃有很好的特质，只是不适合为相，而更适合为将。将，更多的是管理者和执行者的混合体。汉文帝节俭、勤政、爱民、谦和、明察奸贤，可谓一代明君。所以这是一个很好的治国团队，能开启"文景之治"这样的太平盛世应在意料之中。正所谓：陈平凡事不躬亲，胸有成竹对垂询。安刘周勃反惭愧，开启盛世赖明君。

9.8.3 "苏门四学士"的专业团队

在北宋时期，有一个著名的文学团队，被称为"苏门四学士"。该团队除苏轼之外，其他构成人员有黄庭坚、秦观、晁补之和张耒。

苏轼比黄庭坚大8岁。苏轼与黄庭坚诗文比肩，并称"苏黄"。当初，苏轼在孙觉（黄的岳父）家见到黄庭坚的诗文后，孙觉请苏轼为其扬名，苏轼大笑

第9章 诗词与领导力和团队建设

道:"此人如精金美玉,不去接近别人,别人也会主动接近他,逃名而不可得,何须扬名?"后苏轼拜访济南齐州太守李常(黄的舅舅),再次见到黄庭坚诗文后,称其"超逸绝尘,独立万物之表,驭风骑气,以与造物者游"。苏黄二人书法齐名,在北宋"苏黄米蔡"四大书法家中占了两席。苏轼最著名的书法作品是《黄州寒食帖》,被世人称为"天下第三行书"。黄庭坚最著名的书法作品是草书《花气熏人帖》,是其晚年力作,笔法精奥、英气逼人。苏轼与黄庭坚曾互开玩笑指出对方书法的弊病。苏轼认为黄庭坚的书法作品像"蚯蚓泥中草写之",意即太瘦太长。而黄庭坚则反唇相讥,认为苏轼的书法作品是"蛤蟆水上真书出",意即太扁太平。二者的评语对仗工整,充满了幽默感和调侃的意味。黄庭坚自称为苏门弟子,十分谦恭,执弟子之礼从不逾矩,随苏轼同升而并黜。

苏轼最为欣赏秦观,二人年龄差了12岁,相互之间是亦师亦友的关系。苏轼曾给王安石写推荐信,信中说秦观是全方位的人才,希望王安石提拔秦观,让他实现自己的抱负。苏轼曾批评秦观学柳永:"不意别后,公却学柳七作词",秦答以"某虽不学,亦不至是"。苏轼遂指出:"'销魂,当此际',非柳七句法乎?"尽管如此,苏轼依旧没有真正责怪过秦观。一般师尊对弟子偷学别门技艺是禁止的,发现后甚至会逐出师门。苏轼却戏题秦观、柳永:"山抹微云秦学士,露花倒影柳屯田。"其中"山抹微云"乃秦观词《满庭芳》首句。可见苏轼对弟子是何等宽容!后秦观因新旧党争,先贬杭州通判,再贬监处州酒税,后又被罗织罪名贬谪郴州,削去所有官爵和俸禄。秦观的《踏莎行·郴州旅舍》一词就作于离郴州前,抒写客居旅舍的感慨。全词如下。

《踏莎行·郴州旅舍》

雾失楼台,月迷津渡,桃源望断无寻处。
可堪孤馆闭春寒,杜鹃声里斜阳暮。

驿寄梅花,鱼传尺素,砌成此恨无重数。
郴江幸自绕郴山,为谁流下潇湘去?

秦观52岁那年，宋徽宗即位，他终于等到了放还横州的机会，路过滕州时，去光华亭游玩，劳累之余向人讨水喝，当看见自己倒影里的两鬓白发时，含泪一笑，永远闭上了双眼。苏轼对秦观的才华极为欣赏，于同病相怜之中，更别具一分知己的心灵相通，尤其爱其《踏莎行·郴州旅舍》末尾两句，及闻其死，叹曰："少游已矣，虽万人何赎！"自书于扇面以志不忘。其实在贬谪途中，师徒在康海有过会面，秦观还作了《江城子》一词赠与苏轼，只是苏轼当时并没有意识到那是永诀。

《江城子》

南来飞燕北归鸿。

偶相逢，惨愁容。

绿鬓朱颜，重见两衰翁。

别后悠悠君莫问，无限事，不言中。

小槽春酒滴珠红。

莫匆匆，满金钟。

饮散落花流水、各西东。

后会不知何处是，烟浪远，暮云重。

元符三年（1100年）五月，苏轼奉命调移至廉州安置，六月下旬启程，途中因海上风大浪高，被迫离船上岸，留宿于兴廉村的净行院，曾赋诗《雨夜宿净行院》一首。

《雨夜宿净行院》

芒鞋不踏名利场，一叶轻舟寄渺茫。

林下对床听夜雨，静无灯火照凄凉。

苏轼最后被贬至儋州，秦观则被贬至雷州。但从师徒二人的作品来看，苏

第9章 诗词与领导力和团队建设

轼要佛性一些,秦观则心境凄凉。总体上,苏轼对秦观的评价很高,谓其"有屈(原)、宋(玉)之才"。

"苏门四学士"是一个很好的专业团队,也是一个自我管理团队。它有一个共同的精神领袖,基于文学才华的相互欣赏,并因此相互切磋、提携而走到一起,彼此心灵相通。苏、黄性格要淡定、从容一些。相互之间无比坦诚,可以存异,患难与共,共同进退,所以也是一个牢固的专业团队。约翰·科特认为:好的领导不会造成人性的阴暗面。仅从这一点来说,苏轼就是一位好的团队领导。他深具领导者特质:智力过人、具有自信心、心理健康,而不仅仅是年龄最大、资历最老。这样的特质会传递正能量给团队成员。他的权力来源于其奖赏性和专家性,苏轼总是对团队成员高度赞赏,当然他本身也是一位顶级而全能的专家。在影响团队有效性的因素中,共同的目的、信任的氛围、能力、人格魅力、角色多样化等因素皆备。该团队有一个清晰的目标,那就是促进北宋文风的改变及文学繁荣,拥有相关技能,具备相互间的信任,实现了良好的沟通,也进行了恰当的指导和引导等。所以这也是一支高效的团队。"苏门四学士"这个团队,可为当今学术团队的构建充当榜样和示范。

思政课堂

在百度百科搜索"丁谓建宫"词条,结果如相关链接9.5所示。丁谓建宫,可以说是中国历史上项目管理的经典,是历史记载的最早的项目管理案例。原本预计15年完成的浩大工程,只用了7年。丁谓"一举而三役济",节省了大量的人力、物力和财力,提高了劳动效率和施工质量,工程结算的结果是节省了亿万两银子。事后,宋真宗及众臣皆赞叹不已。

再看相关链接9.6,就知道丁谓有多么智慧了。像泰山封禅这样的大典,所需物资不计其数,完全由国库负担是很困难的。丁谓建议由地方政府出米、老百姓捐酒肉面食等,既不搜刮百姓,还能顺利完成大典,让老百姓看个热闹。此外,丁谓还会"诗史互证"回答宋真宗十分刁钻的难题。从相关链接9.5和9.6还能看出丁谓不愧为会计专家和管理专家,具有超前的系统性思维。那么,如此能干之人，为什么还被北宋正派的士大夫阶层视为"奸佞之徒"呢？相关链接 9.6 中关于 AI 的类比，到底是什么意思？

相关链接 9.5

一举而三役济

"丁谓建宫"是一个历史典故，见于《梦溪笔谈·权智》：祥符中禁火，时丁晋公主营复宫室，患取土远。公乃令凿通衢取土，不日皆成巨堑。乃决汴水入堑中，诸道木排筏及船运杂材，尽自堑中入至宫门。事毕，却以斥弃瓦砾灰壤实于堑中，复为街衢。一举而三役济，省费以亿万计。

翻译成白话文如下。

宋真宗大中祥符年间，宫中着火。当时丁谓主持重建宫室（需要烧砖），担心取土远。丁谓于是命令从畅通的大路上取土，没几天就修成了大渠。于是挖通汴河水进入渠中，各地水运的资材，都通过汴河和大渠运至宫门口。重建工作完成后，丁谓用废弃的瓦砾回填入渠中，水渠又变成了街道。丁谓做了一件事情（指挖大街）而完成了三个任务（指取土、运材及处理垃圾），省下的费用要用亿万两银子来计算。

相关链接 9.6

公元 1021 年："解决问题的高手"丁谓，为何背负千载骂名？[1]

在我国，"会计"这两个字就是丁谓首次创立的，他的《会计录》第一次把全国的土地、人口做了丈量和统计，任何一本会计学的书翻开首篇上必然有丁谓的名字。景德年间，他主持编撰一部《景德会计录》，成为中国历史上第一部会计学专著，后世每一位选择会计作为未来职业的学子，都知道丁谓就是会计鼻祖。

---

[1] 资料来源于澎湃网：罗振宇《文明之旅》。

第9章 诗词与领导力和团队建设

宋真宗要去泰山封禅，一大群人浩浩荡荡，从开封走到泰安，还得带着军队。宋真宗就担心，粮草够不够啊？丁谓就给他算了一笔账：军队不到十万人，每天要2500石大米，咱们在每个地方最多停留三天，就是7500石，让地方政府提供，这对各地政府来说不会造成负担。

宋真宗听了挺高兴，但这位皇上还真是心细，又说，光吃大米也不行，也得吃点面食吧？米的问题好说，面食怎么办？当时米可以用来缴税，所以各地政府都有储备，而如果要面食酒肉，地方政府就拿不出来了。若朝廷非要用，那地方政府就只能到老百姓家里买，就很容易变成搜刮、扰民了。

怎么办呢？面食酒肉总不能从开封带去吧？那一路上的运输压力就太大了。

丁谓有办法。他说，这样，咱们就欢迎各地老百姓来观礼，也欢迎老百姓沿途给进奉些点心、酒肉。但这可不是白拿，要让当地政府做好统计，等封禅回来，谁捐赠了，就双倍价钱返还给人家。

你看，这个方案多巧妙，又是一个一举三得：第一，皇上封禅泰山，本来就是为了夸耀太平盛世，让老百姓沿途观礼，能更好地实现它的政治目标；第二，名义上是老百姓捐赠食品物资，但其实是购买，虽然用的是双倍价钱，但是就地筹集，比从开封带过去的运输费用还是便宜了好多；第三，老百姓家里的这些普通食品，不仅能够捐献给皇上获得一份荣耀，而且还有双倍的赏钱，这也能收买民心，皆大欢喜。这是一个用系统要素重构的方法解决问题的漂亮案例。

丁谓有多聪明呢？

有一次，君臣好多人在一起喝酒，宋真宗突然说：这个酒不错，哪儿买的？多少钱？有人回答说：这是从某某某那里得来的酒，价钱多少多少。宋真宗突然对酒的价格好奇了起来：那唐朝的时候，酒卖多少钱？这个问题难倒了众人，这时候，丁谓说话了：唐朝的酒是30钱一升。皇上问：你怎么知道的？丁谓说：杜甫有首诗不是说嘛，"蚤来就饮一斗酒，恰有三百青铜钱"，一斗酒300钱，那一升就是30钱。皇上听后大喜。

过了900多年以后，梁启超、陈寅恪这些近代大学者，才开启了一个了不起的史学研究方法，叫"诗史互证"，就是从杜甫、白居易这些大诗人的诗里，去寻找古代的生活细节，比如物价、餐饮、交通等。而丁谓呢？早就这么干了，真可谓超时代的天才。

这么一个干吏能臣，怎么就被列为北宋"五鬼"（五名奸臣）之首呢？

拿AI举个例子，因为它的能力太强，大大超过了人类的理解能力，但是AI没有道德观念，我们不知道它到底会做出什么来，如果找不到约束人工智能的方法，那最好的方法当然就是拔插头。人类冒不起这个险嘛。其实，这也是AI发展要考虑的首要问题。AI不仅是要变得越来越强，更重要的是，要把人类的价值观深深地植入AI，决不能让那么强大的AI拥有和我们人类不一样的价值观，那太危险了。

章末问答题

以下编者自创的《绮怀·为唐玄宗画像》一诗真实地再现了唐玄宗在"安史之乱"后回到京都长安后的日常状况。其实"安史之乱"的爆发早有端倪，试分析"野无遗贤"闹剧发生的历史原因，唐玄宗在这个时期的治国理政违背了管理学的什么原则？

《绮怀·为唐玄宗画像》
马嵬坡下雨霖铃，一灯如泣伴晓风。
东归不见芙蓉面，卧吹羌笛到天明。

第 10 章

诗情画意读报表

本章将探索如何把诗词嫁接到企业会计报表分析领域。南方黑芝麻糊 1991 年的广告堪称经典，此后随着时代的变化，其广告也相应变化。对于这样一家十分重视广告效应的上市公司，其经营状况到底怎样呢？本章以南方黑芝麻集团股份有限公司（简称黑芝麻）为例，首先评价其 2016—2023 年的财务风险，再考察其 2017 年并购上海礼多多电子商务有限公司（简称礼多多）后财务协同效应的发挥情况。总的结论是黑芝麻应专注于主业，并购礼多多后转向电商业务还算与原业务相关，黑芝麻应加强财务风险的监测和控制以保证其可持续发展。

10.1 黑芝麻简介

黑芝麻于 1993 年 5 月 31 日成立，1997 年 4 月 18 日在深圳证券交易所上市，股票代码 000716，控股股东是广西黑五类食品集团有限责任公司。黑芝麻是一家以黑芝麻系列产品的研发、生产、销售为主的大型民营企业集团，有"中国黑芝麻产业第一股"之称。2017 年黑芝麻并购礼多多，使之成为其全资子公司，至此黑芝麻成功转型为电商企业。天臣新能源有限公司（简称天臣新能源）是黑芝麻的参股公司，所以黑芝麻在储能行业也有所涉足，被称为"黑芝麻跨界储能"。目前黑芝麻还是一家一站式电子商务解决方案服务商，聚焦于大健康产业经营。主营业务涵盖黑芝麻糊、黑芝麻饮料、大米、粗粮、糖果等食品的生产经营以及电商平台经营业务。截至 2023 年 12 月 31 日，公司总股本 7.4 亿股，员工总数 1660 人。

10.2 关于南方黑芝麻糊的经典广告

1991年，南方黑芝麻糊的广告作为电视连续剧《渴望》的贴片广告在全国热播。这则广告称为《叫卖篇》，导演为蔡晓明，片中那个卖芝麻糊的大婶也是她。该广告曾荣获全国第三届优秀广告作品一等奖、最佳创意奖、最佳摄影奖。1992年，荣获"花都杯"首届全国电视广告大奖赛金塔大奖。后作为案例入选了《世界经典广告案例评析》这部高校的广告学教材（张金海，2000）。南方黑芝麻糊的广告因其独特的创意和广泛的社会影响，被用以分析和学习其成功之处。那一声"黑芝麻糊哎~"的叫卖声曾经响彻中华大地，可谓将情感营销施展到了极致。"一股浓香，一缕温暖"使其成为"80后"和"90后"电视观众回味无穷的食品品牌经典。编者在此用一首诗来重现这则广告的艺术魅力。

《南方黑芝麻糊广告》
一粒芝麻一首诗，甜蜜香飘忆旧时。
寒冬陋巷来一碗，碗空犹舔意迟迟。

得益于这则广告的巨大成功，南方黑芝麻糊迅速成为中国糊类产品的第一品牌，1994年，其生产商南方儿童食品厂就销售破亿元。短短几年内，市场占有率达到40%，营业额达到数十亿元。南方儿童食品厂也在发展的过程中，不断推出黑豆、黑米、黑芝麻、乌鸡、黑木耳等黑色食品，即所谓黑五类食品，其营销网络遍布全国并成长为一家集团公司。从一家小食品厂到享誉全国的食品品牌，充分展示了一则成功广告的巨大能量。

10.3 黑芝麻1991年后广告传播阶段

表10.1列示了1991年后南方黑芝麻糊广告所经历的阶段。1991年贴片广告中的经典广告语"一股浓香，一缕温暖"，在播出后获得巨大反响，迅速提升了南方黑芝麻糊的品牌知名度和产品销量。但91版广告几乎是在给所有黑芝麻

糊做广告，所以 95 版广告加入了第一版广告中缺少的内容，如相关政府审批文号、南方黑芝麻糊的字样和包装、黑五类食品集团的字样和标志等，以便顾客辨认南方黑芝麻糊的正宗身份并区别正版和盗版食品。这是第一阶段。此后至 2007 年，南方黑芝麻糊的业务重心发生了转移，比如先后推出黑豆奶和"快点"河粉系列产品。这种业务扩张远离了糊类食品，所以新广告推出后没有取得预期的效果，南方黑芝麻糊的销售出现萎缩甚至滞销。这是第二阶段。2008 年和 2009 年的广告主要是以激活老品牌为主要目标，也不怎么成功。这是第三阶段。2011 年，以演艺明星为形象代言人实施整合营销传播，目的是实施品牌年轻化，以实现产品升级和销量新突破，结果也不尽如人意。因为 91 版的广告观众大多已成老人，老年人不爱喝饮料，年轻人又不爱吃糊糊。这是第四阶段。从南方黑芝麻糊广告所经历的四个阶段可以看出：企业在初始大获成功之后，经历了从捍卫原有市场，到偏移原有市场，到回归和激活原品牌，再到品牌年轻化的过程。同时也可以看出，在面临激烈的市场竞争和时势的变迁时，企业对产品定位和市场细分并不清晰，甚至动摇、迷茫过。编者认为，问题的根本还在于企业战略的制定上，就如下面这首诗所说。

《黑芝麻的品牌年轻化》

少年不喜喝芝麻，可乐奶茶鸡米花。

华发早生何足惧，夜深犹把抖音刷。

表 10.1　1991 年后南方黑芝麻糊广告所经历的阶段[1]

阶段划分	典型年份	广告内容	经典广告语与效果
1	1995 年	厂家又制作了另一个版本的广告，与 91 版相比内容基本相同，只是更换了演员，也换了新包装	"好味道如一，南方黑芝麻糊"，捍卫既有市场
2	1996 年	拍摄播出新广告	密集投放后没有取得预期效果

---

[1] 资料来源于品牌中国战略规划院。

续表

阶段划分	典型年份	广告内容	经典广告语与效果
3	2008—2009年	2008年，一是重拍经典老广告，以20周年庆的名义在国内多家电视台密集投放；二是投放"饿了，先吃糊吧"新主题广告。2009年，通过《南方周末》等媒体发起了一场"我与南方"的征文活动	以激活老品牌为主要目标，但不怎么成功
4	2011年	当年1月15日，随着明星代言的"爱心杯"影视广告在CCTV1、CCTV3、CCTV6、湖南卫视、江苏卫视、广西卫视等媒体上重磅播出，南方黑芝麻糊2011年度整合营销传播大战全面打响	实施"品牌年轻化与产品升级，实现品牌销量新突破"，但不尽如人意

10.4 从黑芝麻2016—2023年的会计报表看其财务风险

从其产品广告历史来看，黑芝麻是一家十分重视广告营销的公司。正所谓成也广告，败也广告，太重视广告的公司往往忽略了战略规划制定上的深远考虑，显得急切和缺乏耐心，无法长期专注于主业进行深耕，而匆忙之间决定的并购，又会使企业资源分散，结果适得其反，放大了企业财务风险。下面先通过黑芝麻2016—2023年的报表解读与分析来诊断企业的财务风险到底有哪些。

表10.2列示了黑芝麻2016—2023年报表的片段与关键指标，该表是根据表10.3～表10.5整理计算的。从其中的利润表片段和关键指标来看，黑芝麻的毛利率很薄，自从并购礼多多后，自2018年起，毛利率一路走低，从20.57%降至2021年的18.25%。可见电商业务拉低了黑芝麻的毛利率。据黑芝麻2023年报的管理层讨论与分析部分营业收入的构成披露：食品业务的营业收入为16.83亿元，毛利率为32.02%，其中冲饮品营业收入为9.09亿元，毛利率为53.95%。电商业务营业收入为9.14亿元，毛利率为4.87%。黑芝麻早期很重视广告的促销作用，2016年销售费用占营业收入的比例高达16.78%，此后着力控制销售费用，至2023年销售费用占比才降至9.01%。利息费用2018年前体现在财务费用项目中，2018年起体现在财务费用项下的利息费用中。黑芝麻的利息费用高企，财务费用或利息费用占营业收入的比例最高时为2020年的6.2倍。换言之，黑芝

麻的盈利主要用来支付利息，多数年份远远不够。经常性的政府补助从 2017 年起体现在其他收益中，之前计入营业外收入，两项合计占利润总额的比例在 2020 年时最高，达 1.28 倍，这说明黑芝麻的盈利严重依赖于政府补助。从 2019 年开始，坏账损失计入信用减值损失，其他资产减值损失仍旧计入资产减值损失中，两项合计占营业利润的比例在 2022 年最高，达 1.64 倍。也就是说，黑芝麻的盈利业绩被各种减值损失侵蚀了很多。这就是从利润表上看到的黑芝麻的财务风险。

从表 10.2 的资产负债表片段及关键指标来看，流动资产中，应收款项占比过高，多数年份超过 40%，2017 年高达 51%。2016—2023 年，黑芝麻预付款项占流动资产比高达 12%～20%，存货占流动资产比高达 15%～31%。这三项合计高达 69%～89%。也就是说，黑芝麻的流动资金主要被这几项占用，表明黑芝麻的营运资金周转易出问题。固定资产与在建工程占总资产比为 21%～35%，表明黑芝麻是一家重资产企业。商誉占总资产比 2017—2023 年为 7%～12%，表明黑芝麻有并购重组业务发生。资产负债率 2016—2023 年为 40%～48%，在食品行业算是偏高的。其中长、短期借款与资产比为 24%～33%，表明黑芝麻有息负债比例偏高。这与上面提到的黑芝麻的盈利主要用来支付利息的结论是一致的。这就是从资产负债表上看到的黑芝麻的财务风险。

从表 10.2 的现金流量表片段来看，黑芝麻取得借款收到的现金 2016—2023 年为 8.1 亿～24.5 亿元，同期偿还债务支付的现金为 6.3 亿～25.2 亿元，2021—2023 年借新债不够还旧债。分配股利、利润或偿付利息所支付的现金主要为支付的利息，最高时为 2020 年的 1.45 亿元。以上因素导致黑芝麻现金及现金等价物净增加额多数年份为负，即入不敷出。这就是从现金流量表上看到的黑芝麻的财务风险。

总结起来就是：黑芝麻毛利率偏低，销售费用、利息费用和各种减值损失侵蚀了太多的利润。黑芝麻的盈利严重依赖于政府补助。黑芝麻流动资产的流动性差，作为食品生产和销售企业，有息负债负担沉重，资产负债率偏高，长期偿债能力差。部分年份借新债不够还旧债的。从现金流转来看，黑芝麻多数年份入不敷出。所以，黑芝麻需要持续专注主业，与时俱进地扩展主打产品的新功能，以提高毛利率。在聚焦主业的同时，剥离掉一些无关业务，加速资金回笼和债务清偿，避免无法按时偿还到期债务本息，降低资金链断裂的风险。

第10章　诗情画意读报表

表 10.2　黑芝麻 2016—2023 年报表的片段与关键指标

单位：万元

项目	2023年度	2022年度	2021年度	2020年度	2019年度	2018年度	2017年度	2016年度
营业收入	267650.59	301584.39	402479.01	384092.27	447563.97	396440.30	277178.00	231448.07
营业成本	204411.00	240903.18	329016.08	309992.45	361681.95	314894.38	204340.54	177446.70
毛利率（%）	23.63	20.12	18.25	19.29	19.19	20.57	26.28	23.33
销售费用	24127.21	28966.59	47471.03	43394.16	52284.48	50288.53	44448.36	38832.87
销售费用占比（%）	9.01	9.60	11.79	11.30	11.68	12.69	16.04	16.78
财务费用	6714.38	7347.57	10613.58	11642.54	10554.29	8378.09	4971.68	2203.26
利息费用	6741.67	7532.19	10413.82	11140.15	10143.58	8858.02	0.00	0.00
财务费用或利息费用占营业利润比（%）	97.27	−60.11	−134.73	621.70	321.92	364.91	49.90	−161.52
其他收益	1287.28	1174.94	1898.79	1857.32	1719.71	1512.70	0.00	0.00
营业外收入	152.07	150.18	1139.96	166.69	1912.58	2309.29	2372.33	2028.12
其他收益与营业外收入占利润总额比（%）	20.84	−10.54	−40.80	127.86	73.97	82.44	20.20	−95.97
信用减值损失	−5864.15	−1493.74	−2756.21	−741.16	−4286.46	0.00	0.00	0.00
资产减值损失	−1407.23	−19019.67	−1658.80	−93.57	−528.15	1052.51	1286.76	1518.21

续表

项目	2023年度	2022年度	2021年度	2020年度	2019年度	2018年度	2017年度	2016年度
信用与资产减值损失占营业利润比（%）	-104.92	163.71	57.12	-46.58	-152.80	43.36	12.91	-111.30
营业利润	6930.42	-12530.51	-7729.63	1791.90	3151.00	2427.44	9963.76	-1364.09
利润总额	6905.76	-12571.11	-7447.40	1582.95	4910.80	4635.86	11744.66	-2113.31
净利润	5667.83	-14469.51	-10858.10	97.24	1394.38	2420.89	10476.59	2516.51
应收账款	44357.59	52685.06	66950.60	85168.72	88531.34	83129.84	71534.11	15906.33
其他应收款	20106.79	19010.93	12620.64	19012.27	21029.68	18238.89	48696.54	14496.43
应收款项占流动资产比（%）	43.68	41.27	37.57	45.08	50.22	40.92	50.61	25.06
预付款项	23460.52	25858.83	31853.6	28970.35	32823.61	47716.63	28373.47	17553.81
预付款项占流动资产比（%）	15.89	14.89	15.04	12.53	15.05	19.26	11.94	14.47
存货	42753.48	50382.55	45992.98	70949.05	45113.91	45302.89	35813.25	35903.85
存货占流动资产比（%）	28.97	29.00	21.72	30.70	20.68	18.29	15.07	29.60
流动资产合计	147597.09	173716.12	211781.22	231116.07	218157.03	247708.57	237575.99	121305.62
固定资产净额	130578.92	137611.98	104026.35	108868.56	119794.36	112651.23	104968.75	84520.86

续表

项目	2023 年度	2022 年度	2021 年度	2020 年度	2019 年度	2018 年度	2017 年度	2016 年度
在建工程	15988.39	13284.34	23848.36	3035.55	1995.76	13869.95	5015.68	22380.50
固定资产与在建工程占总资产比（%）	32.97	32.23	25.09	21.46	22.98	23.43	21.79	34.31
商誉	34831.65	34756.07	53669.09	55057.81	55057.81	55529.25	55917.52	7.70
商誉占总资产比（%）	7.83	7.42	10.53	10.56	10.39	10.28	11.08	0.00
资产总计	444566.05	468184.74	509723.15	521411.93	529903.88	539970.62	504677.92	311569.70
短期借款	86448.61	94823.46	108119.76	121044.66	114973.82	113523.49	79083.63	54900.00
长期借款	35103.78	17598.95	50205.29	8217.58	57732.58	19732.58	42600.00	22050.00
负债合计	179460.87	215593.04	243286.87	244056.24	245949.97	257180.25	232787.06	129353.44
长短期借款与资产比（%）	27.34	24.01	31.06	24.79	32.59	24.68	24.11	24.70
资产负债率（%）	40.37	46.05	47.73	46.81	46.41	47.63	46.13	41.52
取得借款收到的现金	146212.55	156941.93	236,732.82	202,257.10	244,699.28	171,260.68	97192.31	80600.00
偿还债务支付的现金	162785.16	166555.41	252,299.81	201,921.20	234,460.73	131,118.77	74042.08	62650.00
分配股利、利润或偿付利息支付的现金	7833.49	9007.41	9,647.83	14,471.21	10,084.59	13,394.76	6399.42	8688.62
现金及现金等价物净增加额	−8304.86	−8567.45	17,448.55	−1,605.85	−27,810.55	4,147.85	2491.5	−28546.33

资料来源：根据黑芝麻 2016—2023 年会计报表整理计算而得。

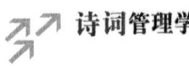

表 10.3 黑芝麻（000716）利润表

单位：万元

项目	2023年度	2022年度	2021年度	2020年度	2019年度	2018年度	2017年度	2016年度
一、营业总收入	267650.59	301584.39	402479.01	384092.27	447563.97	396440.30	277178.00	231448.07
营业收入	267650.59	301584.39	402479.01	384092.27	447563.97	396440.30	277178.00	231448.07
二、营业总成本	255596.74	294828.85	405669.65	382065.15	442076.37	395134.41	269619.31	232827.00
营业成本	204411.00	240903.18	329016.08	309992.45	361681.95	314894.38	204340.54	177446.70
税金及附加	2245.18	1477.19	2054.16	1986.56	2242.35	2442.71	3079.88	3379.08
销售费用	24127.21	28966.59	47471.03	43394.16	52284.48	50288.53	44448.36	38832.87
管理费用	15928.29	15843.20	15193.19	14666.85	14887.39	17417.48	11492.10	9446.88
研发费用	2170.69	291.11	1321.61	382.58	425.90	660.72	0.00	0.00
财务费用	6714.38	7347.57	10613.58	11642.54	10554.29	8378.09	4971.68	2203.26
其中：利息费用	6741.67	7532.19	10413.82	11140.15	10143.58	8858.02	0.00	0.00
利息收入	86.00	123.69	200.61	187.42	134.80	848.91	0.00	0.00
加：其他收益	1287.28	1174.94	1898.79	1857.32	1719.71	1512.70	0.00	43.91
投资收益	868.82	-215.75	-394.61	-255.68	131.54	-272.21	-301.94	-44.24
其中：对联营企业和合营企业的投资收益	-83.12	-405.57	-477.39	-181.99	-33.75	-72.76	-191.79	

续表

项目	2023年度	2022年度	2021年度	2020年度	2019年度	2018年度	2017年度	2016年度
信用减值损失	−5864.15	−1493.74	−2756.21	−741.16	−4286.46	0.00	0.00	0.00
资产减值损失	−1407.23	−19019.67	−1658.80	−93.57	−528.15	1052.51	1286.76	1518.21
三、营业利润	6930.42	−12530.51	−7729.63	1791.90	3151.00	2427.44	9963.76	−1364.09
加：营业外收入	152.07	150.18	1139.96	166.69	1912.58	2309.29	2372.33	2028.12
减：营业外支出	176.73	190.78	857.73	375.64	152.78	100.86	591.43	2777.34
四、利润总额	6905.76	−12571.11	−7447.40	1582.95	4910.80	4635.86	11744.66	−2113.31
减：所得税费用	1237.93	1898.40	3410.70	1485.70	3516.42	2214.97	1268.07	−4629.82
五、净利润	5667.83	−14469.51	−10858.10	97.24	1394.38	2420.89	10476.59	2516.51
归属于母公司所有者的净利润	4307.82	−14039.16	−10910.00	911.08	3384.65	5991.30	11107.11	1631.61
少数股东损益	1360.01	−430.35	51.91	−813.84	−1990.27	−3570.40	−630.52	884.90
六、基本每股收益（元/股）	0.058	−0.189	−0.147	0.012	0.045	0.084	0.175	0.025
七、综合收益总额	5667.83	−14469.51	−10858.10	97.24	1394.38	2420.89	10476.59	2516.51
归属于母公司所有者的综合收益总额	4307.82	−14039.16	−10910.00	911.08	3384.65	5991.30	11107.11	1631.61
归属于少数股东的综合收益总额	1360.01	−430.35	51.91	−813.84	−1990.27	−3570.40	−630.52	884.90

资料来源：新浪财经。

表 10.4 黑芝麻（000716）资产负债表

单位：万元

项目	2023/12/31	2022/12/31	2021/12/31	2020/12/31	2019/12/31	2018/12/31	2017/12/31	2016/12/31
货币资金	14939.77	23120.08	33478.92	21497.47	22490.67	47254.68	47909.11	35426.12
应收票据	0.00	0.00	0.00	2.02	0.00	0.00	50.00	500.00
应收账款	44357.59	52685.06	66950.60	85168.72	88531.34	83129.84	71534.11	15906.33
预付款项	23460.52	25858.83	31853.60	28970.35	32823.61	47716.63	28373.47	17553.81
其他应收款	20106.79	19010.93	12620.64	19012.27	21029.68	18238.89	48696.54	14496.43
存货	42753.48	50382.55	45992.98	70949.05	45113.91	45302.89	35813.25	35903.85
持有待售的资产	0.00	0.00	15418.24	0.00	0.00	0.00	0.00	0.00
一年内到期的非流动资产	4.76	4.76	4.76	0.00	0.00	103.47	29.65	0.00
其他流动资产	1974.19	2653.92	5461.48	5516.18	8167.82	5962.15	5169.67	1519.08
流动资产合计	147597.09	173716.12	211781.22	231116.07	218157.03	247708.57	237575.99	121305.62
可供出售金融资产	0.00	0.00	0.00	0.00	0.00	1834.58	1834.58	1814.58
长期股权投资	30156.46	30715.66	40871.23	41348.62	30477.61	30558.06	21762.35	957.92
其他非流动金融资产	1312.28	1518.43	1538.44	1838.33	1838.44	0.00	0.00	0.00

268

续表

项目	2023/12/31	2022/12/31	2021/12/31	2020/12/31	2019/12/31	2018/12/31	2017/12/31	2016/12/31
固定资产净额	130578.92	137611.98	104026.35	108868.56	119794.36	112651.23	104968.75	84520.86
在建工程	15988.39	13284.34	23848.36	3035.55	1995.76	13869.95	5015.68	22380.50
使用权资产	1544.34	2013.89	1843.93	0.00	0.00	0.00	0.00	0.00
无形资产	34289.45	27948.19	28991.80	36227.42	56202.61	42318.00	50414.74	47067.00
开发支出	0.00	0.00	0.00	534.81	506.71	219.89	0.00	0.00
商誉	34831.65	34756.07	53669.09	55057.81	55057.81	55529.25	55917.52	7.70
长期待摊费用	500.16	385.28	507.99	1804.02	2326.15	5082.21	6129.35	4494.55
递延所得税资产	5638.01	5622.83	6694.99	8114.10	8293.70	9069.04	8035.19	7714.75
其他非流动资产	42129.21	40611.94	35949.74	33466.54	35253.70	21129.84	13023.77	21304.23
非流动资产合计	296968.96	294468.62	297941.93	290295.86	311746.85	292262.05	267101.93	190264.09
资产总计	444566.05	468184.74	509723.15	521411.93	529903.88	539970.62	504677.92	311569.70
短期借款	86448.61	94823.46	108119.76	121044.66	114973.82	113523.49	79083.63	54900.00
应付票据及应付账款	0.00	31012.93	31673.92	24289.87	29062.55	25478.89	0.00	0.00
应付票据	6000.00	5000.00	7979.38	0.00	5200.00	4770.00	8500.00	0.00
应付账款	17897.15	26012.93	23694.54	24289.87	23862.55	20708.89	24354.45	16467.17

续表

项目	2023/12/31	2022/12/31	2021/12/31	2020/12/31	2019/12/31	2018/12/31	2017/12/31	2016/12/31
预收款项	258.57	183.95	196.26	0.00	5529.41	6355.20	4365.92	10622.37
合同负债	3053.04	2993.00	5154.62	6721.17	0.00	0.00	0.00	0.00
应付职工薪酬	3692.97	4109.70	4685.97	2269.79	2639.35	2641.36	2945.58	1723.41
应交税费	3370.59	4525.56	7430.97	8387.75	8275.28	12958.38	10910.77	3397.82
其他应付款（合计）	9129.92	9460.47	15043.69	16663.87	17544.25	34738.28	47682.36	9932.53
应付利息	0.00	8.32	218.50	139.53	78.62	228.53	175.62	63.60
应付股利	19.77	38.16	37.62	33.02	42.31	42.31	69.12	74.61
一年内到期的非流动负债	6427.35	43229.68	6302.62	49365.00	3805.00	35850.00	6300.00	6900.00
其他流动负债	3683.03	2794.03	3674.93	2145.70	1074.69	447.71	325.19	324.39
流动负债合计	139961.23	193132.78	187720.94	230887.81	182904.35	231993.32	184712.64	104406.00
长期借款	35103.78	17598.95	50205.29	8217.58	57732.58	19732.58	42600.00	22050.00
租赁负债	207.60	537.97	511.06	0.00	0.00	0.00	0.00	0.00
递延所得税负债	669.90	239.64	266.16	299.31	333.90	384.42	437.04	195.24
递延收益	3518.37	4083.70	4583.41	4651.55	4979.14	5069.94	5037.39	2702.20
非流动负债合计	39499.64	22460.26	55565.93	13168.43	63045.62	25186.93	48074.42	24947.44

续表

项目	2023/12/31	2022/12/31	2021/12/31	2020/12/31	2019/12/31	2018/12/31	2017/12/31	2016/12/31
负债合计	179460.87	215593.04	243286.87	244056.24	245949.97	257180.25	232787.06	129353.44
实收资本（或股本）	74399.96	74399.96	74399.96	74399.96	74639.59	74639.59	71101.46	63760.44
资本公积	156716.73	156716.73	156716.73	156901.68	159124.93	159718.59	152328.50	88644.71
减：库存股	0.00	0.00	0.00	0.00	0.00	0.00	2061.72	3895.48
盈余公积	3902.21	3652.53	3652.53	3652.53	3652.53	2979.46	2979.46	2979.46
未分配利润	16813.95	12744.05	26783.21	37693.21	38269.44	35557.87	34485.87	22229.55
归属于母公司股东权益合计	251835.58	247513.26	261552.42	272647.37	275686.50	272895.51	258833.57	173718.69
少数股东权益	13269.61	5078.43	4883.86	4708.32	8267.41	9894.86	13057.29	8497.58
所有者权益（或股东权益）合计	265105.18	252591.70	266436.28	277355.69	283953.91	282790.37	271890.86	182216.27
负债和所有者权益（或股东权益）总计	444566.05	468184.74	509723.15	521411.93	529903.88	539970.62	504677.92	311569.70

资料来源：新浪财经。

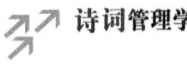

表 10.5　黑芝麻（000716）现金流量表

单位：万元

项目	2023 年度	2022 年度	2021 年度	2020 年度	2019 年度	2018 年度	2017 年度	2016 年度
销售商品、提供劳务收到的现金	284250.42	325826.89	402995.70	395868.28	460082.72	440274.02	298369.57	242435.17
收到的税费返还	918.80	1413.74	278.97	699.67	288.22	393.57	0.84	1.68
收到的其他与经营活动有关的现金	16392.84	9435.32	28635.54	24247.51	39511.23	46464.63	26450.37	8764.69
经营活动现金流入小计	301562.06	336675.94	431910.21	420815.47	499882.17	487132.23	324820.78	251201.54
购买商品、接受劳务支付的现金	212743.70	243965.38	304723.76	319596.89	384477.82	374091.48	212929.61	196511.25
支付给职工以及为职工支付的现金	23390.89	25897.84	24058.02	23417.11	26853.84	27884.87	19738.42	18076.25
支付的各项税费	11791.03	10873.45	11622.11	12101.37	14986.72	15852.56	11660.23	11072.06
支付的其他与经营活动有关的现金	25609.38	30052.43	33586.92	27035.68	52225.30	52033.17	42309.31	32396.70
经营活动现金流出小计	273535.00	310789.10	373990.81	382151.05	478543.68	469862.08	286637.57	258056.25
经营活动产生的现金流量净额	28027.06	25886.85	57919.41	38664.41	21338.49	17270.15	38183.22	-6854.71
收回投资所收到的现金	261.03	26112.05	25100.00	0.00	300.00	0.00	0.00	0.00
取得投资收益所收到的现金	238.33	16.09	133.09	11.94	86.72	73.59	39.62	88.35

续表

项目	2023年度	2022年度	2021年度	2020年度	2019年度	2018年度	2017年度	2016年度
处置固定资产、无形资产和其他长期资产所收回的现金净额	6.57	2366.91	49.38	26.78	3749.69	102.84	22.42	0.52
处置子公司及其他营业单位收到的现金净额	0.00	2822.39	1000.00	1967.95	0.00	14500.00	10381.75	0.00
收到的其他与投资活动有关的现金	1006.15	0.00	0.00	0.00	0.00	1238.67	6621.19	96.69
投资活动现金流入小计	1512.08	31317.45	26282.47	2006.67	4136.41	15915.10	17064.98	185.56
购建固定资产、无形资产和其他长期资产所支付的现金	10616.89	30246.46	12462.50	4249.18	31022.12	33610.27	40520.64	23235.50
投资所支付的现金	48.00	16350.00	24100.00	13053.00	150.00	9000.00	21000.00	4987.00
取得子公司及其他营业单位支付的现金净额	0.00	0.00	921.39	2550.00	13453.61	15139.01	0.00	2001.37
支付的其他与投资活动有关的现金	359.22	0.00	0.00	11.83	0.00	0.00	0.00	0.00
投资活动现金流出小计	11024.11	46596.46	37483.89	19864.02	44625.74	57749.28	61520.64	30223.86
投资活动产生的现金流量净额	-9512.03	-15279.01	-11201.42	-17857.35	-40489.33	-41834.17	-44455.66	-30038.30
吸收投资收到的现金	0.00	0.00	0.00	0.00	0.00	10400.70	0.00	555.75
其中：子公司吸收少数股东投资收到的现金	237.50	0.00	0.00	0.00	0.00	0.00	0.00	0.00

续表

项目	2023年度	2022年度	2021年度	2020年度	2019年度	2018年度	2017年度	2016年度
取得借款收到的现金	146212.55	156941.93	236732.82	202257.10	244699.28	171260.68	97192.31	80600.00
收到其他与筹资活动有关的现金	330.92	585.56	208.59	194.69	0.00	172.62	3998.85	215.72
筹资活动现金流入小计	146780.97	157527.48	236941.41	202451.79	244699.28	181833.99	101191.16	81371.47
偿还债务支付的现金	162785.16	166555.41	252299.81	201921.20	234460.73	131118.77	74042.08	62650.00
分配股利、利润或偿付利息所支付的现金	7833.49	9007.41	9647.83	14471.21	10084.59	13394.76	6399.42	8688.62
其中：子公司支付给少数股东的股利、利润	420.84	96.19	78.28	1679.95	0.00	0.00	0.00	0.00
支付其他与筹资活动有关的现金	2990.05	1184.66	4258.31	8468.76	8765.68	8468.14	11970.20	1686.17
筹资活动现金流出小计	173608.70	176747.48	266205.95	224861.17	253311.00	152981.67	92411.70	73024.79
筹资活动产生的现金流量净额	-26827.74	-19219.99	-29264.54	-22409.38	-8611.71	28852.32	9779.46	8346.68
四、汇率变动对现金及现金等价物的影响	7.85	44.71	-4.90	-3.53	-48.00	-140.45	-15.52	0.00
五、现金及现金等价物净增加额	-8304.86	-8567.45	17448.55	-1605.85	-27810.55	4147.85	2491.50	-28546.33
加：期初现金及现金等价物余额	20801.30	29368.75	11920.20	13526.05	41336.60	37188.75	34697.25	63243.59
六、期末现金及现金等价物余额	12496.44	20801.30	29368.75	11920.20	13526.05	41336.60	37188.75	34697.25

资料来源：新浪财经。

10.5 黑芝麻 2017 年并购礼多多的财务协同效应考察

10.5.1 黑芝麻并购礼多多概况

根据《南方黑芝麻集团股份有限公司关于发行股份及支付现金购买资产方案重大调整的公告》，黑芝麻斥资 7 亿元于 2017 年 5 月收购礼多多 100% 的股权。后者的主营业务是电子商务。通过并购，黑芝麻得以进入电商领域，实现多元化发展。并购后，礼多多的加入使得黑芝麻的营收做大，电商业务迅速成为公司第二大业务板块。此次并购是黑芝麻战略转型的重要一步，旨在利用电子商务的快速增长趋势，提升公司的整体竞争力和市场地位。

10.5.2 黑芝麻并购礼多多的财务协同效应

2018 年 12 月 8 日，第 16 届中国营销盛典暨中国企业营销创新奖颁奖典礼在郑州召开，包括黑芝麻在内的十大优秀企业荣膺"致敬 40 年！推动中国营销进程价值型企业"。评委会认为，在继续强化黑芝麻糊的拳头地位的同时，黑芝麻集团的新战略就是围绕黑芝麻构建大健康产品体系，产品研发的基点在黑芝麻食品上，在品类聚焦上形成突破。通过战略调整，黑芝麻集团在 2017 年的营收和净利润上实现了双丰收。黑芝麻的大健康战略将是黑芝麻集团一跃成为百亿企业的战略支点[①]。表 10.6 显示：从营业收入的构成来看，这次并购确实使黑芝麻 2017 年的营业收入和净利润大幅增长创历史新高，分别为 27.72 亿元和 1.05 亿元。分行业和分产品时食品（业）的营收 2016—2018 年分别是 14.78 亿元、19.08 亿元和 18.82 亿元，占比分别为 63.86%、68.82% 和 47.48%，均呈先升后降的趋势。电商业的营收 2017—2018 年分别是 1.71 亿元和 17.10 亿元，占比分别是 6.17% 和 43.13%，双双呈现急剧增长趋势。所以，黑芝麻的这次并购在当年即 2017 年确实为其食品业带来了营收和占比双升的可喜局面，同时净利润也创历史新高。而在并购后一年即 2018 年，电商业的营业收入和占比急剧增

---

① 资料来源于中国质量网。

长，食品业的营业收入和占比却急剧下降。当然，总的来说，电商的开展确实有助于黑芝麻食品的销售。

表10.6 南方黑芝麻2016—2018年营业收入的构成

分行业	2018年 占比(%)	2018年 营业收入(亿元)	2017年 占比(%)	2017年 营业收入(亿元)	2016年 占比(%)	2016年 营业收入(亿元)
食品业	47.48	18.82	68.82	19.08	63.86	14.78
物流业	5.63	2.23	23.50	6.51	34.94	8.09
电商业	43.13	17.10	6.17	1.71	—	—
其他业	—	—	0.29	0.08	0.70	0.16
其他业务收入	3.76	1.49	1.22	0.34	0.50	0.12
营业收入合计	100.00	39.64	100.00	27.72	100.00	23.15

分产品	2018年 占比(%)	2018年 营业收入(亿元)	2017年 占比(%)	2017年 营业收入(亿元)	2016年 占比(%)	2016年 营业收入(亿元)
食品	47.48	18.82	68.82	19.08	63.86	14.78
贸易商品	5.43	2.15	20.10	5.57	22.62	5.24
其他	0.20	0.08	3.40	0.94	12.32	2.85
电商业	43.13	17.10	6.17	1.71	—	—
其他业	—	—	0.29	0.08	0.70	0.16
材料销售	3.76	1.49	1.22	0.34	0.50	0.12
净利润(亿元)	0.24		1.05		0.25	

资料来源：根据黑芝麻（000716）2016—2018年报的"经营情况讨论与分析"的"营业收入构成"整理而得。

下面再看看这次并购的财务后果。根据新浪财经披露的数据，整理出黑芝麻2016—2018年的相关财务指标，如表10.7所示。从表中可以看出：除存货

第10章 诗情画意读报表

周转率和资产负债率 2016—2018 年单调上升外，其他主要财务指标都是先升后降，集中在并购发生的 2017 年表现最好。表 10.8 列示的是表 10.7 中食品行业主要财务指标的均值，计算过程中剔除了 ST 公司、净资产收益率绝对值超过 50% 的公司以及应收账款周转率和存货周转率异常的公司，同时不包括黑芝麻本身。从表 10.8 中可以看出，这些财务指标的行业均值 2016—2018 年的变化规律不同于表 10.7。

表 10.7 黑芝麻 2016—2018 年主要财务指标

指标	2018 年	2017 年	2016 年
净资产收益率（%）	2.190	4.290	0.930
净利润率（%）	1.510	4.000	0.700
毛利率（%）	20.570	26.278	23.332
每股收益（元）	0.080	0.176	0.026
应收账款周转率（次）	5.127	6.340	13.001
存货周转率（次）	7.764	5.699	5.574
流动比率（倍）	1.068	1.286	1.162
速动比率（倍）	0.873	1.092	0.818
资产负债率（%）	47.629	46.126	41.517

资料来源：根据新浪财经披露的数据整理而得。

表 10.8 食品行业 2016—2018 年主要财务指标均值

指标	2018 年	2017 年	2016 年
净资产收益率（%）	9.032	8.289	7.386
净利润率（%）	4.142	8.710	6.736
毛利率（%）	31.074	29.293	28.889
每股收益（元）	0.354	0.335	0.265
应收账款周转率（次）	18.543	18.450	19.369

续表

指标	2018 年	2017 年	2016 年
存货周转率（次）	5.586	5.849	5.426
流动比率（倍）	2.361	2.798	2.644
速动比率（倍）	1.793	2.160	2.075
资产负债率（%）	39.449	35.278	35.087

资料来源：根据新浪财经披露的数据计算而得。

参考王冬梅（2020）评估并购的财务协同效应的方法，表 10.9 将黑芝麻 2016—2018 年主要财务指标的差值与食品行业均值的差值进行对比。从中可以看出：并购当年相比前一年 4 个盈利指标均比行业均值改善的幅度要大，可见并购当年黑芝麻的盈利业绩确实变好了。应收账款周转率比行业恶化太多，下降了 6.661 次，行业均值只下降了 0.919 次。存货周转率和流动比率改善的幅度低于行业均值。速动比率改善的幅度要高于行业均值。资产负债率比行业均值上升的幅度要大许多，这意味着黑芝麻的长期偿债能力在明显恶化。表 10.9 还显示：并购后一年相比并购前一年，黑芝麻的盈利业绩指标中，净资产收益率和每股收益有所改善，但赶不上行业均值改善的幅度。毛利率在行业均值上升了 2.185 个百分点的情况下在恶化，下降了 2.726 个百分点。净利润率在行业均值下降了 2.594 个百分点的情况下，稍微有所改善，上升了 0.810 个百分点。应收账款周转率比行业均值恶化太多，下降了 7.874 次。存货周转率有明显的改善，上升了 2.190 次。流动比率没有明显的恶化，速动比率稍有改善。资产负债率相比行业均值上升较多，上升了 6.112 个百分点，行业均值上升了 4.362 个百分点，意味着黑芝麻长期偿债能力在下降。

表 10.9 黑芝麻与食品行业 2016—2018 年主要财务指标均值的差值对比

指标	2016—2018 年 黑芝麻差值	2016—2018 年 行业差值	2016—2017 年 黑芝麻差值	2016—2017 年 行业差值
净资产收益率（%）	1.260	1.646	3.360	0.903
净利润率（%）	0.810	−2.594	3.300	1.974
毛利率（%）	−2.762	2.185	2.946	0.404
每股收益（元）	0.055	0.089	0.150	0.070
应收账款周转率（次）	−7.874	−0.826	−6.661	−0.919
存货周转率（次）	2.190	0.160	0.125	0.423
流动比率（倍）	−0.094	−0.283	0.124	0.154
速动比率（倍）	0.055	−0.282	0.274	0.085
资产负债率（%）	6.112	4.362	4.609	0.191

资料来源：根据表 10.7 和表 10.8 计算而得。

综上，黑芝麻于 2017 年并购礼多多之后，盈利业绩的改善集中在当年。之后，在营收规模持续增长的同时，转向了电商业，而电商业的毛利更薄。应收账款周转变慢，存货周转加快，也是电商业务带来的影响，同时电商线上走货要快一些。这次并购对黑芝麻的短期偿债能力影响不大，但长期偿债能力在明显恶化。不管怎样，发展电商业务都是大势所趋，也与黑芝麻原有业务有密切关联，走的算是相关多元化的道路。

10.6 黑芝麻并购天臣新能源被叫停

2017 年，黑芝麻投资 3 亿元给天臣新能源，持有 30% 股权，正式跨界储能。据 2022 年 10 月 10 日发布的《南方黑芝麻集团股份有限公司关于对天臣新能源有限公司增资暨关联交易的公告》：黑芝麻拟对天臣新能源增资 5 亿元，持有天臣新能源 59.09% 的股份，正式并购天臣新能源。本次增资完成后，在江苏南京、江西南昌，黑芝麻打算进行磷酸铁锂电池生产基地的建设。预计两个生产基地共建设 6 条生产线，形成年产方型磷酸铁锂电池 18GWh 的生产规模，所有生产线投产后，年销售额约为 136 亿元。通过这次并购，黑芝麻希望能够利用天臣新能源在新能源行业的研发和生产技术，进一步推动公司在新能源领域的发展。另据 2023 年 4 月 1 日发布的《南方黑芝麻集团股份有限公司关于终止对天臣新能源有限公司增资的公告》：终止拟以持有江西小黑小蜜食品有限责任公司的股权对天臣新能源的增资暨关联交易事项。

作为食品行业的老字号企业，黑芝麻计划向铁锂电池的生产和销售业务发展，是不理智的行为。新能源储能行业是资金和技术密集型行业，风险很高，幸亏被叫停了。不过，黑芝麻虽然不再并购天臣新能源，却依旧在江西南昌将闲置的食品行业产能利用起来进行铁锂电池的生产，这恐怕也是不得已的选择。因为，黑芝麻 2021—2022 年已连续两年亏损，2020 年也只是微利。

据新浪财经显示，黑芝麻的股价也由此波动较大，如表 10.10 所示。

表 10.10　黑芝麻近 5 年股价

对应的年报	2023 年	2022 年	2021 年	2020 年	2019 年
日期	2024-04-30	2023-04-28	2022-04-29	2021-04-30	2020-04-30
收盘价（元）	4.66	7.20	3.02	3.11	3.67

资料来源：新浪财经。

黑芝麻的这次并购事件，正所谓：多元也须相关联，礼物多多一碗添。天臣不解其中意，水深犹涉价更颠。

10.7　黑芝麻案例分析小结

从财务层面来看，随着经营回归本源，上市公司黑芝麻还要做好财务风险的控制，只有这样，企业才是可持续的。

支撑黑芝麻食品产业的是经典单品黑芝麻糊。据统计，无论是淘宝还是京东等线上渠道，黑芝麻糊都是过百万件的销量，更不要说其庞大的线下销售量。就黑芝麻糊而言，结合消费新趋势做好再定位十分关键。食品的广告诉求要么立足于功能层面，如充饥、解馋、保健、营养等，要么立足于精神层面，如娱乐、爱情、关爱、调侃、消磨时光等。那么，新时期的黑芝麻糊该如何定位呢？编者赞同：对于南方黑芝麻糊，营养胜过美味，心理需求胜过物质满足。所以，如相关链接10.1和相关链接10.2所示，黑芝麻正在以下几个方面进行探索：一是携带方便和食用方便，如灌装和饮品化；二是有利于健康，如轻脂、低糖；三是能唤起温馨回忆。第三点很重要，因为前两者同类其他产品很容易做到，尤其是随着网络的快速普及和"80后"怀旧潮的兴起，温馨忆旧是卖点，要进行市场细分，唤起这部分顾客的怀旧情结，才能保持一份稳定的市场。企业不见得都要做大、做多元化，做强就可以了。故编者建议黑芝麻回归本源，甚至不妨把南方黑芝麻糊的品牌命名为"渴望"牌。电视连续剧《渴望》已成为经典，时不时会被电视台重播重温一遍，南方黑芝麻糊也可借势成为怀旧经典食品。正所谓：往事纷纷如走马，细分还看老人家。《渴望》重播缘忆旧，糊香一股暖天涯。

相关链接10.1

南方黑芝麻曲折营销路[①]

南方黑芝麻糊的发源，早到令人吃惊。那是1984年的春夏之交，在广西玉林下辖的容县县城一个叫荔枝根的地方。韦清文、李汉荣、李汉朝三个小青年卖掉家里的自行车、收音机，凑足了一笔启动资金，挂出一块牌子：广西南方儿童食品厂。20世纪90年代，南方黑芝麻糊在全国同类产品中的市场占有率竟达60%，三倍于iPhone如今在全球手机市场中所占的份额。当然，最漂亮的一仗，还要数跟《渴望》绑定的那则广告。韦清文不仅花了20万元广告费，还亲自督办，从广东请来了珠江电影制片厂下属的广告公司，拍摄这则广告。片中

---

① 资料来源于百家号。

那位卖黑芝麻糊的大婶,在街头发现了一个路过的小男孩,就把他拉过来开始拍摄。小男孩一碗接一碗地喝了好几碗黑芝麻糊,才终于拍摄成功。这个小男孩名叫陈硕,当年刚上小学一年级。他和大婶对视的画面,可以说是脍炙人口。

黑芝麻格外重视新媒体渠道,其微博、微信、小红书,都是接近"00后"的年轻人在运营。年轻人喜欢用自嘲消解烦恼,其团队也观察到,很多老品牌都是用自嘲的方式赢得了消费者的心,获得了出圈效果。自嘲已经成了老品牌焕新的秘密法宝。于是,黑芝麻出了一款包装类似水泥袋子的产品,还出了两款周边——一个印着"南方黑芝麻糊水泥厂"的搪瓷盆、一柄做成搅拌铲模样的勺子,一下子就火了。小红书上瞬间有1400多人点赞,订货上了几万套。类似的事情,他们没少干,比如跟蜂花护发素联动,"一个让发色变黑,一个让发质变好",顺便强调自己的国货属性。

时光是最无情的流水。当年那个胖乎乎的大眼睛小男孩,已经是一个人到中年、被后辈叫作陈叔的胖子。他仍然惦记着南方黑芝麻糊,呼吁开发低糖、低脂的黑芝麻糊产品。毕竟,那个需要靠又甜又暖的食品带来幸福感的时代,已经过去很久了。好在,38岁的南方黑芝麻还在,中年危机似乎已经挺过来了,他们又一次验证了韦清文的话:"人啊,有时候是被逼出来的。"

> **相关链接 10.2**
>
> ### 南方黑芝麻糊营销新探索 ①
>
> 一提到南方黑芝麻糊,大家的脑海中定会浮现"一听到黑芝麻糊的叫卖声,我就再也坐不住了"的经典台词和一度热播的南方黑芝麻糊"爱心杯"广告。产品拥有如此高的辨识率和消费者认同率,这不得不归功于黑芝麻长期以来坚持的情感营销策略。
>
> 早在20世纪90年代初,南方黑芝麻糊在进入市场之初,即投入重金在各大城市设立广告牌,投放电视广告,并连续在各大电视台播放,让那则弄堂场

---

① 资料来源于搜狐网。

景的黑芝麻糊广告家喻户晓，也让"一股浓香，一缕温暖"的概念在消费者心目中迅速占据一席之地。为了顺应新消费时代的特性和打动年轻消费者，黑芝麻早在2011年就推出了黑芝麻糊的饮品化战略：一方面推出罐装和钻石装的液态黑芝麻糊；另一方面培育发展开创轻脂品类的"黑黑"饮品。由于两大战略饮品便于携带和即时饮用，能与年轻人形成高频次互动，颇受年轻消费群体青睐，成为黑芝麻的战略增量产品。黑芝麻为了培育饮品新品牌"黑黑"，冠名深圳卫视《极速前进》（第四季），以更加娱乐年轻的姿态呈现在年轻消费者面前；顺应年轻消费群体的新需求，推出"小黑"和"小蜜"产品，以满足年轻消费群体的个性化消费需求。黑芝麻在推广轻脂饮品"黑黑"这个新品类时，曾大胆采用了全维IP三位一体整合营销的销售策略，通过"综艺IP+明星IP+衍生IP"三位一体整合营销，打破了品牌方对IP简单借势的局限，对IP资源从简单借势到主动重构，形成了深度融合的"黑黑"饮品独有品牌生态。为了加速品牌年轻化，2018年黑芝麻又与浙江卫视签订战略合作协议，冠名浙江卫视《二十四小时》（第三季）以及赞助《王牌对王牌》（第三季），借力热门综艺做好消费引导，拉近与年轻消费者之间的距离。为了支持糊类新产品的上市，黑芝麻与分众传媒合作投放卖场电视机广告；冠名深圳卫视《直播港澳台》；特约赞助深圳卫视《军情直播间》《决胜制高点》和《关键洞察力》；特约赞助东方卫视《本草中华》（第二季）等。为唤醒年轻人更多地关注父母的身体健康，南方黑芝麻糊在升级产品的同时迅速调整产品诉求，提出了"关爱父母，我选南方黑芝麻糊"的品牌诉求，对南方黑芝麻糊进行了"四大升级"。一是配方品质升级，南方黑芝麻糊通过新技术的应用，同步实现产品配方优化升级，产品更营养，更具功能性，更符合大健康的消费潮流；二是工艺技术升级，南方黑芝麻糊核心技术"真空研磨"的成功应用，使得产品味更香、更醇、更易吸收，实现了产品无添加的天然健康要求，并且从投料到成品的全线自动化生产，实现了黑芝麻糊生产智能化升级；三是饮料化升级，经过技术研发攻关，将冲调的黑芝麻糊做成即饮的黑芝麻糊，大大提高了黑芝麻糊的食用方便性，吸引更多的年轻消费者；四是包装升级，全新的南方黑芝麻糊外包袋采用八边封平底袋，铝箔内袋让密封性和留香性更好。通过"四大升级"，不仅有效降低了生产成本，而且进一步丰富了南方黑芝麻糊产品线，扩大了产品消费场景与消费需求。

在物质极度丰富的时代，消费者购买商品所看重的不仅仅是质量的好坏以及价格的高低，而更看重商品带来的情感上的满足、心理上的认同。情感营销就是从消费者的情感需要出发，唤起和激发消费者的情感需求，诱导消费者产生心灵上的共鸣，寓情感于营销之中，让有情的营销赢得无情的竞争。南方黑芝麻糊在刚刚进入市场时就很大程度地顺应了中国文化方面的情感需求，以怀旧情感唤起消费者的共鸣。如今，这一理念依旧延续。黑芝麻此番的成功营销就是让消费者认可其品牌中蕴含的情感元素，不仅把产品卖到消费者的手中，更把产品卖到消费者的心里，从温暖到关爱！

章末问答题

1. 下面两首唐诗中提及的"胡麻"指的是什么？

《过楼观李尊师》[卢纶]

城阙望烟霞，常悲仙路赊。宁知樵子径，得到葛洪家。
犬吠松间月，人行洞里花。留诗千岁鹤，送客五云车。
访世山空在，观棋日未斜。不知尘俗士，谁解种**胡麻**。

《怀良人》[葛鸦儿]

蓬鬓荆钗世所稀，布裙犹是嫁时衣。
胡麻好种无人种，正是归时不见归。

2. "小磨不知梦深处，香名美誉贡王侯"出自宋无名氏，指的是什么东西有如此宝贵？

3. 下面这首宋诗中提及的"芝麻"，就是现在的芝麻吗？

《村市》[宋伯仁]

山暗风屯雨，溪浑水浴沙。

小桥通古寺，疏柳纳残鸦。

首蓿重沽酒，**芝麻**旋点茶。

愿人长似旧，岁岁插桃花。

4. 白居易这首诗中的"胡麻饼"相当于现在的什么食品？

《寄胡饼与杨万州》

胡麻饼样学京都，面脆油香新出炉。

寄与饥馋杨大使，尝看得似辅兴无。

5. 陆游的《蔬食戏书》诗中提及"韭黄"和"彘肉"，强调了这两种食材的什么卖点？诗中的"胡羊酥"又指的是什么？

《蔬食戏书》

新津**韭黄**天下无，色如鹅黄三尺余。

东门**彘肉**更奇绝，肥美不减**胡羊酥**。

6. 清朝符曾的《上元竹枝词》是一首上乘的食品广告诗，这首诗强调了元宵的哪些卖点？

《上元竹枝词》

桂花香馅裹胡桃，江米如珠井水淘。

见说马家滴粉好，试灯风里卖**元宵**。

7. 表 10.11 是黑芝麻（000716）2016—2023 年现金流量表附表的片段，其中 2021—2022 年度，黑芝麻是亏损的，净利润为负，然而其经营活动产生的现

金流量净额分别约为 5.8 亿元和 2.6 亿元。形成这种有利局面的原因是什么？

表 10.11　黑芝麻（000716）现金流量表附表片段

单位：万元

报表日期	存货的减少	经营性应付项目的增加	经营活动产生的现金流量净额
2023 年度	6616.09	−15607.72	28027.06
2022 年度	−4454.99	−9338.48	25886.85
2021 年度	15278.74	740.83	57919.41
2020 年度	−8507.07	21079.98	38664.41
2019 年度	4.64	−8199.61	21338.49
2018 年度	2265.45	4685.57	17270.15
2017 年度	−667.38	52796.12	38183.22
2016 年度	−3110.71	−13782.3	−6854.71

资料来源：根据黑芝麻（000716）2016—2023 年报的现金流量表附表整理而得。

参考文献

[1] Avolio B J, Walumbwa F O, Weber T J. Leadership: Current theories, research, and future directions [J]. Annual Review of Psychology, 2009, 60 (1): 421-449.

[2] 蔡清富, 黄辉映. 毛泽东诗词大观 [M]. 5版. 成都: 四川人民出版社, 2009.

[3] 陈培爱. 广告学概论 [M]. 3版. 北京: 高等教育出版社, 2014.

[4] 陈婷. 以诗释诗——论宋人集句诗创作及其阐释意义 [J]. 中国韵文学刊, 2019 (4): 51-57.

[5] 戴永红. 古诗词在广告文案中的运用 [J]. 经济研究导刊, 2011 (7): 268-270.

[6] 科特勒. 营销管理 [M]. 13版. 北京: 中国人民大学出版社, 2009.

[7] 傅旭. 厉以宁的诗意人生 [M]. 北京: 经济科学出版社, 2003.

[8] 傅旭. 厉以宁的诗意人生 [M]. 2版. 北京: 中国民主法制出版社, 2016.

[9] 汉卿. AI能模拟李白作诗吗? [N]. 江苏科技报, 2021-09-10.

[10] 郝旭光. 组织行为学 [M]. 北京: 对外经济贸易大学出版社, 2011.

[11] 郝旭光. 平台型领导: 一种新的领导类型 [J]. 中国人力资源开发, 2016 (4): 6-11.

[12] 郝旭光, 等. 平台型领导: 多维度结构、测量与创新行为影响验证 [J]. 管理世界, 2021 (1): 186-199+216+12.

[13] 本书编写组. 弘扬科学家精神——中国著名科学家的实践和思考 [M]. 北京: 人民出版社, 2024.

［14］厉以宁.厉以宁诗词选集［M］.北京：商务印书馆，2008.

［15］厉以宁.厉以宁诗词全集［M］.北京：商务印书馆，2018.

［16］厉以宁，吴浩.厉以宁诗词选［M］.成都：四川人民出版社，2020.

［17］罗宾斯、贾奇.组织行为学［M］.12版.李原，孙健敏，译.北京：中国人民大学出版社，2008.

［18］李政道.让科学在中国大地生根［J］.科学文化评论，2004（1）：12-14.

［19］刘新华.流程型组织——21世纪的组织管理新模式［M］.北京：中国财富出版社，2013.

［20］刘玉铭，刘伟.听厉以宁教授讲诗词［M］.北京：京华出版社，2007.

［21］梅岱.毛泽东的诗词观——读书札记［J］.中华诗词，2023（6）：4-21.

［22］梅鹏.中国旅游文化［M］.3版.北京：中国人民大学出版社，2020.

［23］倪宁.广告学教程［M］.4版.北京：中国人民大学出版社，2014.

［24］彭松建，朱善利.厉以宁诗词解读［M］.北京：北京大学出版社，2000.

［25］孙亚婷.写好诗，AI行吗？西安交大师生团队研发人工智能诗词创作系统"华七"［N］.陕西日报，2024-05-10.

［26］王冬梅.会计报表分析经典案例解读［M］.北京：科学出版社，2020.

［27］王冬梅.试论会计课程的诗词教学法［J］.国际商务财会，2016（4）：71-75.

［28］王静.谢家麟：让粒子释放"中国能量"［J］.决策与信息，2012（6）：34-37.

［29］王文学.领导力新论［M］.兰州：甘肃人民出版社，2012.

［30］德鲁克.有效的管理者［M］.吴军，译.北京：求实出版社，1985.

［31］吴硕贤.诗经中的声景观［J］.建筑学报，2012（7）：109-113.

［32］吴月燕，等."阳春白雪"还是"下里巴人"——消费者对文雅和通

俗广告语体的态度[J].南开管理评论,2019,22(1):213-224.

[33]谢家麟.没有终点的旅程[M].北京:科学出版社,2008.

[34]于反.诸葛亮职场生涯十大败笔[M].北京:京华出版社,2005.

[35]余梦帆,刘川鄂."创造"与"制作":关于微软小冰作诗软件的几点思考[J].当代文坛,2021(5):158-165.

[36]张金海.世界经典广告案例评析[M].武汉:武汉大学出版社,2000.

[37]章璐璐,杨付,古银华.包容型领导:概念、测量及与相关变量的关系[J].心理科学进展,2016,24(9):1467-1477.

[38]赵枫.唐诗中的管理学[M].北京:金城出版社,2006.

[39]曾庆存.帝舜《南风》歌考[J].气候与环境研究,2005,10(3):283-284.

[40]钟菡,张熠.AI对古诗词"生搬硬套",内行一眼便能识别[N].解放日报,2019-09-04.

[41]周三多,陈传明.管理学[M].5版.北京:高等教育出版社,2018.

附录

编者自创"改良体"诗词作品辑录

1.1 校园组诗

1.1.1 玉泉路园区

《凉亭》

一望千般绕,凉亭庇佑多。

风雨三千夜,爱恨亦如何?

(注:凉亭两边种有紫罗兰,所以有"千般绕"的景象。)

1.1.2 中关村园区

《春早》

闹市喧嚣花早开,玉兰朵朵报春来。

桃花竞逐兰花放,引得学究细细裁。

(注:裁,指拍照取景。)

1.1.3 雁栖湖园区

《乡愁》

雁栖无雁堤无沙,一湾野鸭最欢哗。

惆怅青山残照里,燕云望断是吾家。

《左岸咖啡》

春尽秀成堆,牛奶加咖啡。

附录　编者自创"改良体"诗词作品辑录

户外绿杨在，马蹄归不归？

《怀柔纪游·其一》

谁踩枯枝响，惊动九月秋。
喜鹊当头噪，梧桐暗里愁。

《怀柔纪游·其二》

鸦鹊同林噪不休，三三两两向此游。
山间一片红火色，谁家小院正晒秋。

《怀柔纪游·其三》

观景台上看世迁，长城不倒无狼烟。
人生只合怀柔老，好山好水好校园。

《雪径通幽》

雪径通幽谁与游？近山青翠远山愁。
绿杨树下无人坐，且向红屋忆暖秋。

《雪后晴天》

雁栖风景四时新，雪后晴天更快人。
红楼倚坐群山里，群山悠然见白云。

1.2 诗配画

《翠涧》

双峰夹一涧，翠色随水流。
无边新竹叶，恰似故园幽。

《埃菲尔铁塔》

铁塔一尊作地标,秋风起兮木叶摇。

十三年前从此过,当时夜雨正潇潇。

《碧海白沙》

沙上残雪映晴日,水中云影漾碧涛。

无边绿色如春草,一缕乡思入望遥。

《春讯》

水雾迷蒙柳色新,依稀可见三四人。

中有一人垂竿钓,欲钓早春入篓深。

(注:描绘的是早春时节陶然亭公园一角的景象。)

《仙人田·千年之吻》

山间雾霭任从容,地下河流流古今。

谁说通山无好景,仙人田畔两情深。

(注:隐水洞中有上下相对生长的一对石笋,最终咬合在一起,景区将其命名为"千年之吻"。旁边有梯田样的沉积,被命名为"仙人田"。)

《西湖雪景》

西湖顿失滔滔浪,更待雪里看晴光。

长堤不见苏夫子,红烛画舫两茫茫。

1.3 旅游诗词

《游八大处》

北京城里见秋风,恰有闲暇来相逢。

历经八处才登顶,卿当忆我我忆卿。

附录 编者自创"改良体"诗词作品辑录

《2015 春游颐和园》

万寿山前水不兴，西堤风景正分明。

三百年间同晓梦，清漪何处有乾隆？

《题香山红叶》

飒飒秋风不自哀，五星舒展迎人来。

寒露疑是瑶台液，醉里红颜最开怀。

《白屏山》

一屏分两界，咫尺不同天。

空中草原上，太公正可眠。

《登雪峰山顶自题小像 2015》

陆水南岸葱且幽，恰有闲暇向此游，

好水好风君莫羡，青山依旧我白头。

《泰山石刻·无字碑》

无字碑前真无语，鼠字碑下尽笑谈。

帝王不识厨中味，留取空碑待人勘。

《登泰山·其一》

爬了一坡又一坡，遥望南天正嵯峨。

我叹路长嗟日暮，回首向来游人多。

《登泰山·其二》

我学少年去登山，南天门外十八盘。

漠漠阴云迷路径，潇潇细雨挹轻寒。

一抹斜阳怜胜迹，八百铭文纪世迁。

晨雾散尽下山去，下山更比上山难。

《雁栖湖之秋·其一》
长城如游龙，白云映红枫，
几度桥上过，银杏连碧空。

《雁栖湖之秋·其二》
霜枫红似火，银杏灿若金。
回看绿杨树，秋色与谁分？

《雁栖湖之秋·其三》
流水垂杨绿，鸟鸣瓜果香。
来往虹桥上，长城长又长。

《渔歌子·官桥村八组》
南湖别墅北湖樱，
游春人在画中行。
九层塔，六角亭，
山青水清风气清。

《下江南·其一》
我学乾隆下江南，首站即游紫金山。
孝陵说尽朱天子，燕子飞来自家残。

《下江南·其二》
李白柳绿桃花红，西湖尽是暖熏风。
断桥不见白娘子，随人指点看雷峰。

附录　编者自创"改良体"诗词作品辑录

《下江南·其三》

一到姑苏访寒山，拾得钟声不到船。
沧浪清兮濯我足，馆娃宫高莫邪寒。

1.4 咏史诗

《伍子胥·其一》

昭关一夜尽白头，天留子胥报父仇。
夫子亦觉不为过，掘墓鞭尸恨始休。

《伍子胥·其二》

复仇从未超霸图，忠君反被二代羞。
钱塘江上波涛怒，吴山越水恨悠悠。

《赞曹参》

三年为相无一事，满殿贤臣尽笑痴。
狂饮烂醉终不醒，黎民百姓最相知。

《大风歌》

大风歌起猛士亡，身后女人最嚣张。
幸有薄姬存社稷，秋风起时又凄凉。

《叹冯唐》

投身汉家即为家，几番沦落至天涯。
东风不解冯唐恨，犹自著锦又开花。

《汉武纪事》

汉庭花木易为春，长门深锁岭头寻。

归来始叹冯唐老，李广硬弓实可封。

《野无遗贤》
野无遗贤才尽用，圣主朝朝奏新声。
岂料鼙鼓无恩义，长歌一曲雨霖铃。

《雨霖铃》
羯鼓槌断鼙鼓来，酒后芙蓉为谁开？
回见玉颜空死处，夜雨闻铃更伤怀。

《晚年玄宗》
十年人事几番新，休与东风说久违。
伤心人唱伤心曲，耿耿心事已暮垂。

《论白居易》
香山年老关己时，落齿脱发辄为诗。
卖炭翁与琵琶女，天涯不复是相知。

《悼李商隐·其一》
是是非非未得安，白首方知一进难。
沧海月明珠有泪，锦瑟无端谁与弹？

《悼李商隐·其二》
拟哭途穷境何堪？星辰已落花已残。
更兼一夜巴山雨，相见当初站队难。

《叹陆游》
塞外从军短，孤村吟咏长。

留诗一万首，十九为安邦。

《九宫山闯王陵》

转战关山已经年，败亡只在四十天。
牛迹岭上魂归处，始恨入京未均田。

《闯王沙梨》

闯王败至九宫山，小月岭下收营盘。
沙梨解渴不解恨，十八人马怨逸安。

1.5 抒怀

《刻在印章上的诗（2013.4）》

二十年来一愿除，白首丹心竟何如？
寻章摘句非我意，献与诸君稻粱书。

《2017 年暑假》

起床不须应闹钟，且营小园弄心情。
勤修勤剪勤浇水，红薯花生竹叶青。

《2023 岁末感怀》

二十余年枉费心，玉泉雁栖中关村。
最是东市采买后，桥头静看夕阳沉。

1.6 忆昔

《记梦 1995》

江南春雨绿，长安风又黄。

故园如梦里，十里菜花香。

《春耕时节》
块块荒田已见花，农家春耕正动耙。
阶前一夜泼新雨，深山明朝拔笋芽。

《端午时节》
新馍出屉楚酷就，李子红糟棕叶香。
小小学堂歌纵放，杨家岭上正端阳。

《庆丰收》
田丰惟有天可期，薄冰未破已开犁。
满眼金黄收割后，牧童牛背横短笛。

《忙年》
腊八一过就忙年，八碗十碟新衣添。
爆竹声中辞旧后，总把新联换旧联。

《忆儿时过元宵节》
半月欢闹至此休，浮珠泛起眉间愁。
团团圆圆一碗后，惟望来年是丰收。

《忆江南》
轻风扑面草不干，弃伞漫游感轻寒。
梧桐空滴相思雨，一夜相思在江南。

附录　编者自创"改良体"诗词作品辑录

1.7 师生情谊

《送汤红青援疆》

　　边关寥落苦夜长，男儿砺志在四方。

　　一载光阴弹指过，此心安处是吾乡。

《嵌名（姓）诗》

　　李白柳娇映红日，朱汤康庄宴葛洪。

　　王孙遇卞须畅饮，周公于老任新鹏。

（注：划线部分嵌入了编者所培养的12位研究生的姓或名。）

《骊歌·别后红墙绿树遥（雁栖湖）》

　　　　一湖水，三拱桥，

　　　　　洪钟整点敲。

　　　　山脊长城一线飘，

　　　　　别后红墙遥。

　　　　一湖水，三拱桥，

　　　　　蓝天白云飘。

　　　　灰墙绿树红楼绕，

　　　　　离别在今朝。

　　　　离别在今朝，

　　　　　长桥更短桥。

《骊歌·燕子回时画堂看（中关村+玉泉路）》

　　　　蔷薇绽，红楼寒，

　　　　　攻书不畏难。

　　　　直指青天锷未残，

夜阑战犹酣。

　　月正满，杯尽干，

　　何日再相欢？

　　燕子回时画堂看，

　　　笑语倚斜栏。

　　燕子回时画堂看，

　　　笑语倚斜栏。

《毕业寄语》（三行诗）

　　毕业是逗号不是句号，

　　　回首母校，

　　　青春不老。

1.8 时令变化

《春雪》

喜看飞雪来洗窗，年前除尘算白忙。

早知节后有此景，当时尽可著文章。

《阳春三月》

迎春已是黄里青，玉兰尽放如杯倾。

桃花灼灼正绚烂，银杏新栽扇叶成。

《春到人间》

　　七日未出门，银杏已吐新。

　　向阳草更绿，临街柳垂荫。

附录　编者自创"改良体"诗词作品辑录

《春日偶成》

吾家阳台上，无苞可待开。
马蹄莲才绿，便知春已来。

《早春》

莫道春归无芳华，近看草尖已发芽。
景明天高风渐软，玉兰含苞待开花。

《小园春色》

黄白红绿青蓝紫，占尽风情是小园。
行人经过纷摄影，好向群里报春天。

《山楂雨》

春归恰逢雾霾深，地上新尘叠旧尘。
忽然一夜山楂雨，气新墙新树也新。

《雁栖湖之春》

春风吹不到天涯，四月桃李始开花。
遥想故乡晴日好，应是绿树绕堤沙。

《雨水》

红灯未除暖气吹，一夜东风悄然回。
玉兰腊梅准备着，只待雨水把花催。

《暮春吟》

绿多红少太匆匆，惟有晚樱开正浓。
丁香愁结暮春雨，吹面不复杨柳风。

《春天的脚步》

小草初青未见匀，迎春牵出嫩黄金。

风动玉兰如鸽舞，炫彩春色在桃云。

樱花烂漫樱枝俏，海棠缤纷落英深。

忽闻庭前梧桐树，又有黄鹂啭夏荫。

《立夏》

槐花落时飞絮轻，新绿难抵暗荫浓。

一窗朦胧堪似雪，始信谢娘真才情。

《大暑·其一》

大暑时节暑气重，宅家多日再临风。

绿杨树下信步走，拐角忽逢石榴红。

《大暑·其二》

动辄淋漓一身汗，暑气沉沉红日满。

屈指西风几时来，又恐炎凉暗中换。

《夏日雨后即景》

雨后柳青满院凉，鱼动莲花一池香。

一二蝉鸣高树上，三五蜻蜓点水忙。

《处暑》

一夜风急摇万枝，国槐梧桐碧参差。

红日高高云淡淡，正是贪凉睡起迟。

《长桥之秋》

一望青未了，淡淡兮秋光。

附 录　编者自创"改良体"诗词作品辑录

才念天气肃，梧桐叶已黄。

《晚凋银杏》

深秋时节忘回归，邻树凋尽叶尚肥。
只缘冬至无好景，留与行人看落晖。

《雁栖湖的深秋》

景明天高长城老，憔悴横陈梧桐道。
最是银杏黄了时，枫叶红了无人晓。

（注：押仄声韵。）

《大礼堂前的雪》

红旗随风舞，白雪覆草深。
要知昨宵乐，细数堆雪人。

《玉树琼花》

吾家楼前一株椿，雪后琼枝喜煞人。
儿童不识梨花样，误认他身是此身。

《雪晴》

午后小径润，雪落松枝轻。
一丛新竹叶，恰似故园青。

《无根花·其一》

说是无根别有根，须待来春把根寻。
万紫千红花满树，方知落处即生根。

《无根花·其二》

说是无根别处生，生在九天任纵横。
小寒时节纷纷谢，一夜嬉乐满京城。

《小寒夜》

喜看无根花，飘撒自天涯。
一夕痴儿女，不肯早还家。

《雪后小园》

惆怅无芳华，荒凉又肃杀。
一夕飘扬后，满是无根花。

《雪后初晴》

日出油松翠，落地雪球消。
山鸡不畏我，悠然度石桥。

1.9 讽喻诗

《风凋两排银杏》

风凋银杏残景殊，南边留存北边无。
莫非风伯真有意，也知远近与亲疏？

《楚王好细腰》

楚腰纤细楚宫开，竞向君王邀宠来。
可怜杜郎作古后，无人复把后人哀。

《汉武纪事·长门买赋》

欲共西窗烛影深，何须买赋掷千金。

卫青子夫霍去病，皆是君王羽林军。

《汉武纪事·金屋藏娇》

长门买赋实荒唐，一掷千金太大方。
缘何未转君王意，不爱红妆爱武装。

《咏元代银杏》

一株婆娑正辉煌，行人过往竞同框。
有碑纪说元代木，国运不及树龄长。

1.10 植物花卉

《腊梅·其一》

空气不良日渐西，此刻健身已不宜。
径向枫林小道去，为看东风第一枝。

《腊梅·其二》

草色遥看才见新，松篁尚是去年身。
凑近行人凝视处，几株腊梅正报春。

《腊梅·其三》

枝残叶败不自羞，每于春来总打头。
待得玉兰盛开后，雨后黄昏独自愁。

《腊梅·其四》

一冬萧条无芳华，小小花蕾休自夸。
若非满园无颜色，谁识报春第一花。

《猜谜诗（打一花卉）》

含苞如举迎客杯，盛开恰比鸽哨回。

纷落酷似蝴蝶舞，玉衣片片随风飞。

《咏白玉兰》

风动琼枝蝶纷飞，梦断乡关几时回。

瑶台一点凡心动，遣与人间报春归。

《玉兰凋谢》

海棠树树正含苞，东风一夜开春桃。

可怜片片鹅毛雪，尽是玉兰绽后凋。

《采桑子·夜寻桃花》

今宵且寻桃花去。

沙失桃花，月失桃花，

不如归家去饮茶。

行至西园风已住，

花影也嘉，月影也嘉，

明月桃花一框刷。

《红杏》

不喜梅花冷，略嫌桃花俗。

且植一株杏，日日看影疏。

《红海棠》

妆成粉面胭脂匀，借得梅花一段魂。

自从一识坡翁后，高烛长照恐夜深。

附录　编者自创"改良体"诗词作品辑录

《怀柔海棠》
仙姿只合在瑶台，谁遣人间处处栽？
爱惜芳心不轻吐，吐时犹似梨花开。

《牡丹·其一》
牡丹迟发应有因，疑是青帝发童心。
花王若占早春发，万紫千红不是春。

《牡丹·其二》
百花凋尽草木深，愁杀惜花看花人。
不是国色人尽爱，此花开后便无春。

《咏洛阳牡丹》
辞春须得要好花，好花开时不自夸。
国色自有风骨在，贬至洛阳色更佳。

《西园月季》
最爱西园月季开，早餐过后转复回。
撷取数瓣鼻边嗅，顿觉春光去又来。

《惜春》
城内芳菲尽，城外春正浓。
卧佛应睡起，看看海棠红。

《猜谜诗（打一植物）》
清香总在丁香后，果实有待岁月稠。
暮春时节绝不艳，红红艳艳在秋收。

《猜谜诗（打一植物果实）》

小园秋来风景殊，不见石榴不见葡。

果实点点如红豆，早把相思缀满株。

《山楂与丁香》

山楂花开与君同，惆怅开时春已深。

清香阵阵何其似，报道春归恼行人。

《草之花》

草虽微贱也开花，誓与绿樱竞物华。

劝君莫笑不自量，年年春来最早发。

《向日葵》

田边地角处处栽，不与牡丹争亭台。

花盘硕大如金甲，且趁东风向日开。

《丁香》

平生特特爱丁香，白花虽小花期长，

玉兰叶肥红桃瘦，犹有数缕送芬芳。

《绿樱》

海棠纷落柳成荫，紫罗兰开任纵横。

正恨春来又归去，迎面忽逢一株樱。

《紫罗兰》

不为迎春为惜春，紫罗兰开绕旧藤。

旧藤新藤千般绕，每于新生感旧恩。

附录　编者自创"改良体"诗词作品辑录

《夏花》

小暑无颜色，桥边总独妍。

围栏关不住，竟惹路人怜。

《咏银杏·其一》

玉干琼枝不相知，垂青只在叶黄时。

待得来年春尚好，输与红芳痴不痴？

《咏银杏·其二》

春光明媚一树青，不似柳枝惹离情。

待得金风白露后，辉煌灿烂耀京城。

《采桑子·银杏》

一夕寒流妆尽落。

不及辉煌，来日辉煌？

平生遭际最堪伤。

功名应值青春计，

共沐春光，能沐春光？

输与红芳又何妨。

《银杏凋落》

每于零落最动人，黄蝶纷飞满地金。

一与桃李争春后，垂青惟有待秋深。

《冬青》

终年一色无芳华，万木凋零始觉嘉。

忽然一夕祥瑞降，堆起雪花似棉花。

1.11 回故乡

《车到赤壁》

车到赤壁是清晨，遥见阿姊正寻人。

阿姊解说是父意，恐我未必识家门。

《回故乡 2007》

少年心已老，万里拟将归。

行至杨家岭，滩头白鹭飞。

昔时水面阔，灌渠绕山围。

急问同行姊，宅前松可摧？

《故乡印象 2015》

爬墙虎向房顶逼，几家颓墙土花碧。

惟有一狗卧井旁，人近忽起吠声唳。

《三槐堂铭》

三槐植下传家风，宅旁树高竹影清。

从军一脉书香久，此堂不堕三槐名。

《回故乡 2023·其一》

八年重过信阳东，风光不与昔时同。

无边苍翠来天地，亮瓦明墙一望中。

《回故乡 2023·其二》

四十年后起高楼，无边苍翠一望收。

有园可种时鲜菜，此间日月最悠游。

附录　编者自创"改良体"诗词作品辑录

《回故乡2023·其三》

自古耕读可传家，故乡山青日光华。

一梦桃源成地主，而今终日话桑麻。

《赤壁老城印象》

穿过新城访旧城，古巷时闻洒水声。

当年环卫坛犹在，桥下淘沙舟自横。

《故乡行2024》

苦雨经日终放晴，为访故宅向山行。

柴草茂密浑无路，忽听人家汲水声。

1.12 管理应用

《叹蓝色光标》

平台客户转头空，合并商誉一毛轻。

巨额损失计提后，视频扭亏复涨停。

《采桑子·读报表》

初读报表看增长。

资产扩张，营收扩张，

坚信来日久且长。

再读报表看流量。

收也心慌，付也心慌。

真金白银最堪伤。

《资产负债表8项计提》

涨跌何必怨心情，别后总是忆相逢。

前情只可成追忆，相逢便是一抵中。

《差值法解读会计报表》

梦里桃源霭如烟，清溪桥畔问渔船。

三洞勾连无二致，异峰突处可有天？